打工吧！魔王大人
4
和ケ原聡司
插畫 029
Satoshi Wagahara
Illustration Oniku

CONTENTS

Satoshi Wagahara
Illustration ■ Oniku
和ケ原聡司
插畫■029

打工吧★魔王大人

Kadokawa Fantastic Novels

序章

艾美拉達．愛德華感覺自己原本就不高的身高，又因為壓力而縮得更矮了。

她不但是神聖的聖．埃雷帝國宮廷法術師，同時也以勇者夥伴的身分廣為人知，是西大陸目前發言最有力的人類之一。

原本就是學者的宮廷法術師平常總是給人顧問的印象，而在魔王軍展開侵略之前，艾美拉達也沒有什麼立場干預政治與外交。

但她以勇者夥伴身分在世界各地旅行時累積的見識，卻吸引了負責復興世界的五大陸聯合騎士團的注意。

自從能在聯合騎士團中接近核心的位置提出意見後，艾美拉達背負的責任便遠比討伐魔王軍之前沉重了許多。

她不但因此遭到聖．埃雷的大人物們嫉妒，更因為奧爾巴事件而與教會鬧翻，在檯面下備受敵視。

「等中央大陸復興之後，還真想逃亡呢～」

艾美拉達承受的壓力，已經危險到讓她認真地對過去旅伴艾伯特抱怨的程度。

唯一值得慶幸的一點，大概就是她被派到五大陸聯合騎士團後，負責管理的是掃蕩惡魔餘黨的司令部了。

當然除非對手是十分強悍的惡魔，否則通常都輪不到艾美拉達出面。

即使如此，看著各國的戰士們團結一致，基於守護弱勢的純粹正義感掃蕩中央大陸剩下的惡魔時，還是能讓人切身體會到這個世界依然充滿了希望。

但某件事只有艾美拉達跟艾伯特知道。

那就是勇者與魔王的戰鬥，目前仍在遙遠的異世界持續中。

然而人們並不曉得這件事，距離魔王軍潰敗還不到兩年，眾人便已經將勇者艾米莉亞當成「傳說」遺忘了。

艾美拉達跟艾伯特曾經拚命地努力，希望挽回艾米莉亞因為奧爾巴而失去的名聲。

但現在這個世界，已經不需要救世勇者艾米莉亞的名字了。

無論她是生是死，對活在這世界上的大多數人來說，艾米莉亞．尤斯提納不過是位「活在世上某處的勇者大人」罷了。

真正能將這個名字當成現實看待的，就艾美拉達所知其實只有少部分的人。

如果想恢復艾米莉亞的名聲，就必須揭露打算將她當成傳說封印起來的教會所做的不正行

為，進而讓教會失去權威。

然而執政者基於義憤所執行的正義，有時候反而會傷害人民。若西大陸兩大勢力的聖・埃雷與教會確定產生對立，整個大陸將會被分成兩派，並導致整體的國力衰退吧。

艾美拉達迷惘了。

既然其他四個大陸都在傾力投入復興，那麼她自然也希望避免只有西大陸白白將勞力耗費在內部的紛爭上。

比起朋友的名譽，身為政治家的艾美拉達・愛德華選擇了國家的未來。

這並不表示艾美拉達冷酷，而是因為發生了某個狀況讓她下定了決心。

訂教審議官克莉絲提亞・貝爾。

以「死神之鐮・貝爾」的稱號讓人聞風喪膽的前首席異端審問官，現在已經成為了艾米莉亞可靠的夥伴。

能直接向大神官聖壇表達意見的聖職者，正為了恢復艾米莉亞的名譽與重建教會的正義而行動，這對艾美拉達而言是件天大的好消息。

再加上她原本還是隸屬奧爾巴底下的組織，這點更是影響甚鉅。

儘管人民或許會因為「六大神官」的叛教行為而感到動搖，但只要讓克莉絲提亞代替艾美拉達導正教會的不正行為，事情就會變成由教會自行糾舉犯人，透過信仰建立的安定也不至於產生太大的動盪。無論是無意義的政治鬥爭，還是民眾的混亂，都能藉此壓抑到最低限度。

追根究柢，若讓在俗世聲名遠播的艾美拉達公開與教會對抗，那麼事情無論如何都會鬧得一發不可收拾，並大大動搖人民的生活。

雖然身為艾米莉亞最好的朋友，這樣的結果讓她有些不悅，但為了同時兼顧朋友的名譽與人民的安寧，艾美拉達判斷讓克莉絲提亞處理會比自己行動要來得有利。

不曉得未來自己有沒有機會直接跟克莉絲提亞見面，互相讚頌彼此為同一位友人奮戰的事蹟呢。

「好像希望能有那麼一天～～又好像不希望有那麼一天～～」

艾美拉達在五大陸聯合騎士團分派的辦公室內讀著報告書，自言自語地說道。

「不過～～或許艾米莉亞還是別再回到這裡會比較好也不一定～～」

那個名叫日本、既和平又繁榮的異世界。

就算艾米莉亞將那個國家當成第二故鄉，並留在那兒平靜地生活也未嘗不可。

艾美拉達瞥了一眼放在辦公桌角落的法術道具「手機」。

『喂，艾美，妳聽我說！』

對方的聲音雖然語帶憤怒，但又隱約充滿著活力。

『那些傢伙明明是魔王跟惡魔，居然還參加社區清掃耶，真是笑死人了。』

那位原本賭上所有人生，只為了替父親報仇的教會騎士——

『喂，艾美！我輸了！我居然輸給魔王了！為什麼換尿布會那麼難啊？』

正以與她年紀相應的方式生氣、哭泣與歡笑。

在知道艾米莉亞前幾天跟自己商量的那個「從果實中誕生的小女孩」的真面目後，就連艾美拉達也嚇了一跳，但比起女孩的出身，對方那邊似乎更重視女孩將艾米莉亞和魔王當成雙親這點，且反而不太在意「天界」或是「質點」這些應該要慎重考慮的部分。

『我想重建爸爸的麥田。』

那是艾米莉亞過去的夢想。

但她只要一回到安特・伊蘇拉，就成了拯救世界的勇者艾米莉亞・尤斯提納。只要艾米莉亞的名譽一恢復，便足以被標榜為毫無虛偽的正義象徵；但相對地，這個結果也將剝奪她微小的夢想吧。

即便自己並非不可能以單純朋友的身分和艾米莉亞來往，但應該也是困難重重吧。

與艾米莉亞本人的意思無關，她已經是政治上的一個要角了。

「人世間果然不能盡如人意呢～～」

為了避免身高愈縮愈矮，艾美拉達刻意大大地嘆了一口氣，順便轉換心情。艾米莉亞達成原本目的後的事情，就交給艾米莉亞自己決定吧。

無論她回不回安特・伊蘇拉，自己都只能為了打造一個最好的世界而努力工作。這同時也是將一位少女推崇為勇者，身為一個人該盡的責任。

接著艾美拉達突然發現，自己居然已經擅自斷定魔王撒旦也不會再回到安特・伊蘇拉了。

理由很簡單。因為現在的魔王已經不再是艾美拉達或安特・伊蘇拉居民所認識的魔王了。

判斷魔王撒旦正在人類底下勤勉工作、耿直地與人類一同生活，並像人類父母一樣代替「從果實中誕生的小女孩」雙親照顧女孩的人，不是別人，正是勇者艾米莉亞。

「在不清不楚的情況下自然造就出來的和平啊～到底該不該寧願產生新的犧牲也要將一切弄得水落石出呢～真令人煩惱～」

艾米莉亞的朋友艾美拉達・愛德華，以及神聖的聖・埃雷帝國宮廷法術師這兩個身分，正在自己的內心互相爭鬥著。

「咦……？」

陷入複雜思緒而不自覺地順勢蓋著章的艾美拉達，因為一份文件的內容而停下了動作。

她發現最近半個月殲滅的惡魔數量莫名地增加了。雖然非常緩慢，但根據目擊情報顯示，惡魔單次出現的數量確實變多了。

「……感覺～有一股不祥的預感呢～」

明明上個月甚至還有討伐數零的日子。然而隨著時間一天一天地推移，這半個月來的惡魔

數量不僅持續緩緩增加，而且還完全沒有減少。

雖然數目不多，但既然討伐對象數量增加了，那麼自然也表示犧牲人數將隨之攀升，讓艾美拉達因此皺起了眉頭。

再這樣繼續下去，或許自己也該出動進行正式調查會比較好也不一定。

想著想著，就在她打算將自己的感想記在別張紙上時——

「艾美拉達大人！」

一位訪客吵吵鬧鬧地衝進了辦公室。那是一位從北大陸派遣過來的見習騎士。

「怎麼了～～？」

年輕的見習騎士臉色蒼白地喘著氣，眼神中充滿了不安。

在開口之前，對方的表情已經讓人猜到絕對不會是好消息。

魔王，因為失去住處跟工作而無計可施

小女孩柔順的銀髮散發出宛如天河般美麗的光芒。

那雙飄盪於銀河中、既光彩奪目又充滿威嚴的雙眼所醞釀出的莊嚴氣氛，完全不遜於君臨宇宙的太陽與月亮的光芒。

「真漂亮……」

男子彷彿失了魂般的嘟囔聲，在傳到其他人耳裡之前便消散在空氣之中。

將視線移到其他的地方，便能看見那活力洋溢的四肢正轉而描繪出充滿生命力的活動。

那尚在發育階段，或是該說正站在發育起點的純真姿態，就蘊含著無限可能性這方面來說，有著凌駕世上所有藝術品的極致美麗。

那宛如日本羚羊般柔韌典雅，卻又如同百合花般纖細婀娜的雙腳。

以及彷彿天使翅膀般輕盈美麗，但又如同豹般靈活的魅惑雙手。

更重要的是，那勝過世上所有萬花筒、令人目眩的美麗變化，以及比薔薇華麗、比牡丹優美，宛若櫻花般虛幻的表情，就算使用萬千的音樂或詩篇，依然是難以言喻。

「嗚呵呵呵呵。」

究竟誰能責備這位被奪走心智，因而忘記注意周圍狀況的男子呢。

「那個……真奧哥。」

「嗚哈哈哈哈。」

畢竟這位男子的內心一整天都被人囚禁著。

「真奧哥，你能不能小聲一點……」

「哇哈哈哈哈哈。」

別說是內心，或許連性命都被囚禁起來了也不一定。

「真奧哥！」

「哇啊！怎、怎麼了，小千？」

在被用力地搖晃肩膀後，一臉噁心笑容的真奧貞夫總算清醒了過來。

真奧回頭一看，發現知道自己身分的職場後輩、同時也是日本唯一得到自己全面信賴的少女，正鼓著臉頰將手叉在腰上。

麥丹勞幡之谷站前店的員工間內，一位高中女生正在勸諫企圖征服世界的魔王。

「你那坦白講就連我都覺得有點噁心的笑聲，可是連廚房都聽得見喔！」

「喔，啊？嗯，不好意思，看來我有點看得太出神了。」

佐佐木千穗一臉不悅地仰望身材高眺的真奧，在看見真奧手上從照相館拿來的免費簡易相簿後，便困擾地皺起了眉頭。

「真是的……你又在看阿拉斯．拉瑪斯妹妹的照片了吧。」

「就是啊！喂，妳看一下這個！」

一聽千穗提起照片的事情，真奧便馬上把自己三秒前才被人說過的話拋諸腦後，將相簿遞了過去。

「……又是新的照片啊。」

真奧秀的照片上，是一位銀髮的活潑女童張開雙手，在某個類似草坪處跑來跑去的畫面。

「哎呀，其實這不是照片呢。似乎是擷取了影片中的一部分然後再影印出來？」

「……」

「因為惠美那傢伙都不怎麼帶她過來啊，既然我們這邊只能被動地等待，那當然會感到很焦急啊。這是前陣子帶阿拉斯．拉瑪斯去幡之谷的運動中心時拍的，當時跑了一整天真的很辛苦呢！」

「……那真是太好了呢。」

對千穗來說，也只能這樣回答了。

「喂，要嗎？妳要阿拉斯．拉瑪斯的新照片嗎？」

「……暫時不用。因為我最近已經收到很多張了。」

儘管千穗對真奧抱持著好感，而且也非常喜歡阿拉斯．拉瑪斯，但還是因為跟不上興奮的真奧而婉拒了遞向自己的照片。

自從原本以為已經離開的阿拉斯．拉瑪斯，被惠美帶回來後的這兩個禮拜，真奧對待阿拉斯．拉瑪斯的方式就已經超越愛護，完全到了過度保護的程度。

為了將阿拉斯．拉瑪斯的一切都記錄下來，原本除了生活必需品外完全不買其他東西的真奧，甚至還買了舊型的數位相機與印照片用的印表機，而從他溺愛女孩的方式，就能看得出來他病得有多麼嚴重。

至於用數位相機拍下來的照片跟影片，則是由只剩下電腦跟過去威名可取的尼特族墮天使漆原負責儲存，雖然真奧能在阿拉斯．拉瑪斯不在時透過觀看這些檔案治癒自己的內心，但購買這些並非生活必需品的東西，理所當然地會讓負責掌管魔王城財政的蘆屋四郎感到不悅。

墨水等消耗品造成的開支意外地不可小覷，再加上漆原每次用完電腦後都不會關掉印表機的電源，浪費待機時的電力，更是增加了想將質樸簡約當成魔界施政方針的蘆屋壓力的來源。

「雖然在休息時間這樣是沒什麼關係……但木崎小姐馬上就回來了，你可要稍微振作一點喔？」

「放心，我會好好地切換心態啦！」

即便被高中女生指責鬆懈的時段負責人兼魔王用不像樣的表情這麼回答，看起來還是一點說服力跟威嚴也沒有。

由於阿拉斯．拉瑪斯「雙親」的另一位——魔王的宿敵——勇者遊佐惠美，每個月都會帶孩子過來幾次，而溺愛孩子的真奧，看起來就像是協議離婚後爭奪親權失敗的父親。

知道真奧原本的真面目與目的，千穗在覺得厭煩之前便先對許多事情感到擔心。

「真奧哥，你每天回家後就只顧著關心阿拉斯．拉瑪斯妹妹的事情，這樣沒問題嗎？既然你有辦法買數位相機跟印表機，表示你應該還有一些存款吧。不過，我也沒聽說你有其他的工作……」

匆忙將話說完後，離開員工間的千穗看向掛在店裡的月曆，不安地嘟囔道：

「更何況從明天開始就要關店了……」

※

企圖征服異世界安特．伊蘇拉的魔王撒旦真奧貞夫，以及拯救安特．伊蘇拉的勇者艾米莉亞用來隱藏真面目的身分——遊佐惠美。

以稱兩人為「爸爸」和「媽媽」的小女孩阿拉斯．拉瑪斯為中心，魔王與勇者不情不願地合作挑戰不習慣的育兒生活。

在與企圖帶走阿拉斯．拉瑪斯的大天使加百列展開直接對決，並發生了許多出乎意料的事態後，這對「雙親」總算勉強獲得了勝利。

與其說是勝利，不如說是因為狀況改變，使得加百列無法達成目的而導致戰鬥中斷，但幸好阿拉斯・拉瑪斯總算能待在自己喜歡的地方了。

問題在於阿拉斯・拉瑪斯居然與惠美持有的「進化聖劍・單翼」融合了。

生命之樹支撐著世界，而惠美的聖劍和阿拉斯・拉瑪斯都是來自其中一個果實，換句話說就是「基礎」質點的碎片。

加百列的目的是奪取阿拉斯・拉瑪斯與聖劍，並重組「基礎」碎片讓它恢復原本「質點」的形狀。

儘管過去在讓普通人類難以想像的漫長時間中，加百列等人一直都對碎片置之不理，但現在不知為何又開始慌慌張張地為了修復「基礎」質點展開行動。

然而既然阿拉斯・拉瑪斯已經跟無法與惠美肉體分開的聖劍融合，那麼加百列也暫時無法達成目的。

阿拉斯・拉瑪斯也因此必須從之前住的魔王城——位於東京都澀谷區笹塚、屋齡六十年的公寓Villa・Rosa笹塚二〇一號室，強制搬到惠美位於杉並區永福町居住的公寓。

此時產生了一個問題。

阿拉斯・拉瑪斯非常黏自己的「爸爸」真奧。

若讓兩人見面，那麼別說是教育問題了，甚至還會對人類歷史造成不良的影響，因此身為勇者的惠美，本來應該要狠下心來不讓阿拉斯・拉瑪斯跟魔王見面才對。

然而令人困擾的是，阿拉斯・拉瑪斯已經變成具備人格的聖劍，且只要一感到寂寞便會在惠美腦袋裡哭鬧。

而孩童的嚎啕大哭，可是具有勝過野獸咆哮的破壞力。

在小女孩剛與聖劍融合時，惠美原本也下定決心打算盡可能不讓阿拉斯・拉瑪斯到真奧那裡去，但那份決心短短三天便輕易地崩潰了。

即便是處於聖劍狀態的阿拉斯・拉瑪斯，在精神方面依然是個小女孩，無論惠美是在工作還是睡覺，她都會無視「媽媽」的狀況，大吵大鬧地喊著「我想見爸爸」。

為了避免只有惠美聽得見的夜哭這種悲慘的狀況，結果惠美還是只能比以往更頻繁地前往魔王城。

不僅如此，惠美還經歷了諸如飯後刷牙與更換尿布等等，這些前陣子讓魔王城居民忙得不可開交、艱困至極的育兒歷程，讓她完全無法壓抑處理事情變得敷衍隨便的軟弱內心。

雖然阿拉斯・拉瑪斯基本上非常聽話，即便感到不滿也不至於會大發脾氣地搗亂，但即便與惠美融合，小女孩的生理狀況似乎還是會依照自己的主觀進行。回到家的惠美讓阿拉斯・拉瑪斯現身後，便不只一兩次地發現尿布已經膨脹了起來。

然而即使如此，惠美還是無法將阿拉斯・拉瑪斯託付給魔王城照顧。因為就算阿拉斯・拉瑪斯能以孩童狀態獨立活動，依然無法改變她跟惠美處於融合狀態的事實。

目前已經確認只要遠離到某種程度，阿拉斯・拉瑪斯就會無法維持形體，並強制返回惠美體內。

惠美跟獨立行動的阿拉斯・拉瑪斯之間能維持的距離，大約是京王線一站的間隔。

能理解當時的惠美有多麼絕望的人，就只有住在魔王城隔壁的安特・伊蘇拉大法神教會訂教審議官克莉絲提亞・貝爾，亦即鎌月鈴乃了。

順帶一提，佐佐木千穗在知道這件事時——

「呃，這樣不用擔心迷路，不是很好嗎？」

則是表達了這種類似射擊隔壁射手箭靶般的意見。

對惠美而言，必須經常前往魔王城這個結果實在是讓她備感羞愧，而真奧則是因為能頻繁地與阿拉斯・拉瑪斯見面而心情大好，結果惠美為了維持心情上的平靜，只好說服自己這樣能讓魔王減少做壞事的念頭。

就這樣，在阿拉斯・拉瑪斯與惠美開始過著前往魔王城的生活約兩個禮拜後，時間已經進入了盛夏的七月底……

※

麥丹勞幡之谷站前店的能幹店長木崎真弓，總是豪邁地表示自己從來不講讓人笑不出來的笑話。

雖然木崎在打工人員之間被冠上令人恐懼的「營業額之鬼」稱號，但她總是誠心地對待顧客，對部下的評價也是光明正大。

正因為木崎是如此直率的人物，所以真奧貞夫一時無法理解她所說的話究竟是什麼意思。

木崎既不講笑不出來的笑話，也不會說謊。所以才令人難以置信。

「明天這間店就要關了。」

下午四點，算是比較空閒的離峰時段，包括結束工作的真奧與千穗在內，木崎向所有下午的員工如此宣告。

就在這一瞬間，真奧感覺自己周圍的聲音全都消失了。

對真奧來說，這簡直就像是既沒有魔力也沒有聖法氣的木崎，使用了凍結空間的法術一般。那是漫長到彷彿宇宙剛開始的瞬間般，無限的一剎那。

「真、真奧哥？」

「嗯啊！」

要不是千穗小聲地向真奧搭話並碰了一下他的手，真奧或許會就這麼前往永恆的時空彼端，再也回不來了。

從神祕科幻影像的幻覺中回過神來的真奧，瞬間在腦中整理起各式各樣的情報。

跟同一區內的其他商家相比，照理說幡之谷站前店應該是營業額經常超過前一年百分之百的超優良店家才對。

雖然店舖規模絕對稱不上大，但透過柔軟的服務與誠摯的對應，再加上細心的衛生管理，往往都讓這間店在三個月一次的地區競賽中獲得表揚。

而這樣的幡之谷站前店，居然要消失了？

這實在是令人難以置信。

但看來驚訝的就只有真奧一個人，千穗與其他員工都並未顯得特別震撼。

真要說的話，反倒是千穗一臉擔心地回看感到動搖的真奧。

「雖然必須暫時分開，但希望各位到了新的職場後也別忘記在這間店學到的東西，努力工作。我要說的就這些了。」

「那、那、那、那個，木崎小姐？」

「嗯？阿真，有什麼問題嗎？」

「與、與其說是問題，該怎麼說……」

真奧無法順利釐清自己的思緒。到底該問什麼才好。不對，在那之前，新的職場又是怎麼回事？

為什麼都沒人對這樣的狀況產生動搖呢？這讓真奧不由得感到不可思議。

「妳說這間店要消失……」

木崎因為真奧好不容易擠出的一句話而疑惑地皺起眉頭。

「我在兩個星期前應該就跟你說過了吧？」

「咦……」

儘管被人當面這麼質問，真奧還是一點印象也沒有。說到兩個禮拜前，正好是與阿拉斯·拉瑪斯有關的事件大致塵埃落定的時候。

「那個……該不會……」

千穗從背後偷偷地對真奧說道：

「是真奧哥以為阿拉斯·拉瑪斯妹妹被帶走的那段期間的事吧……」

「咦……」

真奧再次發出少根筋的呻吟聲，並拚命地從記憶底層尋找兩個星期前發生的事情。

就在真奧為了養育阿拉斯·拉瑪斯，而對木崎提出增加排班的請求不久後，加百列便突然現身引發了一場大騷動。

在那之後的兩天，以為阿拉斯・拉瑪斯被人帶走的真奧確實非常沮喪。他接連犯下平常絕對不會犯的新手等級的失誤，可說是在麥丹勞工作以來表現最糟糕的兩天，甚至連木崎都開始擔心起他的身體狀況……

「那……那時候……」

「你該不會……都沒在聽吧？」

木崎嚴厲的語氣讓員工們頓時緊張了起來。

正因為木崎對工作的評價十分公正，所以對鬆懈或怠慢也非常地嚴格。

「……其他人關於這件事，應該沒什麼特別的問題吧？」

除了真奧以外的所有人，都以彷彿訓練有素的軍隊般整齊劃一地動作——

「「「「是！」」」」

接著一同唱和。

「事情就是這樣，阿真。跟我到辦公室來一趟。」

真奧臉部發青地跟在木崎身後。

而千穗與員工們則是在這明明時值盛夏、感覺卻掉到零度以下的氣氛中，一臉蒼白地目送他們。

木崎讓真奧站在辦公桌旁邊，一語不發地開始操作電腦。

呆呆站著的真奧，只能持續凝視木崎的背影。

最後在辦公室的角落，一臺比魔王城專門用來印阿拉斯·拉瑪斯照片的型號還要老舊的印表機，總算開始發出聲音並吐出影印紙來。

從中拿起一張後，總算回頭的木崎將影印紙遞給真奧。

「如果連這些都不行，那我之後就沒辦法幫你什麼忙了。」

「……請、請問……？這個是？」

「這是能馬上讓你排班的麥丹勞名單。」

「小麥的名單……這麼說來，這間店真的要消失了嗎？」

真奧臉色蒼白地問道，木崎則是板起臉將手指抵在額頭上回答：

「看來你真的什麼都沒聽說呢……雖然我有注意到你當時一臉茫然地隨便回答，但月曆跟店內布告欄上面不是一直都有貼告示單嗎？就連正門上面都有貼知會客人的公告耶，你最近真的有點太鬆懈了。基本上只要看了排班表，就會發現有地方不對勁吧。」

木崎認為真奧太過鬆懈，這個評價一半錯誤，一半正確。

打從阿拉斯·拉瑪斯出現以來，真奧便排了比以前還要多的班。為了持續擔任時段負責人以及每天排班獲得穩定的收入，其結果就是上下班的時間也跟著變固定，因此最後真奧便愈來愈少看排班表了。

雖然阿拉斯・拉瑪斯目前是住在惠美家，但曾經公開宣稱最終撫養責任還是在自己身上的真奧，依然虎視眈眈地持續尋找將撫養費交給惠美的機會。

儘管現在因為惠美堅定地拒絕而無法實現，但最糟的狀況還是能拿來當成己方的軍用資金，因此直到今天為止，真奧都持續全力以赴地在工作。

真奧回想自己這兩星期內所做的種種行動，同時將視線移到木崎遞過來的影印文件上面。

「本店可是澀谷西區數一數二的超優良店家，沒道理就此關門大吉吧。只是為了變更營業型態改裝店面，所以暫時停業而已。等八月中盂蘭盆假期結束後才會重新營業。畢竟這段期間附近的公司也多半在放暑假呢。」

「變更營業型態？」

這句話消除了一半真奧心中緊張的疑問。光是能確定並非永久停業，就讓他的內心放鬆了不少。

即使統稱為麥丹勞，還是能分成開在郊區並附設遊樂器材的大型分店、位於購物中心內被稱為「迷你麥」的簡易分店以及設置在公路幹道上的「得來速」等各式各樣的營業型態。

而這次幡之谷站前店打算變更的營業型態，則是除了一般餐點之外再加設使用嚴選素材的咖啡菜單、被稱為「MdCafe」的分店。

由於MdCafe販賣的商品無論是素材的品質或種類都較為豐富，因此價格也比一般菜單略微昂貴。

雖然花了許多工夫讓大廳的內部裝潢變得更加高級舒適，但店面也因此需要進行全面性的改造，在變更營業型態之前無論如何都必須耗費一段時間。

從照明、天花板、牆壁到地板等內部裝潢都將跟過去的店面完全不同，為了推出新菜單，廚房也必須進行大幅度的補強。

「咦，可是……以我們店裡的空間，有辦法開MdCafe嗎？」

真奧尚未消除的另一半疑問就是針對這點。

現在日本國內還沒有獨立經營的MdCafe。即便能將原本分店的一部分做為MdCafe經營，在市區內也僅限於分店面積較為寬廣的地方會採用MdCafe的營業型態。

儘管幡之谷站前店是利用面向商店街的商業大樓一樓開店，但仍然是屬於總席數不滿五十個座位的小型分店。

真奧擔心若在原本的麥丹勞內併設MdCafe，或許會讓客人的座位因此變得狹窄，但木崎卻一臉若無其事地指向天花板。

「這棟大樓的二樓，將會成為我們店裡的一部分。」

「咦咦咦？」

「不然要怎麼在這麼狹小的店裡進行那樣的計畫啊。原本在二樓的公司決定在七月撤離，我們只是順勢把位置搶過來而已。因為事出突然，所以整個變更計畫也進展得非常匆忙，不過一樓還是原本分店的樓層。二樓則是做為MdCafe來利用，預計總席數將有九十個座位。」

真奧心想，那麼只要縮小一樓的營業規模，然後只改裝二樓應該也未嘗不可吧。

「若考慮到施工規模就不能那麼做了。店面外觀與商品種類，真要說的話就是所謂的企業形象。在客人面前穿著皺巴巴的襯衫跟髒兮兮的西裝，讓客人感到不悅或不滿足後賺來的錢，那只能稱得上是不義之財啊。」

據木崎所言，諸如引進上下樓層共用的水管設備，以及全面更換新規格的ＰＯＳ收銀系統等，雖說是臨時的計畫，但似乎仍將進行正式的全面改裝，正因為判斷即使在這種狀態下營業，也只會造成顧客的麻煩，所以才決定為了改裝而停業。

「在這段期間內，員工們會暫時以到附近分店『支援』的形式調任……如果你早一點發現這件事，我就能介紹你到比較近一點的分店了。」

木崎困擾地聳肩。

木崎交給真奧的名單，都是一些雖然能接受臨時支援，但不是跟笹塚有段距離，就是無法大量排班的分店。適逢暑假期間，每間分店都因為新進或短期的學生打工人員而陷入人力飽和狀態。

自從固定擔任時段負責人以後，真奧跟分店負責人木崎見面的機會就跟著變少了。

這也是造成這次悲劇的間接原因之一吧。

「因為是為了配合公司而暫時停業，所以你們這些員工的僱用都有受到保障。但這次的問題，某方面來說也要怪你自己疏於確認重要事項。雖然我很欣賞你的才能，也希望能讓你在更好的環境工作，但現在我也只能幫到這裡了。」

木崎起身並將手搭在真奧的肩膀上。

「如果你打算去這些分店支援，就在明天傍晚前跟他們聯絡吧。」

真奧感覺眼前變得一片漆黑。

他搖搖晃晃地走出員工間後，千穗便一臉擔心地靠了過來。

「你果然沒有發現嗎？」

「啊，嗯。小、小千也要去別間店支援嗎？」

「我在改裝完重新開幕之前都休息……不過，對不起！」

千穗突然低下頭來，讓真奧嚇了一跳。

「我、我因為社團的宿營所以少排了很多班……真奧哥忙著處理阿拉斯・拉瑪斯妹妹的事情……如果我有跟你提到這件事，或許你就會發現也不一定。」

看來千穗似乎對真奧的失誤產生了莫名的愧疚感，正以彷彿隨時都會哭出來的表情仰望著真奧。

「不不不，這不是小千的錯。說到忙，現在阿拉斯・拉瑪斯也是在惠美那裡，所以這都要怪我自己太不小心了。哈哈，這下就不能裝模作樣地說自己能好好地切換心態了呢。」

由於千穗一點錯也沒有，因此真奧連忙搖頭回答。

「雖然條件比較差，但也並非完全無法工作，等今天回去之後，我再跟蘆屋商量看看。不好意思，居然害妳擔這種心。」

「真奧哥……」

真奧突然想起一件事，為了改變氣氛而向千穗問道：

「對了，小千。妳今天能來我家嗎？」

「咦？」

千穗因為這突然的邀請而疑惑了一下。

「我早上聽鈴乃說惠美今晚好像會過來吃晚餐。妳也來看一下阿拉斯・拉瑪斯吧，那孩子很想見小千呢。雖然惠美怎樣都好，但飯還是人多一點會比較好吃，呃，所以……」

真奧輕輕拍了一下千穗的肩膀。

「那個，我沒事啦，妳也打起精神來，好嗎？」

「嗯、嗯……」

千穗微微紅著臉，輕輕地點頭。

「喲，我回來了。」

「打、打擾了。」

由於真奧一大早便出門上班，因此今天在下午七點就回到了家。雖然天色未暗，但路上的住家已經開始為了準備晚餐而點亮燈光。

「爸爸！」

回到魔王城進駐的租賃公寓——屋齡六十年的「Villa・Rosa笹塚」後，迎接真奧與千穗的是阿拉斯・拉瑪斯那足以治癒真奧因工作失誤而疲勞的身心、宛如天使般的笑容。

「是小千姊姊耶！」

從矮飯桌對面跑向真奧的阿拉斯・拉瑪斯，在途中巧妙地轉彎改變前進方向，朝千穗發動突擊。

「阿拉斯・拉瑪斯妹妹！妳好啊！」

千穗靈巧地抱起全力衝刺的阿拉斯・拉瑪斯，真奧則是維持著迎接阿拉斯・拉瑪斯的姿勢沮喪地低下頭。看見這樣的狀況，身兼阿拉斯・拉瑪斯「媽媽」以及魔王城頭號敵人、看起來剛下班的惠美苦笑道：

「阿拉斯・拉瑪斯做了正確的選擇呢。」

「囉嗦，閉嘴啦，真令人沮喪。喂，阿拉斯・拉瑪斯，我也在喔？」

「小千姊姊！」

阿拉斯・拉瑪斯充耳不聞。

「歡迎回來，魔王大人。請先用這條濕毛巾。」

將慰勞魔王視為己任的蘆屋貼心地拿出用微波爐熱過的濕毛巾，真奧擦掉回家時流的汗，按著眼睛紓解疲勞。

「啊～～真舒服！」

「佐佐木小姐，歡迎妳來。請坐這裡吧。」

體貼的蘆屋也將濕毛巾遞給千穗，並讓抱著阿拉斯・拉瑪斯的千穗坐在矮飯桌的一角。

「不好意思，突然跑來打擾你們。」

千穗對蘆屋跟惠美行了一個注目禮。

「雖然這句話不應該由我來說，不過沒關係啦。阿拉斯・拉瑪斯也很高興啊。」

「若對象是千穗小姐，那麼我當然隨時歡迎。不過——」

蘆屋對面傳來了一道凜然的女性聲音。

來人將千穗的筷子跟碗擺在桌上，同時不悅地瞪向身高遠遠超過自己的真奧與蘆屋。

「關於理所當然地拿出溼毛巾這點，我已經沒什麼好說的了。但拜託你別邊發出呻吟邊擦臉跟脖子，稍微考慮一下身為魔王的威嚴如何。」

穿著炊事服搭配三角頭巾、對真奧提出忠告的女性名叫鎌月鈴乃。她是住在魔王城隔壁的安特・伊蘇拉大法神教會聖職者，同時也是真奧不折不扣的敵人。

「事到如今，就算在你們面前裝威嚴也沒什麼用吧。」

毫無幹勁地回答鈴乃的真奧將濕毛巾還給蘆屋，鈴乃嘆著氣走回廚房，攪動裝了味噌湯的鍋子。

「你這麼說的話，阿拉斯・拉瑪斯可是會模仿你喔？」

鈴乃還來不及說完——

「啊，不行啦，阿拉斯・拉瑪斯妹妹，那個是用來擦手的。」

就傳來千穗慌張的聲音。仔細一看，阿拉斯・拉瑪斯居然搶走了蘆屋交給千穗的濕毛巾，並學真奧擦了起來。

「啊～～真舒服！」

「阿拉斯・拉瑪斯！不可以學那種像老頭子的舉動！而且那是千穗姊姊的喔。」

惠美從一臉得意模仿的阿拉斯・拉瑪斯手上拿走毛巾。

「來，阿拉斯・拉瑪斯妹妹，我幫妳把手弄乾淨。」

千穗從惠美那兒接過毛巾，溫柔地幫坐在自己膝蓋上的阿拉斯・拉瑪斯擦手。

「哼。」

鈴乃露出一副彷彿在說「你看吧」的諷刺笑容。至於一臉不悅的真奧，則是尷尬地將臉轉向旁邊問蘆屋一個完全無關的問題，企圖蒙混過去。

「啊，那個，漆原怎麼了？」

「他應該還在玩電腦吧。因為貝爾不准他在這個房間裡使用電腦，所以大概還待在魔王城裡吧？」

蘆屋因為跟魔王不同的理由板起了臉。

「那還用說。若放著那個笨蛋不管，他應該會一整天都坐在電腦前面吧。姑且不論電費這些小事，那傢伙實在是很礙眼。」

鈴乃抱著盤子不滿地抱怨。

沒錯，雖然回到了Villa・Rosa笹塚，但真奧並非位於二〇一號室的魔王城。

而是在隔壁的二〇二號室——也就是鎌月鈴乃的房間裡。

在與加百列的戰鬥中，魔王城開了一個讓人覺得沒人報警反而不可思議的大洞。

儘管魔王等人從大賣場買了數張自行車用防水布回來，並東拼西湊地塞住洞口當作應急措施，但依然還是不能就這樣一直放著不管。

一行人無奈地去找先前無法幫忙裝設冷氣的房屋仲介，而對方也簡單地回應會試著跟房東志波取得連絡，然而直到今天，那個洞依然都還是開著。

雖然電線、瓦斯跟自來水的管線看起來都沒有明顯的損傷，但這裡畢竟是棟屋齡高達六十年的建築物。

或許破洞時產生的衝擊，會讓一些看不見的地方因此潛藏了危險也不一定，更何況也難保特定行動會不會引發第二次的災害。

由於若再發生其他意外或許會害情況變得難以收拾，因此真奧這些異世界的大惡魔就像現在這樣，只有在必須大量使用電跟火的吃飯時間，會到隔壁聖職者的房間打擾。

就這方面來看，依然持續使用電腦的漆原，稱得上是魔王城跟鈴乃現在最大的不安因素。

不幸中的大幸是，打從魔王城開了洞以來，至今都還沒下過雨。

但這樣的狀況終究不可能持續下去。真奧一面想著明天要再去跟房屋仲介確認一次，一面在千穗旁邊坐下。

「爸爸！」

坐在千穗膝蓋上的阿拉斯．拉瑪斯，努力地將自己的小手伸向真奧。

光是看見這個笑容，就足以吹跑真奧今天一整天的疲勞與煩惱。

「好，那麼，妳就過去爸爸那邊吧……可以吧？」

千穗發現真奧已經心癢難耐，於是便讓阿拉斯．拉瑪斯坐在「爸爸」的膝蓋上。當然她沒忘了得先跟惠美進行確認，而惠美也不情不願地答應了。

基本上惠美也一樣對阿拉斯．拉瑪斯很心軟。

阿拉斯．拉瑪斯一坐上真奧的膝蓋，就用雙手抓起眼前的筷子，開始沒規矩地敲打桌子。

「喂，阿拉斯．拉瑪斯，不行這樣。要有禮貌一點喔。」

「嗚～」

阿拉斯．拉瑪斯在被真奧跟惠美告戒時，儘管不太情願，還是會乖乖地聽話。

小女孩不滿地將筷子重新放回原處——即便如此，筷子左右的位置還是放相反了——真奧也笑笑地摸了她的頭。

「很好，乖孩子。在鈴乃姊姊把飯端過來之前，要乖乖地等喔？」

「喔！」

「……不曉得為什麼，一被你這傢伙叫『鈴乃姊姊』，我就開始起雞皮疙瘩。」

穿著炊事服幫大家盛飯的鈴乃停下動作，皺著眉頭以真奧也聽得見的音量說道。

「是是是，那還真是不好意思。」

「赤赤赤！」

阿拉斯．拉瑪斯因為覺得有趣而模仿真奧的語氣，惠美與鈴乃則是再度瞪了真奧一眼。

只要跟阿拉斯．拉瑪斯有關就會變得坦率的真奧，默默不語地將放反的筷子重新擺好，同時茫然地思考關於接下來的計畫。

雖然必須跟蘆屋商量家計的狀況，且無論前往木崎介紹的分店或另外思考其他辦法，這件事遲早都還是會被惠美知道，但真奧還是認為沒有必要刻意在對方面前暴露自己的弱點。

如果現在那麼做，惠美很可能會開心地對阿拉斯．拉瑪斯說「爸爸失業囉」之類的話，若被阿拉斯．拉瑪斯當成失業人士看待，那現在的真奧可就活不下去了。

「喂，艾謝爾。你去叫路西菲爾過來吧，不然他晚點囉嗦起來也很麻煩。告訴他如果不馬上過來就沒晚餐吃。」

將晚餐準備得差不多後，鈴乃一邊脫下炊事服一邊說道。

「……好吧。」

雖然惡魔蘆屋與人類鈴乃基本上是敵對關係，但由於兩人最近一起下廚的機會變多，因此單就家事跟漆原的事情而言，兩人似乎逐漸有相互理解的趨勢。

蘆屋面無表情地回應鈴乃，脫下圍巾並漂亮地摺好後，便暫時離開了房間。

「居然連那種傢伙的晚餐都要幫忙做，妳還真是辛苦呢。」

「反正錢是魔王出的。而且比起每日每餐都只做一人份，這樣不但能減少伙食費，思考菜色也會變得比較容易。」

惠美板起臉對一邊解開三角頭巾一邊回答的鈴乃說道：

「要是繼續說那種話，可是會慢慢地被他們拉攏過去，妳要小心一點喔……」

「？」

鈴乃雖然感到不解，但還是刻意不繼續這個話題，挺直背脊、端正地坐在真奧對面的惠美另一側。

「爸爸。還沒好嗎？飯還沒好嗎？」

「嗯，乖孩子，再忍耐一下好嗎？等大家到齊再一起開動吧。」

「路西菲爾快一點！」

看來阿拉斯．拉瑪斯很清楚原因出在誰身上。

惠美盡量不去注意真奧，邊看著阿拉斯．拉瑪斯邊向鈴乃問道：

「話說回來，這裡好像還剩下不少大型家具，妳打算怎麼處理啊？」

「啊，畢竟狀況特殊，所以房屋仲介免費幫我介紹了一個類似貨倉的地方，我預定明天會把東西全都送過去。」

「那冰箱裡面的東西呢？」

「今天一口氣都處理完了。」

「喔，難怪今天的晚餐那麼豐盛。妳才剛買冰箱沒多久，就打算要清理冰箱啦？」

順勢聽著兩人對話的真奧重新看了一下餐桌。

桌上放了大盤的炒青菜與加了洋蔥、茄子、豆腐跟海帶的味噌湯。除此之外，甚至還擺了炸雞塊、炸肉餅、燒賣、甜不辣以及沙拉。

對平常重視菜色外觀的鈴乃來說，這種彷彿將冰箱內容一掃而空的菜單可說是十分難得。

就算多了千穗一個人幫忙，這些分量還是讓人懷疑是否吃得完。

惠美跟鈴乃因為真奧的疑問而皺起了眉頭。

「你在說什麼啊？」

「居然講得那麼事不關己。你們才是沒問題吧？家具都已經整理好了嗎？」

「咦？那是什麼意思？」

真奧疑惑地反問。

惠美與鈴乃一臉狐疑地互望了一眼，緊接著真奧便感覺背後竄起了一陣寒意。

「唔喔！好冰！」

那並非錯覺，而是不曉得何時離開真奧膝蓋的阿拉斯．拉瑪斯，正抱著結了冰的礦泉水瓶貼在真奧背上。

「阿拉斯．拉瑪斯妹妹，那樣會濕掉啦，把瓶子交給我好嗎？」

「啊嗯，不要！」

千穗溫柔地與堅決不交出寶特瓶的阿拉斯．拉瑪斯展開搏鬥，鈴乃則是繼續說道：

「從明天開始，我跟你們都必須暫時搬離這間公寓囉。」

「喂，阿拉斯．拉瑪斯，乖乖聽小千姊姊的話！搬離公寓啊…………妳、妳剛才說什麼？」

真奧瞬間回過神來，但緊接著便馬上失去血色，臉色蒼白地看向鈴乃。

「搬離，這間公寓？」

「……喂，魔王，你該不會……」

鈴乃緩緩地從懷裡拿出一個似曾相識的信封。

那是一個飾有豪華的金色刺繡、摸起來彷彿絲綢般的信封。

「在你去找過房屋仲介後，這封信馬上就寄到啦！就是房東太太送來的通知。」

「啊？」

真奧驚訝地連下巴都差點掉下來，阿拉斯．拉瑪斯也因為他的聲音而弄掉了抱在身上的寶特瓶。

「爸爸，別嚇人家啦！真是的！」

但如今就連阿拉斯．拉瑪斯的聲音也無法傳達給真奧。

真奧幾乎是用搶地拿走鈴乃手上的信封，在警戒恐怖照片的同時，緩緩地拿出內容物。

對房東而言，很難得裡面居然只有一張寫在影印紙上的通知，以及印著密密麻麻的小字、看似契約文件的東西。

『致Villa・Rosa笹塚的各位房客。』

日期顯示約為兩個星期前的通知，一開頭便寫了這句話，而繼續閱讀下去的真奧——

「拜託，這不是真的吧……」

這次真的陷入了天旋地轉的錯覺昏倒了。

「真、真奧哥？」

「喂，這樣會撞到頭吧，很危險耶！」

「爸爸？」

「剛才那是什麼聲音……魔、魔王大人？」

「肚子餓死了。啊，佐佐木千穗也來啦。哇～今天的菜色真是豪華。」

一回來就看見自己主人昏倒的蘆屋慌張地衝了過去，至於漆原則是從頭到尾都一副我行我素的樣子。

「艾謝爾，爸爸看見這個後就睡著了。」

阿拉斯・拉瑪斯將撿起來的紙遞給蘆屋。

「謝謝妳，阿拉斯・拉瑪斯。嗯？寫給貝爾的，是房東寄來的通知啊……」

惠美跟鈴乃還來不及阻止——

「…………呼。」

一眼掃過內容的蘆屋便彷彿斷了氣似的倒下了。

「嗯？真奧跟蘆屋怎麼啦？」

惠美、千穗跟鈴乃一同以冷淡的視線，看向不但完全沒幫忙又最晚到、甚至連「我開動了」都沒說便直接塞了滿嘴炸雞塊的漆原。

鈴乃從蘆屋手中抽走文件，攤開在漆原面前。

「看仔細了，你這個會走動的不良債權。」

「唔……什、什麼啦……咦？致各位房客？」

漆原一邊咀嚼嘴裡的食物一邊閱讀文章。

「關於住戶必須配合公寓大樓改建工程暫時遷離與這段期間的補償……住戶暫時遷離？這是什麼意思？」

這下就連漆原也嚇了一跳，扔掉筷子繼續閱讀文件。

簡單的說，真奧兩個星期前向房屋仲介提出的要求，已經確實傳達到房東那裡了。

由於二〇一號室開的洞太大，若單純只將洞堵起來，還是會讓人對建築物本身的強度感到不安。

一部分也是因為瓦斯管、自來水管以及電力系統經年老化，讓人擔心或許會發生什麼異常狀況，所以才決定對整棟建築物進行徹底的修繕。

「……咦，不過，我什麼都沒聽說耶……」

「我想也是。連魔王跟艾謝爾都變成那副德性，你會知道才奇怪呢。」

「貝爾在改建完成前都會待在我家，你們有什麼計畫嗎？」

被鈴乃跟惠美這麼一問，漆原只能無力地搖搖頭，然後茫然地看向惠美。

「就算我是住在足以讓三代同堂的大房子，你以為我會欣然地邀你們過來住嗎？」

「說得也是……」

看來就連漆原也沒打算針對這點強求。

聽不懂大人們在說什麼的阿拉斯．拉瑪斯不理會嘆氣的漆原，踏著搖搖晃晃的腳步走近倒在地上的兩位男子。

「爸爸跟艾謝爾怎麼了？」

「呃，那個，他們大概是睡著了吧。吶、吶，阿拉斯．拉瑪斯妹妹，妳去叫醒他們吧。」

現場唯一一位知道真奧在職場遭遇到什麼狀況的千穗，一得知真奧可能會連住處都一併失去之後，便當成像是自己的事情一般動搖。

「嗯，爸爸，艾謝爾，起床了，吃飯囉。」

被阿拉斯．拉瑪斯的小手這麼一搖，真奧跟蘆屋總算如大夢初醒般，一臉茫然地起來了。

「……感覺好像做了一場白日夢呢。」

「……我也是。不對……那應該，稱做惡夢吧。」

就連在與勇者的最終決戰中落敗，都沒有選擇逃避現實的異世界魔王跟惡魔大元帥，居然在這種時候逃避了。

「啊，對了，蘆屋。」

「是，怎麼了嗎？」

睡眼惺忪的真奧迷迷糊糊地說道：

「我好像從明天開始就失業了，你覺得該怎麼辦才好。」

「「「「…………………………」」」」

「濕葉？」

牙牙學語的阿拉斯．拉瑪斯在一陣令人窒息的沉默中，覆誦了一遍真奧說的話。

「呼……！」

蘆屋再次發出彷彿洩氣的氣球破了洞般的嘆息，同時失去了意識。

「哇——！蘆屋先生！蘆屋先生的臉色！」

「喂，這臉色可不是鬧著玩的！貝爾！水！快拿水過來！」

「媽媽，礦泉水！」

「阿拉斯．拉瑪斯真乖！借我一下喔！」

「呃，催醒劑是這個嗎？不對，在那之前，要先進行心臟按摩嗎？」

「……蘆屋怎麼了？」

只有真奧一個人還不曉得自己丟下的炸藥威力有多麼驚人。

※

「…………」

「…………」

「…………」

整座魔王城內只剩下從縫隙吹進來的風在流動，三位大惡魔圍繞著一個小包裹環坐，一臉嚴肅地互望彼此。

約略跟大型信封差不多大小的包裹，不知為何被人用膠帶跟塑膠繩重重地封印起來，並用潦草的文字寫著「嚴禁開封」。

「你們到底在幹什麼啊，快點打開啦。」

受不了的惠美斥責僵著不動的男性們。

「事、事到如今，就算看了也……對吧。」

「嗯……」

「說得也是……」

原本就沒什麼耐心的惠美推開猶豫不決的惡魔們，粗魯地抓起包裹後就開始撕了起來。

「哇啊啊啊啊啊！妳幹什麼啦！」

「囉嗦！別再繼續拖延麻煩了，快點打開啦！」

「妳、妳這傢伙！晚點一定會後悔喔！」

「不要啊啊啊！」

惠美無視誇張地大吵大鬧的魔王城居民，打開包裹——

「……這、這是什麼？錄影帶？」

接著便發現了一支沒貼標籤的家用錄影帶。

「妳、妳，那一定是詛咒的錄影帶啊！」

真奧抱頭吶喊。

「裡、裡面一定收錄了恐、恐怖的影像！」

蘆屋臉色發青地緊貼在牆壁上。

「光是照片就有那麼強大的破壞力，換成影片還得了啊！」

「……你們到底在說什麼啊……話說回來，這是房東寄來的吧？為什麼要這麼嚴密地封印起來啊。」

「妳、妳想想看，那可是房東寄來的錄影帶喔？妳應該也見過她吧？」

「那又怎麼樣？別再說些莫名其妙的話了，快點確認內容啦。」

在真奧詢問過房屋仲介不久後，魔王城也收到了房東送來的包裹。

相較於房東平常使用的豪華信封，真奧等人預測這個包裹裡面應該沒裝什麼重要的東西，並因為擔心裡面可能裝了神祕的土產或足以跟「那張照片」匹敵的某物而加強了警戒。

由於鈴乃之前曾訓斥真奧等人「萬一裡面裝了重要的通知該怎麼辦」，因此一行人這次總算下定決心打開包裹。

然而裡面卻沒有任何信件、說明或是標籤，獨獨裝了一支全黑的錄影帶。面對曾因「房東泳裝寫真集事件」而付出慘痛犧牲的魔王城居民，又有誰能責備因為感到不祥預感、而不想播放錄影帶的他們呢。

基本上就算房東送了錄影帶過來，魔王城裡面也沒有能夠播放或觀看的設備。

結果一行人判斷還是別看就直接封印起來才是上策，並將錄影帶塞到房間角落收納櫃的深處、嚴密地封印了起來，但對魔王城居民來說，此刻這支錄影帶或許會是唯一能改變他們現狀

的希望。

不過「那張照片」造成的心靈創傷，至今仍在大惡魔們的內心留下了恐怖的陰影。

「沒辦法了，既然如此，只好解放『那張照片』，讓勇者親眼見識一下了！」

「萬、萬萬不可啊，魔王大人！『那張照片』是魔王城絕不能喚醒的禁忌！是連神明都不能碰觸的絕對封印啊！」

「閉嘴！如果現在不用，那要什麼時候才能用啊！」

「啊啊啊！我、我的記憶，『那張照片』的記憶在侵蝕我啊！這世界完蛋啦！」

「魔王城要崩毀了！魔王大人！請您住手啊！」

身為局外人的惠美完全無視因為「那張照片」而激動不已的真奧等人，將視線停在漆原的筆記型電腦上面。

「只要買臺便宜的錄放影機，應該就能看錄影帶了吧。」

雖然現在是ＤＶＤ與ＢＤ的全盛期，但還是能在家電量販店買到各種將舊媒體資料數位化的機器。

真奧、蘆屋以及漆原當然也曉得這件事。然而他們認為不過是為了解開那不祥的封印，實在沒必要刻意做出這種類似將錢丟進水溝裡的事情。

「喂，惠美，看來目前是沒辦法看錄影帶了，那個，我們的問題我們會自己解決，所以就忘了這支錄影帶吧！」

就在惠美將帶著僵硬笑容纏著自己不放的真奧一腳踢開時——

「艾米莉亞，你們這邊還滿吵的呢，事情解決了嗎？」

抱著阿拉斯·拉瑪斯的鈴乃為了打探狀況而從隔壁走了過來，惠美則是搖頭回應。

惠美用大拇指比向陷入恐慌的三位大惡魔並聳了聳肩，讓鈴乃看過錄影帶後，便簡短地說明了一下狀況。

接著——

「那個……既然如此……」

站在鈴乃旁邊的千穗拘謹地說道：

「我家有能放錄影帶的錄放影機……不如就到我家看怎麼樣？」

「我、我回來了，媽……哇！」

「哎呀哎呀，歡迎光臨啊！啊，你就是真奧先生吧！」

千穗才剛打開玄關大門，就差點兒被一道既尖銳又響亮的聲音給吹跑了出去。

真奧曾經透過電話跟這個聲音對話過。外表看起來約四十出頭的千穗媽媽——佐佐木里

穗，已經化好妝並穿戴整齊地等候真奧一行人。

「打、打擾了。不好意思這麼晚了還來麻煩你們。」

真奧雖然緊張得滿身大汗，但還是慎重地行了一禮。

「初次見面，我叫遊佐惠美。」

站在真奧背後的惠美也不多說什麼，只是簡單扼要地介紹自己。

「呃……小小禮物，不成敬意……我們經常受到千穗小姐的照顧……」

講話吞吞吐吐的真奧拚命說著不習慣的社交辭令，將蘆屋要自己帶來當伴手禮的蛋糕交給里穗。

「哎呀，謝謝你這麼費心。好了，快點進來吧，這次真是辛苦你了。啊，我去泡個茶，請各位先過去客廳吧～千穗，快幫客人帶路！」

在興奮得好像要開始演歌舞劇般的母親催促之下，千穗表情僵硬地點頭。

「那、那個，真奧哥，遊佐小姐，請往這邊走。」

「打、打擾了。」

「不好意思。」

在笹塚站與甲州街道之間、正好與魔王城位於相反方向的住宅區中，有一棟看起來非常普通的獨棟建築，那就是佐佐木家。

雖然對必須儘早確認錄影帶內容的真奧等人來說，目前的狀況已經是別無選擇，但不管怎樣，魔王城的居民平常在食物方面還是受到佐佐木家不少照顧。

縱然蘆屋連忙騎著杜拉罕二號出門，並總算買到了高級蛋糕回來，但若對千穗的家人做出了失禮的舉動，恐怕還是會背叛千穗一直以來的信賴，因此真奧可說是卯足了全力。

更何況這次惠美還為了監視自己而跟了過來。

照理說原本應該是要由蘆屋來拜訪，但惠美擔心若讓這兩人一起出門，或許會偷偷地處理掉錄影帶也不一定。

由於一群人一起跑過來會給佐佐木家添麻煩，因此除了真奧跟惠美以外，其他人都留在Villa・Rosa笹塚安撫阿拉斯・拉瑪斯，等待真奧他們的好消息。

雖然惠美平常總是若無其事地咒罵魔王勢力，而且絲毫不在意對方的死活，但這次不知為何，她居然熱心地協助真奧等人解決困境。

「媽媽……也未免太有幹勁了吧。」

千穗一進客廳便無力地垂下頭來。

被打掃得一塵不染的客廳內不但有一張鋪了全新桌巾的桌子，桌子正中央還擺了一個插有各式各樣花朵的花瓶。

也許是因為燒了精油蠟燭或使用了芳香劑，感覺客廳內還飄浮著微微的花香。

就連椅墊也很明顯地被換成了平常沒在使用的厚墊子，讓身為原本的居民千穗感到非常困窘，至於真奧跟惠美則是只了解自己受到歡迎。

「那、那個，對不起，呃，請坐吧。啊，真奧哥，錄影帶……」

講起話來變得有些無力的千穗從真奧那兒拿到錄影帶後，便在擺了薄型液晶電視、位於客廳角落的電視櫃前蹲了下來。

真奧與惠美一邊互望著彼此，一邊戰戰兢兢地坐下。屁股底下的新坐墊也跟著咯咯作響。

「來來來，我準備了冰涼的紅茶喔。」

里穗再度興致盎然地走進客廳。真奧跟惠美驚訝地縮了一下身體，但里穗依然毫不在意地端著散發微微柑橘類香氣的冰紅茶，並巧妙地放在真奧等人面前。

「謝謝招待……好香喔，這是花茶吧，是玫瑰果茶嗎？」

惠美稍微喝了一口後發問，里穗的眼神頓時閃閃發光。

「真不愧是社會人士，果然內行呢！謝謝妳平常那麼照顧千穗，我常常聽她提到妳呢。真是的，千穗跟我老公同一副德性，對紅茶一點都不關心。」

「嗯、嗯……」

「媽、媽媽！聊到這裡就可以了啦！」

設定好錄影帶跟電視後，千穗紅著臉想將媽媽趕離客廳，但里穗卻不予理會。

「在趕我走之前，妳還是快點放那支錄影帶吧！或許內容跟真奧先生家接下來的狀況有關也不一定吧！」

說完後，里穗自己也在真奧跟惠美的對面坐了下來。雖然關於借用佐佐木家錄放影機的事情，千穗已經對里穗做了最低限度的說明，但真奧還是因為擔心房東會不會說些什麼奇怪的話，或是千穗跟里穗看過房東後還有沒有辦法維持正常的精神等種種問題感到不安。

「真是的……！對不起，真奧哥，我可以放了嗎？」

「啊，嗯，麻煩妳了。」

即便如此，真奧也不能就這麼請里穗離開，因此他只好懷著深深地不安，看著千穗按下播放鍵。

千穗彆扭地在母親旁邊坐下，將視線移向電視螢幕，在一陣漆黑的畫面之後，便出現了這樣的影像——

藍色的天空、金黃色的大地，以及屹立其上的四角錐建築物。看過同樣影像的一百個人當中，一定會有一百人回答這個背景是在埃及。

『啊～～啊～～咳。』

房東的聲音聽起來是在測試麥克風。真奧不自覺地因為恐懼而握緊了拳頭。

『呃，真奧先生跟蘆屋先生，好久不見。志波我今天將在埃及的吉薩三大金字塔面前替各

位進行說明。』

房東正位於晴朗沙漠的正中央。

她穿著被撐得緊繃、彷彿快裂成不連身的短袖連身裙並露出大腿，頭戴沒有遮陽功能的禮服帽，光是看見房東志波美輝那裸露度極高的四肢，就讓真奧變得臉色發青、心跳加速。

儘管如此，這次的破壞力至少比泳裝寫真集要小得多，能夠勉強不移開視線。看來真奧多少還是有所成長。

而更令人意外的是，跟緊張得直冒冷汗的真奧相比，其他三人並沒有什麼特別的反應，若無其事地看著房東那要人命的畫面。

『我在旅行中收到了聯絡，沒想到真奧先生等人居然遭遇如此不幸，身為房東，我實在感到非常抱歉。』

雖然房東完全沒必要為房間開洞這件事負責，但關於她深深行禮時展現出來的豐滿帝王谷，在真奧內心留下了詛咒的烙印這件事，真奧倒是強烈地希望對方能夠道歉。

『不幸中的大幸是，真奧先生跟蘆屋先生都沒有受傷。關於公寓的修繕事宜，我會負起房東的全責，請各位不必擔心。同時也絕對不會對房租造成影響。至於整修的日期跟工程，由於應該會進行大規模的修繕，所以恐怕得請各位暫時搬出去一段期間……』

房東充滿事務性質的說明，跟鈴乃收到的書面通知內容幾乎一模一樣。

倒不如說，房東刻意用這麼費工夫的方式通知魔王城這點還比較令人費解。若跟通知鈴乃時一樣使用書面通知，真奧等人就能更早確認這件事了。

就在真奧總算開始習慣這驚人的畫面，並在心裡感到不滿時——

『另外我有一件事情想麻煩真奧先生與蘆屋先生。』

說明完修繕公寓這段期間的事後，房東繼續說道。

『其實我有一個姪女。』

真奧與惠美不自覺地互望了彼此一眼。

房東的，姪女？兩人從來沒想過這位房東居然也有父母、兄弟姊妹、外甥或姪女等普通的家人，因此聽見這句話後受到了不小的衝擊。

『而那位姪女目前，正在千葉的海水浴場經營海之家（註：指在海邊提供遊客住宿、休息、或食物的小型店鋪）。』

一談到房東與海水浴場，真奧腦中便回想起那件「泳裝寫真集事件」。正當真奧心想這支錄影帶終於要開始露出獠牙，而忍不住想馬上衝出去按下錄放影機停止鍵時——

『如果方便的話，能不能請各位去我姪女經營的店裡幫忙呢？』

便突然因為這句話而停下了動作。

『那間店位於千葉東北部的某個海水浴場。考慮到地點跟公寓的修繕工程，應該會提供住

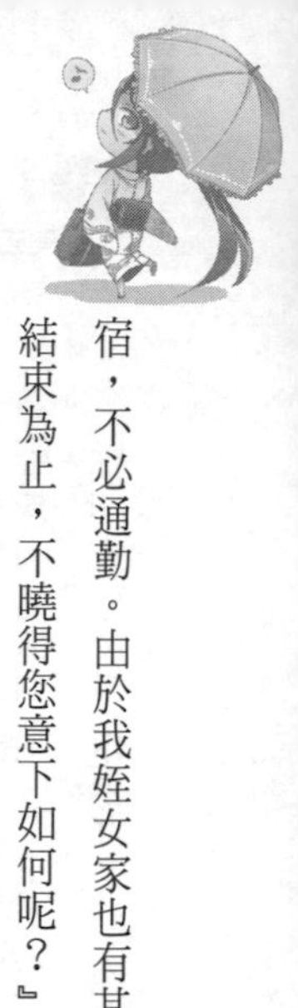

宿，不必通勤。由於我姪女家也有其他事情要處理，因此期間應該會是從八月初至盂蘭盆假期結束為止，不曉得您意下如何呢？』

從八月初至盂蘭盆假期結束為止，而且還附住宿的工作？

在這個時間點突然跑出這種工作，該不會是開玩笑的吧？是打算先讓人高興一下再推落谷底，還是某種整人節目呢？

「千葉的東北……是銚子嗎？」

千穗像是在確認自己的記憶般小聲地嘟囔道。

『若有男孩子在，一旦有什麼突發狀況也比較令人安心。當然您應該也有自己的工作要忙，所以這件事並不勉強，不過方便的話，還是請您稍微考慮一下。如果您願意接受，請打這個電話……』

房東指著畫面下方，並費心地打上了一個看似手機號碼的字幕。真奧茫然地盯著畫面上的號碼好一陣子——

「魔……真奧，這不是很好嗎？快點打電話過去啦！」

接著便被某人用力地拍了一下背，害他用力地咳了起來。

「咳、咳！惠、惠美，妳幹什麼啦？」

「這支錄影帶已經送來很久了吧。快點去打電話啦。要是這份工作被其他人搶走不就虧大了！」

「咦，可、可是遊佐小姐，既然是千葉的海之家，那表示離這裡很遠……」

因為惠美的反應而感到驚訝的千穗還來不及說完，旁邊的母親就搶著說道：

「就是啊，真奧先生！這不是很好嗎？這麼一來，就能一次解決住宿跟工作的問題了！在這裡打也沒關係，快點去打電話吧！」

身為一位長輩，里穗的反應可說是理所當然，反倒是惠美居然因為真奧的處境變好而感到高興，這才稱得上是稀奇。

真奧雖然對事情的發展與惠美的態度感到強烈的違和感，但還是一邊用手機輸入畫面上的號碼，一邊比了一個手勢請周圍的人安靜。

畢竟是在別人家裡打電話，因此真奧先對里穗行了一個注目禮，並做了一個深呼吸後才按下撥號鍵。

真奧並不像惠美跟里穗那樣對狀況感到樂觀。再怎麼說，這時機也未免太巧了一點。

基本上，那可是「那位房東」的親戚所經營的海之家呢。真奧既不曉得那裡會是個什麼樣的魔窟，也不曉得會有什麼樣的命運在等待著自己，搞不好在遙遠的麥丹勞工作，對精神的負擔還比較少一點也不一定。

不安地看著真奧的千穗，似乎同樣對惠美的反應感到不對勁，不時偷看著她的狀況。

真奧一臉緊張地等對方接聽，在響了幾次鈴聲後——

『喂？』

話筒另一端傳來了非常簡潔的回答，那是一道女性的聲音。

既然是姪女，那麼會有這種結果也很自然，不過原本因為擔心妖怪出現而預先做好心理準備的真奧，還是因為這聽起來像是普通人的聲音而愣了一下。

「喂、喂。不好意思，都這麼晚了還打電話來打擾。」

『嗯。』

「那個，志波小姐介紹我一份關於海之家的工作，並要我打電話過來……」

真奧才剛說完，對方便以讓他不禁想將手機拿離耳邊的音量大聲回道：

『志波小姐……啊！該不會是東京小美阿姨公寓的房客吧？』

「小美……啊，沒錯。敝姓真奧。」

話說回來，房東的確曾叫別人稱她為小美，惠美想起自己也曾經被她這麼要求過。

『對對對，我有聽說喔！因為七月都快結束了還沒有聯絡，所以我本來以為你們那邊不方便，差點就要放棄了呢！』

話筒另一端的女性聲音給人一種十分開朗的印象。

雖然從語氣來推斷，對方的年紀應該比惠美或鈴乃還要來得年長，但卻沒有像房東那樣深不可測的神祕氣氛。

「那個，因為在聯絡上出了一點差錯……」

就算嘴巴裂開，真奧也說不出口是因為害怕看那支錄影帶，而把它封印到今天。

『啊～我能理解。畢竟阿姨常在國外跑來跑去嘛。就連賀年卡都經常到二月才收到呢。』

「這、這樣啊。」

居然連親戚都是這樣了，那麼通知能馬上送到真奧跟鈴乃那兒反倒是一件奇蹟了。

就在真奧想著這件事時，對方便突然丟出了一個話題。

『那麼，你是真奧先生吧？你能過來嗎？』

對方似乎是個急性子的人，差點兒就反射性答應的真奧，連忙打住了話題。

個人經營的海之家，這樣的工作場所對真奧來說是未知的世界。

總之若不先確認工作條件等事項，便無法決定是否接下這份差事，雖然對方是房東的姪女，但基本上真奧就連對方的名字都還不知道。

「知己知彼，百戰百勝」，這是真奧剛開始以統一魔界為目標時信奉的哲學。

「不好意思，我目前只聽說是『位於千葉的海之家』……」

真奧慎選言詞，引導對方提出條件，話筒的另一端點了一下頭後回答：

『啊～畢竟阿姨在這方面很隨便呢。』

房東的姪女以聽起來不怎麼纖細的聲音繼續說道：

『地點位於千葉銚子的角落……你知道君濱在哪裡嗎？』

「不……」

此時在一旁的里穗將便條紙跟原子筆遞給真奧。真奧以眼神表示謝意，收下紙筆。

真奧快速地在紙上寫下「銚子」二字，千穗見狀，便倒抽了一口氣。

『說得也是。就地名來說，犬吠或外山應該比較有名。離島跟高山姑且不論，君濱可是關東地區最早能看見日出的海岸喔。』

「呃……」

無論如何，那裡終究並非真奧熟悉的地名。對方似乎也從真奧的語氣察覺到了這點。

『唉，你就把那裡當成是在千葉東部吧。雖然離都心是有點距離啦。』

有關工作地點的話題，就這麼在未經詳細說明的狀況下結束了。

然而就算不滿也沒用，因此真奧只好先將這個不認識的地名記下來，繼續聽下去。

『另外雖然有點難以啟齒，但這裡的薪水並不高。一個人的時薪大概只有一千圓吧。』

「一人一千圓嗎？」

真奧因為這出乎意料的數字而稍微嚇了一跳。而且既然是一個人的時薪，就表示能夠不只一個人過去。

只要真奧跟蘆屋兩人一起工作，一個小時就能為魔王城全體帶來兩小時的收入。

『哎呀，畢竟這間店有一半是我爸的興趣，所以完全沒打算賺錢呢。而且這段時期真的很忙，讓我傷透了腦筋呢。再來就是有免費的住宿跟伙食，以及工作結束後直到天色變暗之前，都能在海邊游到高興為止喔！』

附住宿跟伙食、時薪一千圓的工作。雖然游泳怎麼樣都好，但這對現在的真奧等人而言，可說是求之不得的理想條件。

「請問總共能帶幾個人去呢？」

某方面來說，這問題稱得上是一個賭注。現在的魔王城居民並非兩人，而是三人。

而且第三人還是漆原這個徹頭徹尾的尼特族。

從房東跟對方的說法來看，那裡似乎事先就認定好當初跟真奧一起住進公寓的蘆屋也會過去，然而如果變成三個人，或許會因為人事費用，而對「沒打算賺錢」的店舖經營造成負擔也不一定。

更何況即便是自己主動提出的人選，也難保那個第三人會認真地工作。

但沒想到對方的回答卻出乎真奧意料。

『什麼，你可以多找一點人來嗎？』

「咦？呃，那、那個，包括我跟同居人在內，一共有三位男性。」

「咦？三個人？」

「咦？三個人？」

千穗與惠美也跟著同時發出驚嘆聲，但真奧不予理會。

『人手再怎麼樣都不嫌多，你們可以一起過來！因為各方面好像都還滿累人的，所以輪班工作也沒關係喔。』

從這句話來看，對方似乎也看穿了這邊的狀況。

雖然不曉得是什麼樣的工作，但應該能讓漆原負責時間短又簡單的部分。再來只要真奧跟蘆屋能夠全力從頭工作到尾就行了。若漆原能因此產生微乎其微的工作幹勁，那也稱得上是意外的收穫。

「……可以三個人，一起過去麻煩您嗎？」

真奧說完後，話筒另一端便傳來一陣笑聲，桌子對面的千穗也跟著露出緊張的表情。

『嗯。那麼，你們什麼時候能過來？』

「因為明天還有一些事情必須處理，所以我打算等後天八月一日過去。」

『哇，那我可得快點準備住宿的房間才行了。不過，若能早點來當然是愈早愈好啦。據我爸所說，從八月起人就會開始正式多起來，真是太感謝你們了！』

真奧從剛才開始就感到有點在意，諸如工作「似乎」很累人，或是「據說」人會從八月起變多，不知為何，這些說明感覺都是從別人那兒聽來的。

一問之下——

『哎呀，我想剛才應該也有提到過，那間店原本就是我爸在經營，雖然我也有幫過忙，但這個暑假他突然說想去旅行，就把事情都推給我了。雖然形式上是由我來接手，但我也有自己的工作，光靠一個女人家實在是忙不過來。由於我爸本來就沒打算賺錢，因此也沒教我該怎麼做生意。人家好歹還是個年輕活潑的女子，所以也可能會有那方面的危險。』

具體來說究竟到幾歲還能稱作年輕活潑、會有什麼危險、這樣做生意沒問題嗎等等，真奧硬是吞下了這些疑問。

『關於這點，既然是小美阿姨介紹的人，那我就放心了。就拜託你們啦。』

「那、那裡……話說回來，我們該怎麼過去才好呢？」

『啊，得先告訴你們地點才行呢。你們要搭車過來嗎？還是搭電車？或是用飛的過來？』

「飛、飛的？呃，我們會搭電車過去。」

無論要去哪裡，真奧等人能利用的交通方式都只限於大眾運輸工具。

『路程還滿長的喔？若從都心出發，可以先搭總武線到終點站千葉，再搭ＪＲ的總武本線到終點站，就是銚子了。接著從那裡搭銚子電鐵，在終點站前一站的犬吠站下車。雖然前面會先經過一個叫君濱的站，但我們的店離犬吠比較近。從都心到這裡差不多要三小時，不過你們

就當作是出來旅行吧。』

不但必須搭三條真奧完全不熟悉的鐵路，而且還必須出兩個終點站。看來那裡比想像中要來得遠。

一部分也是出於經濟因素，打從真奧與蘆屋飄流到日本以來，兩人幾乎從來沒出過東京二十三區。雖然這將會是他們首次前往其他縣市，但這初次遠征的確如同對方所言，感覺會就這麼變成一場旅行。

就連走遍全世界進行征服活動的魔王，也是會覺得單程三小時的路程有點遠。

『等到犬吠後，我會開車去接你們。到了之後就打個電話給我吧。』

「我知道了。呃，那麼，雖然現在才問也有點晚了，請問那間店跟您的大名是……」

雖然這並非全部的事項都處理完後才問的事情，但偏偏不確認又不行。

『啊哈哈哈，抱歉，說得也是。我怎麼連名字都還沒告訴你啊！』

戰戰兢兢地提出問題的真奧，又再次因為對方爆出的笑聲，而差點兒讓耳朵離開手機。

這應該是我們這邊要問的問題吧。

『不好意思，這麼晚才報上名號。我是小美阿姨的姪女，大黑天禰。』

「大黑小姐啊……我知道了。那麼後天，大約什麼時候過去比較方便……」

以打工來說，這個問題可說是理所當然，但大黑天禰的回答卻完全超出了真奧的經驗。

『嗯，什麼時候來都可以喔。』

「咦？」

『挑你們方便的時間就好，幾點我都會去接你們。』

「這、這樣啊……那麼關於工作有什麼需要的東西嗎？」

『體力？』

對方的回答非常簡潔。但真奧想問的並不是那種事情。

『呃，應該只要帶換洗衣物、毛巾跟牙刷就好了吧？其他不夠的東西等到這裡再補齊就可以了。』

又不是去親戚家玩。難道就沒什麼現場工作必備的東西嗎？

『對了，還要帶海灘鞋。不能帶拖鞋，要帶腳踝有黏扣帶固定那種喔。否則不但容易被沙子絆倒，還可能會被海浪給捲走。要是赤腳工作，會很容易被沙子底下的垃圾、碎石或貝殼割傷腳，所以不行喔。』

「海灘鞋。我知道了。我會去買合腳的鞋子。」

沒錯沒錯，我想問的就是這個啊。但關於打工注意事項的正經談話一下就結束了。

『不只是海灘鞋，難得來一趟，不如連泳裝跟泳鏡都帶過來吧。如果想放煙火，我們這裡也有很多不錯的種類喔！雖然不能放會往上飛的類型，不過在海風中用線香煙火（註：一種用紙

包住火藥，點燃後會發出閃光的煙火）決一死戰可是很刺激的喔！』

「……這樣啊。」

看來還是用跟在市區打工完全不同的思考來看待會比較好呢。才講到一半，就已經完全變成玩樂的話題了。

或是只有這間大黑屋（註：由於在江戶時代通常只有武士能夠冠姓，因此一般人習慣會以創業者名或地名做為商號或業者的代稱）是這種調調呢？

『啊，不過有件事要先說在前頭。』

「是的，有什麼事嗎？」

大黑天禰的語氣突然變得比剛才還要認真。真奧也跟著收斂表情，等待對方繼續說下去。

『因為這裡不是什麼時髦的地方，所以雖然有遊客，但來的幾乎都是大人。是個讓人提不起勁，有點單調的海邊。』

「是的。」

『而且因為這份工作有很多事情要忙，講是講能夠盡情游泳，但實際上大概也只有早上跟傍晚以後能去海邊玩。所以……』

稍微停頓了一下後，天禰便以彷彿要宣告大事般的口吻說道：

『別太期待能跟穿泳裝的小姐有美好的邂逅喔！基本上搭訕原本就是會給人添麻煩的行

為，所以禁止搭訕喔！』

「您從剛才開始就在說些什麼啊！」

『咦？這些事對男孩子來說不是很重要嗎？』

「才沒有這回事！話說回來，我們應該是去工作的吧？」

從這一連串對話來看，也難怪真奧會有此疑問。

『啊，原來如此，真奧先生已經有對象了嗎？』

「才沒有！！！！」

真奧發出到目前為止最大的聲音，並用眼角瞄到千穗、惠美與里穗因為不曉得發生什麼事，而驚訝地睜大了眼睛。

一般聯絡打工事項的電話，應該會更有緊張感，並充滿事務性質才對吧。當然如果是個既辛苦又只能賺錢、完全沒有人情味的職場，那也很令人困擾，但是感覺完全沒有緊張感也是個問題。

由於店長木崎個人的品德，麥丹勞幡之谷站前店的工作並不會特別辛苦，但果然還是有許多大型連鎖店特有的標準程序、工作禮節以及不成文的規定。

對曾經於那種環境工作過的真奧而言，大黑屋給人的感覺完全超乎了他的預測。

就在真奧喘著氣時，對方似乎也正在思考某些事情。

『若是硬派的草食男（註：指對異性興趣缺缺，專注於個人嗜好的男性族群），那我們這邊也能夠安心了。不過感覺有點不太對勁呢。根據我從小美阿姨那兒聽來的印象，我還以為會是一群更豪邁的人呢。』

究竟那位房東是怎麼描述真奧跟蘆屋，而大黑天禰又從中做了哪些想像呢？真奧有信心像自己這種勤勉、誠實、正直，並認真地過著征服世界與打工生活的惡魔，應該稱得上是空前絕後了。

必須在工作現場好好表現，澄清因為這通電話而產生的各種誤會才行。

「總之後天我會儘早過去那裡！」

『了解，我等你們喔。』

明明沒特別做什麼，但真奧在結束這段毫無緊張感的通話後，依然感到莫名地疲累。

「你們到底談了些什麼啊？」

惠美首先發難，提出疑問。對站在一旁的聽眾而言，那實在不像是一通討論打工與面試的電話。

「我也搞不太清楚。」

就連真奧本人，目前也只能回答那是一份在陌生土地的某個陌生人底下做的陌生工作。

「那麼，事情談得如何？工作方面沒問題嗎？」

里穗一面搖晃杯子裡的冰塊一面問道，真奧收起手機，並深深地行了一禮。

「謝謝您借我們錄放影機。託您的福，我們總算不用流落街頭了。從後天開始，我們會前往千葉的海之家工作。」

「喔，那真是太好了。」

里穗微笑地點頭。

千穗看起來似乎也鬆了一口氣，但還是因為突然想起某件事而問道：

「三個人，是包括漆原先生在內嗎？那樣沒問題嗎？他有辦法外出，或是正常地跟人對話嗎？」

千穗果然也跟真奧想到了一樣的問題，從她一臉不安的樣子來看，似乎已經確定漆原會給對方不好的印象。

「什麼？漆原先生是類似家裡蹲的那種人嗎？」

里穗以有些落伍的方式解讀千穗不安的語氣，同時提出疑問。

「不好意思，讓您見笑了……不過我跟另一個人會全力掩護他。」

而真奧也乾脆地承認了。

「嗯……」

看起來不太在意的里穗點點頭，並偷瞄了一下女兒的側臉。而千穗正一臉若有所思地望著

真奧。

「啊，謝謝您的便條紙跟筆。」

真奧將記事工具還給里穗，惠美則是看著真奧寫的便條說道：

「這樣你就學乖了吧，下次房東若寄其他東西過來，你可要好好開封啊。」

「呃……嗯，那個，我會妥善處理。」

真奧認為惠美是因為沒看過「那張相片」，所以才能說出這種話。但這次房東救了自己也是事實，就這點實在應該要坦率地感謝她。

就在一行人發現錄影帶還在播放，打算關掉而將臉轉向畫面時。就在這個時候──

『話說回來，我在埃及有幸學到了肚皮舞呢。』

至今似乎都在閒聊的房東，在畫面裡面如此說道。

在一行人不注意期間，房東的背景已經從沙漠中的金字塔換成看似奢華宮殿舞廳的地方。

『某位出身以音樂跟跳舞為業的部族人士，認定我為一流的舞者。之後我將參加這裡主辦的舞蹈大會。請各位一定要觀賞一下我的舞蹈。』

「哎呀，好漂亮的衣服喔。」

對真奧而言，里穗的發言實在是太不正常了。

在畫面中頻送秋波的房東，不知何時已經換上大膽露出肩膀的上衣，而讓人搞不清楚腰身在哪兒的腹部上面，則是裝飾了讓人眼花撩亂的無數寶石與銀幣，以薄紗與緞子製成的鮮豔紅裙持續飛舞，讓她瞬間化為一隻巨大的大王花怪。

真奧的動作只能以電光石火來形容。

不能再讓這支錄影帶繼續播放下去。再播下去，只會害大家變得不幸！

但在真奧的手指碰到錄放影機的停止鍵之前，伴隨著一道充滿東方風情的樂器聲，畫面已經開始無情地呈現房東抖動上臂、腹部、脖子以及全身上下各處，開始扭腰擺臀地表演起曾經將歐洲全土捲入官能漩渦的東方神祕舞蹈——「肚皮舞」的景象。

之後真奧便失去了直到隔天早上的記憶。

「真是的……媽媽，妳太興奮了啦。」

送真奧和惠美，以及來接昏迷真奧的蘆屋一行人離開之後，關上玄關大門的千穗便開始向母親抱怨。

雖然不是不能體會母親的心情，但若以那種熱情接待客人，孩子下次跟朋友見面就會變得很尷尬。

「哎呀，有什麼關係。雖然我知道真奧先生工作時非常認真，但若不曉得他的為人，還是

沒辦法下判斷啊。」

在客廳收拾茶具的母親這句話，讓千穗驚訝地睜大了眼睛。

「妳說知道……媽媽，妳有去過店裡嗎？」

「妳在驚訝什麼啊。這不是理所當然的嗎？」

「我明明就跟妳說過會很難為情，所以叫妳不要去的……」

「所以我有自我節制，沒跟任何人打招呼啊。不過……」

里穗看了一下真奧使用的便條紙。

「是位不錯的人呢。真奧先生。」

「咦？」

「嗯，若是像他那樣的人，那麼千穗喜歡上他也沒關係喔。」

「媽媽！」

千穗的聲音罕見地激動了起來，但里穗卻完全充耳不聞。

「工作認真又有禮貌，以男性來說，字也算是寫得很漂亮。不但不讓人覺得輕浮，身上又沒有煙味。從他用那麼舊的手機來看，平常過的生活應該也很儉樸吧？來接他的那位是蘆屋先生嗎？這年頭也很少看見像他那樣質樸的男性了呢。」

就蘆屋的狀況而言，與其說是質樸，不如說是清貧還比較貼切。

「妳爸爸以前也是個苦哈哈的窮學生，這大概是遺傳吧？」

姑且不論喜歡的男性類型會不會遺傳，對被父母如此諄諄告誡的女兒來說，感覺實在是很不舒服。

「現在很難得找到像他們那麼正經的人了呢。應該沒什麼好擔心的吧？」

「擔、擔心？」

千穗驚訝地看向母親的眼睛。

「妳以為妳瞞得過媽媽的眼睛嗎？像是知道真奧先生的工作地點在千葉，還有提到漆原先生的話題時，妳整個眉頭都皺起來了。」

千穗不自覺地臉紅，並為時已晚地用手遮住自己的額頭。

「因、因為……」

右手遮住額頭、左手抓住裙襬的千穗忸怩地說道：

「該怎麼說，雖然真奧哥跟蘆屋先生都是既正經又能幹的人，但漆原先生卻是個在各方面都很隨便又不認真的懶惰鬼，每天就只顧著上網，我真的很擔心真奧哥會不會因為在不熟悉的地方掩護漆原先生而搞壞了身體，或是漆原先生的工作態度害他們被辭退之類的，這麼一來，或許他們就再也無法待在笹塚……也不一定……」

流暢地說了一連串漆原的負面評論後，千穗突然噤口不語。

過去千穗一直以為就算真奧他們沒了工作，頂多也只會讓伙食或居住環境變差而已，但她總算發現情況並沒有這麼單純。

笹塚的租金因為地價因素而十分昂貴，真奧等人還是有可能只因為少了半個月的收入，就這麼離開這裡。

如此一來，追著他們的惠美跟鈴乃自然也會跟著追上去。

若只是這樣還好。最糟糕的情況，萬一真奧等人因為無處可去而回到安特．伊蘇拉，或許勇者與魔王就必須因此「做出了斷」也不一定。

「……我不希望，事情變成那樣。」

「千穗？」

千穗靠在家裡的牆壁上，嘆了一口氣。

「要是工作方面出了什麼差錯，真奧哥他們或許就會前往某個遙遠的地方……遊佐小姐，還有鈴乃小姐也一樣……」

雖然無法像惠美、鈴乃或是阿拉斯．拉瑪斯一樣戰鬥，但至少在工作方面自己能夠幫得上真奧的忙。然而，前提終究還是他們的工作地點必須位於笹塚附近。

自己目前還是個受到父母庇護的普通高中女生，並無法像他們那樣靠自己一個人的力量活下去。

千穗表情陰暗地低下頭。

現場暫時只剩下里穗清洗餐具的聲音。

「話先說在前頭，就算妳想跟真奧先生他們一起過去，我也不會答應喔。」

「……嗯，我知道。」

母親會這麼說也是理所當然。無論再怎麼信任對方，也不會有雙親願意讓還是高中生的女兒，參加跟男性住在一起的打工。

自己無法成為真奧的力量。

正當千穗黯然地打算抬起頭時。

「話說回來……」

「咦？」

「不只是真奧先生，遊佐小姐看起來也是位可靠的人呢。明明還那麼年輕，跟人應答起來卻如此凜然，感覺她身上的氣氛也跟現在的年輕人不太一樣呢。」

母親突然開始聊起惠美的話題。

就連並非安特．伊蘇拉居民的千穗，也能大概猜出是惠美過去的殘酷經歷，讓她變成像現在這樣的人。

但千穗並不覺得在真奧昏倒的這段期間內，母親跟惠美有說到那麼多的話，還是她們在惠

美回去時有聊到什麼深刻的話題呢。
千穗因為無法猜出母親的意圖而愣了一下。
「既然妳自己在賺錢，那麼只要理由說得通又不違背常理，那我也不會特別多說什麼。」
「媽媽……？」
洗完餐具並擦好手後，里穗惡作劇地眨了一下眼睛，並摸了女兒的頭。

※

「喂！到底發生什麼事了？他的臉色好像變得比出門時還難看耶？」
「爸爸，怎麼了？」
「你們回來啦。到底要怎麼做，才有辦法在千穗小姐家裡發生會讓人昏倒的事情啊。」
漆原、阿拉斯・拉瑪斯與鈴乃各自以不同的問題迎接回來的惠美、蘆屋與真奧。
惠美看見漆原哄著他背上的阿拉斯・拉瑪斯，而且阿拉斯・拉瑪斯看起來也很高興的樣子時，不禁大吃一驚。
該不會阿拉斯・拉瑪斯從漆原身上感到了什麼共鳴吧。
「……我也不太清楚，可能很多事情對魔王的刺激都太強了吧。」

「那果然是被詛咒的錄影帶嗎？」

相較於臉色蒼白的真奧，惠美則是泰然自若地回答，但漆原的臉色馬上就變成不輸真奧的慘白。

由於不想親自將在佐佐木家昏倒的真奧帶回去，因此惠美便打電話給鈴乃，讓她派蘆屋過來接人。

扶著蘆屋肩膀的真奧在賠完禮後，便離開佐佐木家，再次回到了魔王城。

真奧踏著搖搖晃晃的腳步走進玄關，沉入魔王城的黑暗之中。

「什麼詛咒的錄影帶啊。又沒什麼大不了的。」

惠美若無其事地看著臉色蒼白的真奧。

「居然看女性跳舞看到昏倒，真是有夠失禮。」

「跳舞……」

漆原似乎因為這句話而想到了什麼，臉色也跟著僵硬了起來。

「我就說你們太誇張了。千穗跟千穗的母親也很普通地看完啦。」

「咦咦咦？騙人？」

「路西菲爾，媽媽才不會騙人！」

由於漆原完全不相信惠美的話，因此在他背上的阿拉斯．拉瑪斯便不斷「啪啪啪」地拍著

漆原的後腦抗議。

但惠美說的證言全是事實。

里穗坦率地稱讚房東的衣服，而千穗除了訝異房東是一位身材高大的女性以外，並沒有其他特別的反應。

「總而言之，你從後天開始，就要跟魔王一起前往千葉了。你們要在房東親戚的海之家待到八月的盂蘭盆假期結束。」

「喔？換句話說，就是有提供住宿的工作囉。這不是正好能讓你們如願以償嗎？」

鈴乃佩服地拍了一下手。

「媽媽也要去千葉嗎？」

阿拉斯．拉瑪斯從漆原背後探出頭發問，惠美苦笑地搖頭，將阿拉斯．拉瑪斯從漆原背上抱起來。

「媽媽會跟阿拉斯．拉瑪斯在一起喔。」

「嗯！」

為了避免阿拉斯．拉瑪斯吵著要跟「爸爸」一起去千葉，惠美抱起女孩並用大人的狡猾轉移話題，同時看向漆原。

「她現在已經變得不輕了呢。啊～好重。然後呢，千葉？嗯，聽起來不錯啊。」

惠美沒有漏聽漆原在甩動撐著阿拉斯．拉瑪斯的手時，嘴裡嘀咕了些什麼。

這個墮天使，根本就沒將自己列入勞動人員之內。

「雖然我很感謝你幫忙照顧阿拉斯．拉瑪斯，但別光做這點事就開始發牢騷啦。海之家的工作似乎很辛苦喔？我想這也是個好機會，你就趁機改改那尼特族的習性吧。」

「咦，什麼，我也得工作嗎？」

惠美的道謝與接著托出的內容，讓漆原以不同的方式驚訝了兩次。

「至少那些傢伙似乎是這麼打算的喔。話說回來，人家都提供住宿了，你還以為只有自己能不必工作嗎？」

「呃，那個，因為，咦？」

漆原撥弄著自己的瀏海，吞吞吐吐地回答。

「那是怎樣，海之家也太誇張了吧。明明天氣這麼熱，為什麼還要特地跑去氣溫那麼高的地方啊……話說回來，怎麼都沒人事先跟我商量過啊……」

「你真的沒搞清楚自己的立場呢。」

一旁的鈴乃嚴厲地斥責著自說自話的漆原。

「就算跟你商量，也得不到什麼有建設性的意見吧。艾米莉亞說得沒錯，這是個好機會。你就當成是進輔導設施去一趟吧！」

「我不要！那是什麼比喻啊！而、而且，我幾乎沒工作過，或許會給人添麻煩也不一定，還有，既然奧爾巴還在警察那裡，那麼讓我出現在別人面前，不是不太好嗎？」

兩位女性以冷淡的眼神，看向不斷說著可恥藉口的漆原。

「居然找那麼多藉口，你到底想不工作到什麼時候啊？」

「說什麼不方便出現在別人面前，那你為什麼總是若無其事地跟送密林網購商品來的佐助快遞司機見面啊？嗯？」

「奧爾巴的事情都已經過快三個月了，結果有發生什麼事嗎？你不是也有去澡堂嗎？還是說，曾經有警察來找過你，讓你面臨了什麼危險嗎？」

「可、可是，就是缺乏危機感時才最容易掉以輕心啊！今天沒事又不代表明天不會有事，真要說的話，我就是因為承認自己在這邊犯了罪，所以才會留在家裡檢討……」

「如果你是為了贖罪才窩在家裡自我反省就算了，但像你這種怠惰地浪費時間，靠上司跟同事養的傢伙，根本就沒資格在這裡大放厥詞。倒不如去幫忙魔王策劃征服世界，看起來還可愛一點。」

「唔……唔唔！」

被兩位女性這麼有條有理地講道理說教，漆原的眼眶開始微微地滲出淚水。

「如果不工作你打算怎麼辦？明明連住的地方都沒有，你要怎麼窩在家裡？要是你打算再做跟奧爾巴聯手時的那些惡行，這次我可不會放過你喔。」

「雖然也不是不能在只有你一個人不工作的情況下去打擾對方，但那樣應該會覺得很沒面子吧。然而若你有那個膽量不工作就直接向完全不認識自己的陌生人要飯來吃，那又是另一回事了。」

「媽媽，小鈴姊姊，別欺負路西菲爾，好嗎？」

儘管只知道兩人在責備漆原，阿拉斯．拉瑪斯還是露出困擾的表情掩護漆原，但這反而再度傷到了漆原的自尊。

「唉，反正這是魔王城的事情，我根本就沒必要替你們擔心。」

「的確。反正不過是個從天上掉下來的吊車尾惡魔。他的羞恥心跟勤勞的精神，一定也跟天使資格一起墮落了。」

「妳、妳們這些傢伙！我要哭囉！如果再繼續說下去，我真的要哭囉！基本上貝爾現在不也沒工作嗎？別講得那麼了不起啦！」

漆原以幾乎已經哭出來的聲音，滿臉通紅地大喊。

「雖然貝爾在日本的確沒有工作，但她在安特．伊蘇拉可是正式的聖職者，而且現在也是基於明確的目的在行動。更何況無論打掃、洗衣還是煮飯，她都是自己親手包辦。就算同樣沒有工作，你跟貝爾之間還是有天壤之別啦。」

「可惡……！可惡！居然敢小看我！」

「路西菲爾，男孩子不可以哭喔，痛痛，痛痛，飛走吧。飛啊！」

「雖然很高興，但又一點都不高興啊！」

儘管看來只有阿拉斯・拉瑪斯一個人是站在漆原這邊，漆原還是淚眼盈眶地拒絕了對方慌慌張張地伸過來的手，惹來惠美跟鈴乃的白眼。

「算了，我知道了！只要我認真起來，在工作方面真奧根本就不是我的對手！我絕對要讓妳們撤回剛才說過的話！」

漆原裝腔作勢地憤然大喊，沒等兩人回答就用力地關上了二〇一號室的大門。惠美與鈴乃見狀，便放心地互望了一眼。

「看來，進行得很順利？」

「大致上……應該是沒問題吧。」

「媽媽，小鈴姊姊，別一直罵路西菲爾，好嗎？」

惠美一臉疲累地哄著出聲抗議的阿拉斯・拉瑪斯，同時看向緊閉的魔王城大門。

「要是他們因為失業並變得無家可歸，然後自暴自棄就麻煩了。姑且不論魔王跟艾謝爾，由於路西菲爾真的有可能會加害日本人，所以特別令人擔心呢。」

惠美之所以會莫名地協助真奧解決失業的難題，就是為了這件事。

惠美擔心缺乏自制力的漆原若失去現在的安定，不曉得會做出什麼樣的行動來，如今三位大惡魔總算找到了安定的工作跟住處，讓她總算能夠放下內心的大石。

「不過，那個叫銚子的城市，應該離笹塚很遠吧。」

雖然簡單來講是在千葉，但範圍還是很廣，而且惠美也不曉得君濱的詳細位置究竟是在哪裡。不過僅限於這次，惠美並不怎麼擔心真奧等人的動向。

「貝爾，妳有跟這裡的房東打過照面嗎？」

「嗯。我們之間只有書信往來……」

惠美想起自己第一次遇見Villa・Rosa笹塚的房東——志波美輝時的事情。

「我不太會表達……不過只要是跟那位房東有關，我想那些傢伙就算想做壞事，大概也無法得逞吧。當然我並不打算坐視不管，但就算不用那麼緊迫盯人，應該也不會有問題吧。」

「這是什麼意思？」

在漆原跟奧爾巴一起將千穗當成人質前來挑戰的那天。

明明才過幾個月，但感覺已經是很久以前的事情了。

「身為安特・伊蘇拉的人類，我們擁有許多這個世界，或是地球人所沒有的力量和不可思議之處。不過……」

——你們應該最清楚思念和意念的力量有多強大不是嗎？

「地球一定也有許多我們所不知道的力量和不可思議之處吧。」

聽得一頭霧水的鈴乃疑惑地偏了一下頭。

「而且，還有千穗的事情。」

「千穗小姐？」

「無論那孩子是否出於自願，都已經跟我們牽扯得太深了。就算要去追魔王他們，我們也得先確保她的安全才能離開笹塚。」

安特．伊蘇拉與天界的居民，都已經認定千穗是勇者與魔王之戰的當事人之一。事到如今就算操作千穗的記憶，也無法改變她對惠美與真奧來說很重要的事實。

萬一千穗被沙利葉或加百列抓去當成人質，到時候可就後悔莫及了。

惠美雙手抱胸陷入沉思。

「最好的狀況是能取得千穗母親的許可，然後帶她一起過去……但這應該很困難吧……要是她的雙親剛好要到國外出差就好了。」

「面對現實吧。」

一個高中女生居然得配合大人的狀況行動，這實在是一件惱人的事情。

※

就在真奧跟房東志波的姪女大黑天禰約好要過去借宿以及打工的隔天。

真奧一行人便忙著為接下來的兩個禮拜做準備。

魔王與惡魔大元帥竭盡全力地向鄰居的聖職者低頭後，對方總算答應讓他們把冰箱跟洗衣機等家電寄放在同一間倉庫。

「真希望能把這副情景拍下來，然後當成教會已經降伏了魔王。」

兩人下跪的樣子就是完美到讓鈴乃驚訝地如此說道。

確保了家具與家電的去處後，接下來就是明天以後的住宿準備。

「無論再怎麼受到天運眷顧，若是怠於準備，還是有可能因此錯失運氣。」

會如此奮發振作的人，當然就是身為魔王城主夫的蘆屋。

雖然對方說必需品只有海灘鞋，但實際上當然不能只帶雙鞋子就跑過去。既然必須在那裡待上足足兩個禮拜，那麼自然也必須準備好足夠的換洗衣物。

「襯衫、內褲還有襪子，帶個四天份應該夠了。只要調整一下洗衣服的頻率，我想就過得去了吧。」

「那裡好像沒有制服，應該可以考慮在工作的時候穿T恤吧？」

「這麼一來，是不是要另外帶工作用的T恤過去呢……至於褲子，應該帶短褲過去會比較

好吧。」

「唉，雖然我覺得穿牛仔褲再把褲管捲起來也可以……但該怎麼說才好，我平常總是穿著跟大家一樣的制服在工作，不太清楚穿這種輕鬆的工作服做起事來會是什麼感覺。」

「您說得沒錯。明明連魔王軍的東西南北四軍，都各自擁有共同的徽章呢。」

「這樣好了，不如去UNI✕LO買幾件一樣的T恤回來如何？」

「自己出制服的錢嗎？這讓我想起剛來日本時，所做過的那些短期派遣工作呢。」

「啊～你是說那些要我們自己出錢買，而且上面還印著公司標幟的襯衫吧。不過那不是長袖的嗎？」

「天氣這麼熱，實在是讓人不想穿那種衣服呢。」

真奧與蘆屋將準備好的衣服翻面，同時商量關於行李的事情，至於漆原則是完全無法插手地站在旁邊看著這副景象。

不知是吹了什麼風，漆原這次莫名地鼓起幹勁，打算幫真奧與蘆屋的忙。

但只要讓漆原洗餐具就會留下油汙、摺襯衫就會變成平行四邊形，就連曬個毛巾被也會不小心掉進後院裡，不只是派不上用場，完全是在給人添麻煩，而他也因此被罰待在房間的角落反省。

「什麼嘛，每個人一開始不都是這樣嗎？」

難得鼓起幹勁的漆原，馬上又開始抱怨了起來。

真奧與蘆屋是軍隊的領導者，換句話說就是站在負責統領他人的立場。

雖然他們內心總是抱持著「若不做給人家看、說給人家聽、讓人家試試看以及誇獎人家，就無法讓對方行動」的精神，但這次的對象不但是個墮天使，還是身為西大陸攻略軍司令官的惡魔大元帥路西菲爾。

兩人甚至開始懷疑該不會就是因為漆原沒有好好率領西方攻略軍，所以才會讓勇者艾米莉亞能夠在西大陸崛起了。

姑且不論無法將餐具洗乾淨與阻止勇者進攻之間是否具備因果關係，一想到自己當初若不是跟家事萬能的蘆屋，而是跟除了看家一無是處的漆原飛到日本，就讓真奧感到不寒而慄。

「……蘆屋……我真慶幸自己能有像你這樣的親信。」

真奧感慨地說著，將手放在蘆屋的肩膀上。

雖然蘆屋因為這句話而愣愣地看了一會兒放在自己身上的手，但在大腦理解意思後，便突然動搖地跪在真奧面前。

「那、那個，感謝您的稱讚，不過為什麼突然這麼說呢？呃，那個，我絕對不是因為不喜歡被誇獎……」

蘆屋像是為了掩飾害羞而環視房間，最後將視線停在一點。

「漆、漆原，用那邊那疊廣告紙把餐具包起來裝進箱子裡。這點小事你應該辦得到吧。」

「別太小看人了！」

蘆屋為了掩飾害羞而大聲斥責漆原，而即便遭到牽連的漆原真的生氣了，也依然無法提出進一步的反駁。漆原一臉不悅地起身走近廣告紙跟紙箱，用舊宣傳單跟舊報紙包易碎的餐具。

「呃，那個，我並不是想寵漆原，不過真的沒問題嗎？」

「你是指我有可能被通緝的事嗎？嗯……我當時是沒怎麼在注意監視攝影機啦。」

從漆原能夠毫不慚愧地講出自己曾在日本當過強盜來看，這傢伙果然是個惡魔。

「你的惡魔形態跟外表幾乎沒什麼兩樣。行動前還是稍微多用點腦袋吧。」

「因為我當時根本就沒想到事情會變成這樣啊。」

就在漆原不悅地偏過頭，以及負責摺衣服的真奧和自己魔王時代斗篷上豪華的裝飾奮鬥時——

「啊，魔王大人。因為魔王大人的斗篷很厚容易吸濕氣，所以有可能會被蟲給啃壞，請您要記得放防蟲劑進去。」

蘆屋突然補了一句讓人困擾的話。

「……我在兩年前也沒想到自己會在斗篷裡放防蟲劑啊。」

真奧對壓低聲音偷笑的漆原擺出不悅的表情，並按照蘆屋的指示將防蟲劑塞進紙箱空隙。

「話說回來，奧爾巴那傢伙後來真的被警方逮捕了嗎？」

就真奧等人所知，在取回魔力的真奧解決了奧爾巴與漆原共謀引起的騷動後，奧爾巴便被警察帶走了。

「畢竟他違反了槍砲彈藥刀械管制條例，所以之後好像就被逮捕囉。」

「是嗎？」

「嗯。雖然已經過了一段時間，但網路新聞曾有報導過。看來並沒到能上電視或報紙的程度呢。」

「喂喂喂，這樣不是很不妙嗎？」

「不，我想應該沒什麼問題。」

蘆屋插嘴道。

「我也看過那則新聞。似乎是被當成非法入境的外國人利用持有的槍械毀損器物，因此懷疑背後是否有祕密入境的特務或暴力組織的樣子。當然他也被懷疑跟之前的那些強盜事件有關……」

「不但損害額不大，又沒人死亡，因此新聞價值不高吧。」

「這種話輪不到身為始作俑者的你來說吧。話說回來，蘆屋，你到底是在哪裡看見那則新聞的？」

「在家裡的電腦。雖然現在應該算是漆原的了。」

蘆屋看了一眼已經完全變成漆原瀏覽網路工具的筆記型電腦。

順帶一提，由於漆原強烈地主張要帶筆記型電腦，因此包含無線網路的設備在內，全都會一起被帶到千葉。

「雖然現在單純只是個飯桶，但他當時好歹還是個叛徒。所以我可是打算若有什麼萬一，就要將他交給警察呢。」

「哇啊，你就這麼不信任我嗎？這麼說會不會有點太過分啦？」

「從那天開始到現在為止，你有哪一點是值得我們信任的嗎？」

面對蘆屋的冷言冷語，漆原完全無話可說。

「總之在那之後，就一直沒有跟奧爾巴所引發的一連串事件有關的報導。」

「完全沒有，報導嗎？」

真奧突然停下動作，陷入沉思。

「喂，漆原。奧爾巴應該還沒把聖法氣用光吧？」

「我想是沒有。不過他在跟真奧和艾米莉亞戰鬥時的確是使出了全力，所以我也不曉得他現在還有沒有辦法打開『門』。怎麼了？你擔心他用剩下的聖法氣在日本作亂嗎？」

「唉，是這樣沒錯。」

「嗯……我想是沒有。」

漆原聳聳肩，繼續說道：

「畢竟奧爾巴並不曉得我目前的狀況，而且基本上現在艾米莉亞不也成了他的敵人嗎？想在沒恢復聖法氣的狀況下逃獄跟復仇，就戰力上來說是不可能的，再來頂多就是告發我，或是利用法術逃跑吧。貝爾不是正在揭穿教會的不正行為嗎？這麼一來，就算他回到安特·伊蘇拉，應該也無法隨心所欲地操作教會勢力吧。」

「坦白講最棘手的狀況就是他告發你了。要是自家人內出了罪犯，或許我真的會被解僱也不一定。」

「漆原，若魔王城真的遭到了調查，為了確保魔王大人的工作，我們可是會裝作完全不認識你，並將你交給警察喔。」

「悉聽尊便！之前警察不就已經來過一次了嗎？但那時候也沒怎麼樣吧。」

「啊……是鈴乃打壞自行車那次吧。」

雖然真奧曾經因為將初代杜拉罕號的殘骸放在都廳前面而遭到警察嚴厲斥責，但他起初還以為對方是為了漆原的事情而找上門來。

「放心吧，不過是在夏天時去趟千葉罷了。我又沒被公開通緝，你會不會想太多啦。」

「你也未免太不在意了吧……不過，等有空時還是再稍微深入調查一下好了。」

對想在日本過著和平生活的魔王城居民而言，奧爾巴．梅亞的存在就如同刺在喉嚨的魚骨、卡在臼齒的韭菜，或是黏在門牙縫的黑芝麻般，是一個偶爾會讓人感到不安的要素。

「話說回來，漆原，你餐具包好了嗎？」

「好了。基本上這些幾乎都是塑膠製品吧。就算不刻意這麼做，應該也不會破吧？」

儘管表現出要幫忙的意思，但漆原還是會不時說些多餘的話，因此蘆屋便斥責道：

「即使是塑膠餐具，要是表面剝落破損，還是會變成細菌的溫床啊！」

「啊～好啦好啦，對不起，我知道了我知道了！」

漆原摀住耳朵擺出沒在聽的姿勢。

「真是的……對了，魔王大人。您跟木崎店長聯絡好了嗎？」

「不，我接下來才要去，我想當面告訴她。雖然今天有很多施工的人要過去，但她說直到傍晚前都會待在店裡。」

「那麼還是早點出門會比較好吧。既然行李都已經收拾得差不多了，接下來就只剩下買必需品了。」

「不然我去完店裡後再買回來如何？」

「由於必須買行李箱，所以還是讓知道全部行李有多少的我去好了。如果沒什麼特別的要求，我還會順便買海灘鞋回來。而且我個人也必須去跟一些人打聲招呼才行……」

「啊，是嗎？」

真奧至今從來沒聽蘆屋提過認識哪些人或在哪裡工作。雖然不自覺地產生了疑問，但仔細想想，真奧也並未把握蘆屋所有的隱私。

儘管並未從本人那兒聽說，但真奧知道蘆屋似乎偶爾會接一些類似短期派遣的打工，並用報酬貼補家計或充當真奧最近經常忘記的魔力文明搜索費用。

面對如此忠臣的建議，真奧當然是坦率地答應了。事到如今，就算蘆屋知道所有人腳的尺寸，真奧也不會感到意外。

「這樣啊，好，那就拜託你了。」

「遵命。祝您跟木崎店長能夠談得順利。為了我等的未來……」

「還有明天以後的伙食呢。」

說著說著，真奧與蘆屋便為了各自的目的出門前往笹塚，漆原一面目送兩人，一面產生了一個不適合自己的疑問。

「那些傢伙，真的有打算要征服世界嗎？他們最近是不是把目的跟手段搞混啦？」

這是鈴乃、千穗甚至惠美，都曾經產生過的疑問，但事到如今就算思考這種事情，漆原也無法掌握真奧的真意。

幡之谷站前店所進駐的大樓外已經架好了工程用鷹架並蓋上了防塵布，真奧一抵達店面，便聽見有人向他搭話。

「真奧哥！你的身體還好嗎？」

雖然千穗來這兒是為了提交改裝結束後的八月後半班表，但還是馬上便擔心起昨晚兩眼翻白地昏倒的真奧身體狀況。

「啊～昨天真是謝謝妳，嗯，雖然有點那個，不過沒事啦……嗯。」

真奧回想起昨晚房東的肚皮舞影像，瞬間頭暈了一下。

看起來似乎若有所思的千穗擔心地仰望真奧，接著便沉默不語。畢竟無論再怎麼擔心，明天以後真奧就要前往自己無法跟去的未知職場工作了。

「小、小千，怎麼了嗎？」

真奧雖然敏銳地感覺到氣氛不對，但千穗卻只是無力地搖頭回應。

在這微妙的氣氛下，兩人決定先一起走進店內跟木崎打個招呼，以化解彼此的尷尬。

「這樣啊，你找到不錯的工作地點啦。」

真奧說明自己在公寓房東的介紹之下，將於改裝期間前往千葉的海之家工作，木崎也大方地點頭。

「那麼，你應該還會回來吧？」

「咦？」

面對木崎出乎意料的質問，真奧頓時露出了不解的表情。

「你應該沒打算每天從笹塚到銚子通勤吧？所以要不是對方有提供住宿，就是要搬到那裡去吧。」

木崎將視線轉到千穗提交的手寫排班表上，刻意不看真奧的表情問道。

「我並不打算束縛你的人生，但難得自己親手將人才栽培到稱得上是左右手的程度。要放手還真是有點令人惋惜呢。」

木崎語氣平淡地笑著說道。但木崎既不講笑不出來的笑話，也不會說謊。所以剛才那些針對真奧的評價，應該是出於木崎真正的想法。

「只是暫時要住在那裡而已。我一定會回來的！」

受到那份評價的鼓舞，真奧的聲音也跟著充滿了霸氣。

而這句蘊含了確信的話，也讓千穗覺得心情似乎稍微輕鬆了一點。

總算露出微笑的木崎，也滿足地看向真奧。

「很好，我一直都記得你曾經在面試時說過，想成為一個出色的正式職員。而從你至今的工作態度來看，我也知道你說的那些話是認真的。」

「雖然這次在各方面的表現都很糟糕呢……」

「這不算什麼，倒不如說是你打從一開始就太能幹了。偶爾像普通人一樣犯錯反而還比較可愛呢。若是能夠挽回的失敗，就趁還能夠挽回時多經歷幾次吧。這些經驗以後一定會派上用場的。」

雖然真奧因為被說「像普通人一樣」而感到五味雜陳，但不知情的木崎還是輕輕地笑道：

「為了懲罰你忘記確認重要聯絡事項，導致可能對業務造成妨礙的狀況，等重新開幕之後，我會要你加倍努力地工作喔。」

說完後，木崎拍了一下真奧的肩膀，讓他差點兒忍不住流下眼淚。

「小千雖然暫時沒有排班，但之後可別太勉強囉。我知道妳想跟阿真一起工作，不過妳現在還年輕，趁這個夏天多學一點工作以外的事情吧。」

「木、木崎小姐！」

木崎十分難得地說了些俏皮話，讓內心還無法完全放棄跟真奧一起過去的千穗，有一種被看穿了的感覺。

而因此感到不自在的真奧，也將視線轉向了其他方向。

木崎微笑地看著兩位年輕人，然後換了一個話題。

「話說回來，小千之所以沒提出調到其他分店的申請，該不會是打算跟去銚子吧？妳應該知道阿真要去銚子的事吧？」

千穗被這突如其來的問題嚇了一跳。

「咦，啊，那、那個，我……」

在做出了極度單純的反應後，千穗側眼偷看了一下真奧回答：

「跟真奧哥無關，我從以前就一直很想去那裡了……」

「喔？」

「木崎小姐，真奧哥，你們有聽過銚子電鐵嗎？」

真奧當然記得昨天晚上才在電話裡聽過的名詞。至於木崎則是稍微思考了一下後，便從記憶裡找出了答案。

「銚子電鐵……是那個因為資金陷入困難，所以職員開始販賣當地名產的點心好讓它繼續存續下去的地方鐵路嗎？」

「就是那裡沒錯。新聞上提到銚子當地的高中生也有參與製作當地的名產，跟我同樣年紀的人居然在幫助鐵路公司跟自己居住的地區，這點讓我非常驚訝，所以我很想看看那裡是個什麼樣的地方。」

千穗激動的言論，讓木崎跟真奧忍不住面面相覷。

「該怎麼說，小千真是個本性認真的孩子呢。」

木崎苦笑地嘆了口氣。

「咦？」

「沒什麼。有這種求知的好奇心是一件好事。唉，如果要去，就要先得到父母的許可喔。畢竟那裡還滿遠的。」

對木崎來說，應該只是基於常識事先提醒一聲，但「父母的許可」這句話，還是讓千穗原本稍微放鬆的心情又再度沉重了起來。

「嗯，我會先跟他們確認。」

千穗勉強以開朗的語氣回答，但就不曉得聽在木崎耳裡是否也是如此了。

就在稍微聊了一些無關緊要的話題後，真奧與千穗準備走出店面時——

「…………………………………………」

兩人便巧遇展現出完美的「發愣」站姿，就連玫瑰花束都好像快要掉下來的沙利葉。

「啊，是沙利葉先生……」

最近好不容易不再對沙利葉感到生理上厭惡感的千穗一出聲，回過神來的沙利葉便突然全力使出了天界獨一無二的特殊能力「墮天邪眼光」，激動地對真奧大喊：

「真——奧——啊——————！」

「哇啊啊啊！」

真奧被身材矮小的沙利葉用力揪住胸口，連帶身體也不得不跟著往前傾。

「這到底是怎麼回事，你到底用了什麼奸計，我永遠女神的店為什麼關起來了，你這個卑鄙的惡魔，快招、快把我女神居所的事全都招出來，不然我就用愛的悲痛之火把你燒得灰飛煙滅！」

看來在不同的意義上，沙利葉的視線範圍似乎也跟真奧同樣狹窄。由於木崎一直都有貼知會客人之後將重新開幕的告示，因此沙利葉只是單純漏看了而已。

「好痛，好痛，玫瑰的刺扎起來好痛！」

玫瑰花束隨著沙利葉的動作打在真奧臉上，害他不斷地被玫瑰刺給刺到。

「虧寬大的我還拒絕跟加百列合作，而你居然如此忘恩負義，話說既然要關店為什麼不事先告訴我，好讓我賭上所有資產與勇氣，對我的女神做出奉獻一生的告白呢——！」

雖然就常理而言，這時候應該會想針對資產是指什麼或告白究竟能有多少效果做出吐槽，但比起被玫瑰刺扎得疼痛不已的真奧，反倒是千穗先反應了過來。

「等等，沙利葉先生！你剛才提到跟加百列先生合作，那是什麼意思？」

「喔？」

千穗一碰到沙利葉揪著真奧胸口搖來搖去的手——

「呵，我從來不拒絕美女的邀約。怎麼樣，接下來要不要跟我一邊吃肯特基的新菜單印度

雞肉捲，一邊喝茶呢？」

沙利葉便馬上放開真奧，並倏地抓住千穗的手做出準備親下去的姿勢。

「我要告訴木崎小姐喔。」

然而千穗畢竟早就經歷過好幾次的驚險場景、生命危險以及各式各樣莫名其妙的狀況。事到如今根本就不會軟弱到因為這點程度的性騷擾就顯得驚慌失措。

一部分也是受到不能與真奧同行、情緒低落的影響，讓千穗的語氣因此變得更加冷淡。

沙利葉一聽，便靈巧地露出一副希望與絕望並存的表情。

「唔……拜、拜託妳饒了我吧……那麼，我的女神還在這間店裡面嗎？」

對付沙利葉根本就不需要用刀。只要靠「木崎」的一句話就夠了。

「如果想知道答案，就請你先回答我的問題。你說你拒絕了跟加百列先生合作，那是什麼意思？」

「唔，呃，那個，那是……」

沙利葉頓時語塞。明顯正因為自己說溜了嘴而感到後悔。

相較於將沙利葉玩弄在手掌心的千穗，真奧則是感到有些畏懼。

「小千，妳變強了……」

自己在許多方面都改變了一個人的人生，真奧百感交集地將這件事實牢記在心。

「只要你肯老實說出來，我就告訴你店裡怎麼了。如果你不肯說，我就打電話跟木崎小姐報告『猿江先生好像要對我性騷擾』。」

「加百列前陣子有來我店裡。他要我幫忙回收艾米莉亞的聖劍跟『基礎』的碎片，還跟我說了很多事呢。」

聽千穗這麼一說，沙利葉馬上便理所當然似的老實招認，流利地回答了千穗的問題。

沙利葉的態度，真的只能用善變來形容。

「你這樣真的沒關係嗎？」

至於改變了一個天使人生的事，才過兩秒真奧便覺得怎麼樣都無所謂了。

在兩人對話的這段期間內，沙利葉都一直跪在地上牽著千穗的手。從沙利葉完全不在意路人懷疑的眼光來看，或許他原本就註定會走上這種人生吧。

「我之所以會來回收艾米莉亞的聖劍，原本就是為了彌補加百列的失誤。只不過當初完全沒人告訴我『基礎』居然已經被分裂成那麼多塊，而且其中一個碎片還變成了小孩子的模樣，坦白講我現在腦袋裡想的都是女神的事，根本就沒把聖劍放在心上。說到這個，那傢伙之後就再也沒來店裡了呢。」

雖然女神這個字眼很容易讓人混淆，但簡單來講，沙利葉的意思就是自己的心力都集中在木崎身上，根本不在乎天界的任務。大天使先生，這樣真的沒問題嗎？

真要說的話，這的確很符合沙利葉的作風，但真奧還是從剛才的話裡察覺了不對勁。

「等一下，你剛才說『已經被分裂成那麼多塊』。這表示你事前就知道『基礎』被人分裂囉？」

「……喔啊！」

沙利葉發出呻吟。看來他又再次說溜嘴了。他偷偷地抬頭看了千穗一眼。

「你知道吧？」

「……是的，我知道。」

千穗完全不給對方交涉的餘地。沙利葉無力地垂下頭。

「由於在分裂的碎片中，其中一個碎片一定是在艾米莉亞那裡，所以我才被分派了回收聖劍的任務。」

沙利葉當初就連直接跟阿拉斯·拉瑪斯碰面時，都沒發現她「基礎」的其中一個碎片。

僅管能夠推測得出來跟阿拉斯·拉瑪斯融合並進化的「破邪之衣」也與「基礎」的碎片有所關聯，但總之就是連天界勢力，目前都還無法正確的掌握「基礎」碎片究竟產生了什麼樣的變化。

「關於奪取艾米莉亞的聖劍，加百列好像也失敗了呢。所以他才會來找較早抵達這裡的我，希望能一起合作回收『基礎』的碎片。但我因為很忙就拒絕了。光是妨礙你們的戰力沒增加這點，就應該要好好感謝我了。」

被別人拿這種在自己不知情的地方發生的事情來討人情，也很令人困擾。

不過換句話說，既然加百列沒哭著逃回去，就表示他還沒放棄阿拉斯·拉瑪斯。

真奧等人接連擊退了沙利葉與加百列這兩個名副其實的大天使，所以天界目前應該也欠缺進攻的人手吧。

對不曉得對手何時，或是會以什麼樣的方式行動，只能被動地採取守勢的真奧一行人來說，這樣的狀況果然還是令人感到不安。

「……？」

「佐、佐佐木千穗，妳那是什麼眼神。我、我可是全都老實地招認囉。」

「啊，嗯，雖然這樣就差不多了……」

跟剛才的真奧一樣，千穗以有些不太能接受的表情回看沙利葉。

「沙利葉先生，為什麼你們有辦法確定其中一個碎片的所在地呢……」

就在千穗打算針對這點提問時——

「怎麼，你們兩個還沒……回去啊……？」

沙利葉的表情馬上因為從真奧與千穗背後傳來的聲音，而提高了一千瓦左右的亮度。

但無論是真奧還是千穗，都因為察覺那道聲音的語尾帶著危險的氣氛而當場僵住，並臉色

發青地回頭。

換下平常員工制服的木崎身穿亮灰色套裝、放下了頭髮，並將大型公事包拎在肩上，就這麼出現在眾人眼前。

木崎注意的對象既不是真奧也不是千穗，而是以連魔界之王都會被瞬間凍結的憤怒視線，瞪向就這麼牽著千穗的手跪在地上的沙利葉。

「……猿江三月，你在對我的員工做什麼？」

明明顯然正遭人瞪視，但沙利葉不知為何依然滿臉笑容。

據說北歐曾經有位少年因為被惡魔之鏡的碎片刺中心臟與眼睛，而遭到冰雪女王的甜言蜜語哄騙。

那位北歐少年跟沙利葉之間最大的差異，應該就是本人是否為冰雪女王所愛吧。

「不、不對，這個，真要說的話應該算是交涉，我是為了得知女神的居所才只好出此下策……」

「看在你對營業額有貢獻的份上，我本來還想對你睜一隻眼閉一隻眼，但墮落到毫無節操地對未成年員工出手的傢伙，根本就稱不上是客人。只要是在我的視線範圍之內，你暫時都不准出入這裡！」

「喔唔喔？」

連艾米莉亞的聖劍都不奏效的大天使沙利葉，居然因為區區人類女性的一句話就被當場凍住，並化為碎片散落一地。

「你們兩個也快點回去吧。阿真，你明明就跟小千在一起，怎麼可以不好好保護她呢！」

「啊，是的，那個，對不起。」

真奧姑且先道了歉，至於千穗則是慌張地看著碎了一地、就連現在也好像快被夏日暑氣融化，然後流進路邊水溝的沙利葉。

「小千，該回去囉。」

「咦？啊，嗯，那個，好的，辛、辛苦了，木崎小姐。」

真奧與千穗急急忙忙地離開了麥丹勞，神情複雜地走在甲州街道的人行道上。

「我、我們好像做了有點對不起沙利葉先生的事情……」

「唉，就當作是回報他在之前鈴乃事件時對小千做的事不就好了嗎？剩下的部分就是他自己自作自受啦。反倒是至今一直有辦法容忍那種興奮傢伙的木崎小姐真的是太厲害了。」

真奧毫不留情地數落沙利葉。

「話說回來，真奧哥……」

「嗯，我知道。」

現在應該已經無法再從沙利葉那裡問出更多情報了。但不用千穗提醒，真奧也對某件事情

感到掛心。

沙利葉確定「其中一個『基礎』碎片一定是在艾米莉亞那裡」。

照理說打從惠美與聖劍來到日本之後，天界至少對她放任了一年以上。這麼一來，他們究竟是如何找到聖劍，也就是惠美的所在地呢。

「……唉，隨便怎麼樣都好。反正他們又不是來追我，剩下就是惠美自己的問題了……」

冷靜想想，這原本就是天界與惠美之間的問題，除了在一開始曾遭到漆原襲擊之外，真奧幾乎可以說是個局外人。正當他打算表示不需要針對這問題想太多時——

「那麼無論阿拉斯．拉瑪斯妹妹發生什麼事情都沒關係嗎？」

事先預料到真奧反應的千穗，半睜著眼問道。

「遊佐小姐的聖劍，現在已經幾乎等於是阿拉斯．拉瑪斯妹妹了吧。」

「這、這個嘛……不、不過惠美可是比無法在日本好好戰鬥的我要強上許多，就算我不特別做些什麼……」

「問題不是出在這裡啦。既然身為人家的爸爸，怎麼可以不好好保護她呢。這樣阿拉斯．拉瑪斯妹妹可是會哭的喔。」

「小、小千到底是幫哪一邊的啊？」

對真奧而言，這個問題其實包含了許多複雜的意思在裡面。

「我只是希望我喜歡的人都能夠和睦相處，然後一直在一起就好了。」

千穗以有些悲傷的表情回答。

「……怎、怎麼了？發生什麼事了嗎？」

過去曾將惠美誤認為是真奧前女友而醋勁大發的千穗，最近突然變得莫名成熟，而且還似乎非常擔心真奧、惠美以及阿拉斯·拉瑪斯的發展。

「嗯～是沒什麼好刻意隱瞞的啦……你願意聽我說嗎？或許會變成有點沉重的話題喔。」

「啊？嗯、嗯。」

「真奧哥之前曾說過相信我，並希望能依靠我對吧？不過……光靠現在的我是不行的。」

「為、為什麼？」

「我並不像遊佐小姐或鈴乃小姐那樣有戰鬥的能力，也無法像蘆屋先生那樣常伴真奧哥左右。只不過是碰巧待在真奧哥身邊，剛好知道真相而已，就算擔心漆原先生會不會好好工作，也無法跟你們一起去千葉。」

即使是在人行道樹的鼓譟蟬鳴之下，千穗的聲音依然不可思議地清楚傳進真奧耳裡。

「所以，我覺得自己必須再更努力地用功，學習更多的事情，好成為一個能夠幫助真奧哥的大人才行。難得有人依賴自己，當然會希望自己能回應對方的一切啊。」

「……喔喔。」

「而且我也還沒得到你的回覆。既然如此，那我當然希望最後能得到正面的回答，所以我必須為了這個目的更加努力才行。然後總有一天……」

千穗突然交叉雙手，抬頭挺胸，並刻意以無畏的笑容壓低語氣說道：

「我要成為新魔王軍的首席惡魔大元帥，並賭上真奧哥跟遊佐小姐決鬥！」

「噗！」

千穗的發言讓真奧著實地大吃一驚。

「剛、剛才那個話題，到底要怎麼發展，才會讓小千跟大元帥扯上關係啊。」

「前陣子蘆屋先生曾經這麼推薦過我喔。雖然當時我拒絕了，但仔細想想，果然還是先提名一下好了。」

千穗以彷彿在提名自己競選班長似的輕鬆語氣說道。

「雖然聽起來或許像是在開玩笑也不一定，但如果我想勝過遊佐小姐，就必須變得更加成熟，並且獲得能與遊佐小姐戰鬥、同時又跟遊佐小姐不同的武器才行。我想上大學研習各式各樣的知識，開拓自己的視野，成為一個無論是在日本還是安特·伊蘇拉，都能讓真奧哥依靠的女性。」

真奧因為千穗這段彷彿受到盛夏酷熱的影響而變得忘我、就某方面而言遠比過去所有的話都還要來得熱情的發言感到驚訝不已。

「大學啊……不過，我覺得小千到目前為止，已經幫了我們非常多的忙囉？」

真奧話才剛說完，千穗便不滿地回看了他一眼。

「雖然『真奧哥』的確是有依靠我，但我卻總是受到『魔王撒旦』的保護。」

這次真奧真的是驚訝得目瞪口呆了。

「我希望自己可以成為一個讓『真奧（魔王）』無論何時都能全面依靠的人類。」

雖然真奧本人並沒有自覺，但看來前陣子兩人被木崎說教之後，真奧對千穗講出的那句話，似乎如同魔法一般帶給了千穗內心力量。

「……我……」

就在真奧因為不知該如何回應一個願意對自己如此犧牲奉獻的人，而顯得支支吾吾時——

「啊，是蘆屋先生。」

千穗的注意力已經轉向了其他完全無關的地方。

仔細一看，蘆屋正好在這時候走出了笹塚站。雖然他帶著一個附滾輪的陌生行李箱，但即便之後就會用到，還是讓人難以理解他為什麼會拿著那東西走出車站。

蘆屋似乎也因為千穗的聲音而注意到這邊，輕輕地舉起手後，便走向兩人。

「歡迎回來，魔王大人。佐佐木小姐也跟您同行嗎？」

「……喔。」

「我們是在店裡遇見的。那個箱子，是要帶去銚子嗎？你買了不錯的行李箱呢。」

千穗看向蘆屋拖著的行李箱問道。

「因為借住時的生活物品必須由我們自己準備，所以讓我有些煩惱呢……」

蘆屋一臉苦惱地將手放在全新的大型行李箱上——那是一個足以收納三位惡魔的換洗衣物、內褲以及毛巾等日常用品，而且還附有滾輪的大容量行李箱。

「既然不能將東西留在公寓裡，那麼就必須連存摺跟印鑑等貴重品都一起帶去，由於不曉得那邊的安全設施狀況，因此還是買一個能上鎖又堅固的箱子會比較好。」

「原來如此。這麼說也有道理。」

「你是搭電車去買的嗎？」

「是的。果然還是都心的商品比較齊全呢，由於明天還要出遠門，因此今天我想先保留一些體力。而且我晚點還想用一下車站的公共電話。」

由於從公寓到新宿走路不用三十分鐘，因此蘆屋平常總是為了省單程一百二十圓的交通費而選擇步行。但在盛夏的陽光下拖著行李箱到處走，其實意外地耗費體力。

更何況蘆屋還必須買海灘鞋與預備衣物等不少東西，真奧再怎麼說也不會為了往返一站的交通費而責怪他。

雖然真奧不由得在意起蘆屋的聯絡對象，但即便是魔王，也沒有追究部下隱私的權利。

以蘆屋的性格來說，基本上並不會特別對真奧隱瞞什麼事，因此就算他認為這通電話有必要，應該也對大局沒什麼影響吧。

真奧在自己心裡下了結論後，便轉為看向新的行李箱。雖然上面還留著標籤，但似乎是採取了在機場檢查行李時能夠自動開鎖的設計。

「你真的買了個不錯的東西呢。」

「畢竟將來還是有可能為了恢復魔力而必須出國。我想就當作是為了那時的預先投資。」

「啊，這都是為了征服世界吧。」

即便對象是稱霸一個大陸的大惡魔，應該也很難遇到這麼輕易地就說出「征服世界」這四個字的人類吧。

「正是如此。對了，佐佐木小姐平常總是很照顧我們，請妳好好期待我們的土產吧。聽說銚子在日本可是屈指可數的漁港呢。」

但愉快地回答高中女生的蘆屋，卻讓這句「征服世界」的重量頓時變得比氦氣還輕。

「嗯……謝謝。」

相較於征服世界這句話的重量，反倒是千穗的心情因此變得沉重了起來。雖然這也是理所當然，但蘆屋並未將千穗列入前往銚子的成員之中。

不過就在這時，千穗因為突然想起那些絕對會跟著真奧前往銚子的人物，而向蘆屋問道：

「……說到征服世界我才想起來，遊佐小姐跟鈴乃小姐針對這次的銚子之行，有說些什麼嗎？」

彷彿為了確認「征服世界」飛走了的重量一般，真奧與蘆屋稍微互望了一眼。

「話說回來，難得她們這次都沒發什麼牢騷呢。我還以為她們會因為誤會我們打算逃跑，而說出要追我們到天涯海角之類的荒唐話呢。」

「畢竟惠美也見過房東，所以認為若對方是跟房東有關的人，那麼我們應該也會老實一點吧？不過那兩個人昨天好像還責備了漆原的尼特族劣根性，並把他弄哭了呢。該怎麼說，包括協助我們確保工作在內，她們這次意外地好心呢。」

「的、的確……我、我也覺得遊佐小姐這次對真奧哥莫名地溫柔……」

尤其是惠美，根本不可能就這麼坐視真奧前往遠處，但她給人的感覺卻是顯得從容不迫。

加上先前來自沙利葉的危險情報，這些都成了讓千穗感到不安的要素。如果真奧跟惠美無法把握彼此的狀況，或許連阿拉斯．拉瑪斯都會有危險也不一定。

然而令人遺憾的是，就算將這個情報告訴惠美，千穗也完全無法想像惠美積極與真奧合作的模樣。

——唉，如果要去，就要先得到父母的許可喔。畢竟那裡還滿遠的——

——只要理由說得通又不違背常理，那我也不會特別多說什麼——

兩位成人的聲音，在千穗的腦中回響。

下定決心的千穗拿出手機。

這恐怕是她人生中第一次的任性。就算沒有說謊，對父母而言也是玩弄詭辯的不實之舉。

即使如此——

千穗還是希望能盡可能減少重要的人離開的危險。

千穗以視線向真奧等人致意後，便走到一邊打了通電話回家。

『喂，千穗啊？怎麼了嗎？』

由於家裡的電話有來電顯示功能，因此母親似乎馬上就知道是千穗打來的電話。

千穗壓抑著自己加速的心跳，用力地吸了一口氣。

「媽媽……」

『什麼事？』

「我想去看銚子電鐵。我可以找一天跟遊佐小姐和鈴乃小姐一起去嗎？」

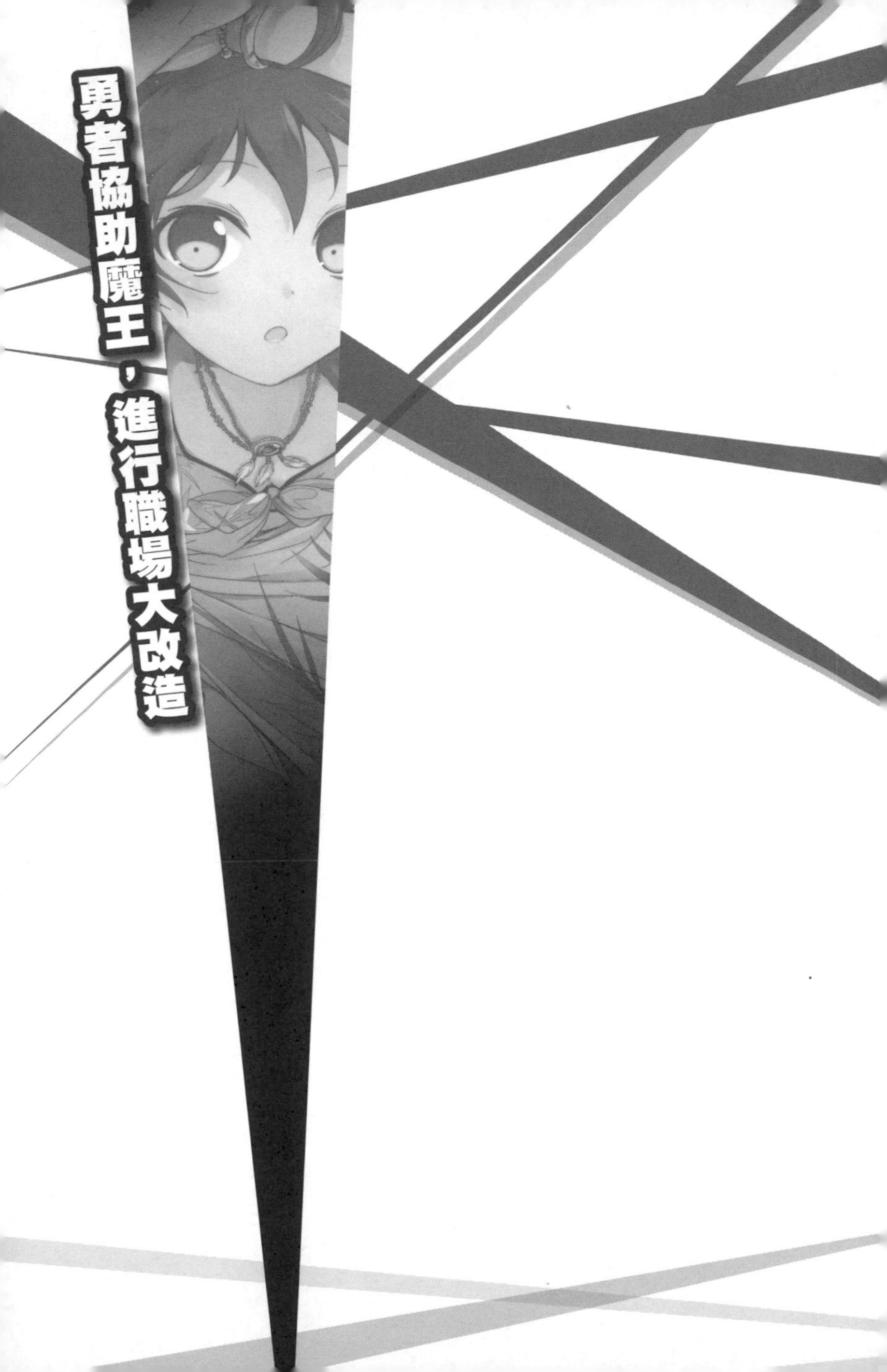
勇者協助魔王，進行職場大改造

「哇啊！好可愛的電車喔！」

千穗在ＪＲ總武本線的終點站——銚子站發出驚嘆。

一行人從笹塚出發，並在新宿、錦糸町以及千葉站完成了不習慣的轉車，再從千葉搭乘各站停車的總武本線，整場東征耗費了約三個多小時。

銚子電氣化鐵路的月臺寧靜地座落在銚子站ＪＲ線的月臺角落，進站的電車也有著真奧、蘆屋以及漆原從未見過的外形。

對來到日本還未滿兩年的三位惡魔而言，所謂的電車就是將設置了長椅與四個車門的不鏽鋼車廂連結起來的交通工具。

但眼前的「電車」卻徹底顛覆了這些只見過都市型電車的惡魔們的刻板印象。

無視流體力學的長方體車身下半部被漆成了深紅色，上半部則是充滿陳舊感的黑色；而唯一的圓形車頭燈，就正好安裝在車體上方的中央位置。明明只有一個車廂，但行進時的聲音卻顯得特別沉重。

相較之下，剛才搭的總武本線不鏽鋼電車簡直就像是未來的鐵路。

坦白講，眼前這輛電車真的很舊。它緩緩地進入月臺，並在煞車時發出了從未聽過的沉重金屬聲。

「這真的是電車嗎？」

狗嘴裡吐不出象牙的漆原才一開口，就遭到千穗的白眼。

雖然這個完全不適用自己至今常識的鐵路讓真奧暫時停止了思考，但他馬上就因為發現周圍的狀況莫名熱鬧而環視四周。

在場的每個人，都笑著看向這個連真奧也看得出來非比尋常的舊型電車。

樸實素雅、令人懷念、充滿了懷舊風情、來得真是太值得了等等，現場充斥著這類感嘆與歡呼。

每個人都各自拿出數位相機或手機，開始對著電車拍照。

「唉，你們應該是無法理解這種懷舊之情吧。」

「……妳在日本生活的時間明明就跟我們差不多，居然還有臉說這種話。」

真奧一聽見從背後傳來的譏笑聲，便一臉不悅地回頭。

而出現在他面前的，正是抱著阿拉斯．拉瑪斯的惠美與撐著陽傘的鈴乃。

「嗯，這是銚子電鐵電動一〇〇一型。據說從一九五〇年就開始運行了。根據我最早調查的資料，當時全日本都是在用這種類型的電車呢。」

鈴乃一面看著車站免費發送的小冊子，一面說明。

真奧經常在想，鈴乃以前究竟是在哪裡、又是調查了什麼樣的資料呢。

「話說回來，車票要到哪裡買啊？」

銚子電鐵的月臺與ＪＲ線的月臺相連，而且也沒有類似換車用的驗票口，只有在途中設置了一臺小型的ＩＣ卡讀取機。

但從新宿來到這兒的真奧一行人，都只有在ＪＲ窗口買的車票而已。

「嗯，好像是要在電車內或是跟月臺的站務員購買。那位先生拿著類似剪票夾的東西，應該就是要跟他買吧？」

「人、人力？」

「有什麼好驚訝的。就連新宿、池袋與品川，在數十年前都還是用人力驗票呢。」

介紹過去的日本、特別是昭和時代的鈴乃，看起來莫名地生氣勃勃。

她一開始調查的社會概況，恐怕還停留在所有的終點站都是用人力驗票的年代吧，但遺憾的是，成員中唯一的日本人千穗是在平成時代出生。

千穗對當時的狀況只有知識程度的了解。至於真奧跟惠美就更不用說了。

「不過那裡明明就有臺ＩＣ卡讀取機，為什麼還要刻意用這種既不便又麻煩的方式……」

「笨蛋。那些不便跟麻煩就是這裡的賣點啊。」

「什麼？」

丟下疑惑的真奧，惠美跟阿拉斯．拉瑪斯一同走向站務員。

「到犬吠，大人、小孩各一張……啊，不過我想保留車票……」

按照對方的說明，幼兒似乎並不用買車票，但阿拉斯．拉瑪斯早已經開始用充滿期待的眼神，緊盯著站務員身上帶的老舊包包。

阿拉斯．拉瑪斯笑嘻嘻地收下蓋過驗票章的車票，並緊緊地握在手裡。

「謝寫你！」

阿拉斯．拉瑪斯開心的樣子，讓站務員也忍不住露出了微笑。

「換句話說，就是像那個樣子。如果是自動驗票，就看不見那種場景了吧？」

「……嗯，說得也是。」

被鈴乃這麼一說，真奧雖然無法釋然，但在看見阿拉斯．拉瑪斯的笑容後還是同意了。

蘆屋仿照惠美買了車票，千穗則是忙著用數位相機拍攝電車。

至於受不了暑氣的漆原則是無力地癱在車站內的長椅上。

「話說回來……沒想到妳們居然真的跟到這兒來了。」

真奧聳聳肩望向鈴乃。陽傘下的鈴乃一臉游刃有餘地笑著回答：

「我應該說過很多次了吧。我們並沒有跟著你，只是旅行的目的地碰巧一樣而已。」

再怎麼裝模作樣也該有個限度。

那是在真奧等人從笹塚出發前數小時發生的事情。

千穗突然氣喘吁吁地出現在早上八點的笹塚站。

真奧起初還以為對方是來送行。但在發現千穗背著一個大型手提包後，便改為猜測她碰巧跟自己一樣有事必須遠行。

就常理而言，無論千穗的雙親再怎麼信任真奧，都不可能讓才高中二年級的女兒跟他一起去必須外宿、並且只有男性的打工場所，因此真奧此時此刻依然完全沒想到千穗的目的地是銚子的可能性。

「小千也要出門嗎？到新宿前我們都同路吧。」

「不，再更之後也會一起喔。」

跟真奧一起通過自動驗票口進入車站後，千穗開朗地回答。

接著不到三十秒，真奧就知道千穗高興的理由了。

「早安，千穗。妳後面那三個人是怎麼回事啊？」

「千穗小姐，我們等您很久囉。您遇到魔王他們啦，真巧呢。」

「爸爸！小千姊姊！」

惠美、鈴乃以及阿拉斯・拉瑪斯，正一起坐在笹塚站往新宿方向的月臺長椅上。

至於真奧、蘆屋與漆原則是嚇得目瞪口呆，一時說不出話來。

由於真奧等人一大早就出門了，因此並沒有跟隔壁的鈴乃打招呼。

不管怎麼看，惠美跟鈴乃都是事先約好才會埋伏在這裡。而從她們刻意只跟千穗打招呼，以及裝成意外碰見真奧等人的舉動來看，很明顯是在捉弄三位惡魔取樂。

兩人面前放了一個附滾輪的行李箱。沒錯。這兩人絕對是打算跟過來。

「並不只是到新宿而已，就連到銚子都是同路喔。不過別擔心，我有確實得到媽媽的許可了喔。」

千穗彷彿在宣布答案一般堂堂地說道。

三位惡魔依然驚訝得合不攏嘴。天底下哪有會允許這種事情的父母啊。

「你是不是誤會什麼了？」

坐在長椅上的惠美嗤笑地仰望茫然不解的真奧等人。

「雖然目的地是銚子，但千穗可不是要跟你們去，而是要跟我們一起出門喔。」

「……那是怎樣。」

想詭辯也該適可而止。

「話說回來，妳們的工作怎麼辦。難不成想兩個禮拜都待在銚子嗎？」

被真奧這麼一問，惠美便游刃有餘地回答：

「因為貝爾要搬來我這裡住，所以我事先就請好假了。不過兩個禮拜是什麼意思？我們只

是打算三個女孩子一起去參觀當地鐵路而已喔。為什麼你會認為我們要待那麼久？該不會是有什麼內疚的事吧？」

惠美不懷好意地說道，雖然真奧一臉不悅地瞪向惠美——

「爸爸、爸爸，你聽我說！」

但一見到興奮的阿拉斯・拉瑪斯便無法發作。

「我們要去千葉的海邊喔！」

真奧在這一瞬間確定了整個狀況，頓時無力地垂下頭來。

在那之後大約過了一個小時……

從笹塚出發的真奧與千穗等人一面在錦糸町站仰望東京晴空塔，一面改搭總武快速線，並趁抵達終點站千葉、等待從總武本線開往銚子的班車時，在月臺上吃了火車便當。就在一行人換乘前往銚子的列車，經過接近終點站的旭市時——

「小千姊姊，風車！風車！」

阿拉斯・拉瑪斯坐在千穗的大腿上。

加上惠美跟鈴乃，占據了四人座的女性們若無其事地分食著點心。至於三位惡魔則是隔著走道坐在另一個四人座上，一位魁梧的上班族大剌剌地坐在第四個位子，讓他們無論在物理上還是精神上都感到十分不自在。

接近銚子時，由於做為大型風力發電設施的風車突然出現在眼前，讓正在眺望外頭風景的阿拉斯・拉瑪斯感到興奮不已。

「阿拉斯・拉瑪斯妹妹好厲害喔。妳知道什麼是風車啊。」

「嘻嘻，我知道。」

隨著風車逐漸遠離阿拉斯・拉瑪斯的視線，電車內也開始響起即將抵達終點站銚子的廣播，讓乘客們做好下車的準備。

在銚子電鐵的月臺上，真奧辯解般的對抬頭瞪著自己的鈴乃說道：

「姑且不論原本就對這條鐵路有興趣的小千，妳們也差不多該坦承來這裡有什麼目的了吧。反正妳們一定是打算拿小千當藉口纏著我們吧。」

相較之下，鈴乃則是充耳不聞似的直接切入重點。

「嗯，沒錯。誰知道你們離開我們的視線範圍後，會做出什麼好事。最好別以為自己能躲過我們的監視。希望你們在遠離笹塚的這塊土地，也能做出符合良知的行動。」

「妳這傢伙，在日本的我稱得上是位披著良知與誠意到處走的魔王耶。」

「但還是魔王啊。」

說得沒錯，完全無法反駁。

「居然期待魔王做出符合良知的判斷，妳是不是搞錯了什麼啊？」

「哼。我已經重複過很多次了，我們只不過是旅行目的地碰巧相同而已。好了，別在意我們，快點去工作的地方吧。」

「我說啊……」

無論怎麼想，鈴乃等人都會一路跟著他們直到海之家。

「魔王大人，車票買好囉。」

此時，蘆屋帶著車票回來了。至於漆原，則是以慢吞吞的動作搭上電車，並再度癱倒在車內的座位上。勇者等人的跟蹤原本就在預料範圍之內，而且考慮到工作上的狀況，最令人畏懼的惠美應該無法待在這裡太久才對。

這些過著被勇者監視的日常生活、並連勇者的工作行程都一併列入考量的惡魔們，是否還有符合惡魔風格的未來呢。

「……感覺，看起來不太像車票呢。」

蘆屋交給真奧一張薄薄的紙條，那是張載有銚子電鐵所有站名、看起來就算用手也能輕鬆撕裂的車票。就在這時候——

「小哥兒們，你們是第一次搭銚鐵嗎？」

「咦？」

真奧因為突然被人搭話而大吃一驚。

在真奧身邊，不知何時出現了一位頭戴遮陽帽、提著購物袋的老太太。

「外表看起來很舊，讓你嚇了一跳對吧。年輕人應該不太習慣這種東西吧。」

「啊，呃，那個……」

雖然對方親切地向真奧攀談，但真奧完全不認識這位女性，因此也不曉得該如何回應。

「不過，這是最受歡迎的顏色喔。因為從各式各樣的地方得到各式各樣的電車，所以這裡有許多不同的型號，而其中最有人氣的就是這臺黑紅色的列車，真令人懷念呢。」

「懷念……嗎？」

「我們每天看是已經習慣了啦，但現在很難得能看見這麼舊的電車在運行囉。電動一〇〇一型打從一九五〇年製作完成起，至今都還在持續行駛呢。」

老太太彷彿在稱讚自己的家人般，自豪地說著。

「儘管面臨了好幾次的存續危機，但由於有許多像小哥兒們這樣的年輕人來，以及本地年輕人的努力，這些電車才能廣受大家的喜愛。真是謝謝你們啊。」

真奧等人既沒有特別做些什麼，論年齡也是老太太的好幾倍，但既然對方已經沉浸在回憶的感慨之中，不想打擾她的真奧也只好含糊地附和著。

「小哥兒們是來觀光的嗎？接下來要去犬吠？」

「啊，沒錯。但與其說是觀光……」

「就是啊，從那裡的地平線往上昇的朝陽很漂亮喔。我雖然每天都在看，但每次都還是會覺得內心受到了洗滌呢。吶，畢竟人年紀一大，就會變得早起呢。」

「嗯……」

話說回來，大黑天禰似乎也提過能從犬吠前往君濱，而且那裡還是全關東最早看見日出的地方。

「啊，說到犬吠，就會讓人想到濕仙貝呢。如果到那裡就去吃吃看吧。非常好吃喔。」

老太太在那之後一直跟真奧聊到發車時間為止，真奧也因此躲過了鈴乃的追究。

雖然真奧一開始感到有些困惑，還是從老太太那兒聽來了許多關於銚子電鐵沿線的觀光資訊。千穗跟惠美也在中途加入談話，儘管彼此互不相識，但依然以這種微妙的方式聊了起來。

出發時間一到，載著魔王與人類的銚子電鐵電動一〇〇一型便開始慎重地前進。

儘管車內的人口密度比總武本線還高，但從真奧坐的地方，還是能清楚看見駕駛座與前進方向的景象。

「哇！是木製的隧道耶！」

千穗一看見這副光景，便發出似曾相識的歡呼。

「這個……感覺有點像是在探險呢。」

「嗯……」

蘆屋與漆原忍不住發出感嘆聲。

在盛夏陽光的照耀之下，電車走在由山林裝飾的綠色隧道中。

夏季花朵在鐵軌邊綻放，雖然是輛外表老舊的列車，但車體在上坡時所發出的聲響卻蘊含了足以被稱為鋼鐵馬車的強勁力道。

小小的平交道上設置了簡單的架空電車線以及木製的電線桿。

對只曉得文字記錄的真奧、蘆屋及漆原而言，這正是他們未曾親身體驗過的「時代感」。

「感覺別有風情，真不錯呢。」

老太太笑容滿面地點頭，肯定蘆屋不自覺說出的感想。

「我就說吧！」

之後老太太在一個名叫西海鹿島的無人車站下車。

「我們連她的名字都沒問呢。」

電車離開西海鹿島後，蘆屋低聲嘟囔道。

「沒關係，這就是所謂的萍水相逢啊。對我們而言，那位老太太就像是時代感一樣，雖然摸得到，但絕對無法留在手中。」

「……你在說什麼啊。是熱到腦袋壞了嗎？」

惠美說著失禮的話，而被她抱在懷裡的阿拉斯．拉瑪斯則是動也不動地凝視著駕駛座。真奧看起來並未特別生氣地回答：

「嗯。關於征服世界的野心，我最近有了一些想法。」

「哎呀，這樣啊。你總算決定放棄，然後埋骨日本了嗎？」

面對明顯打算轉移話題的真奧，惠美也不怎麼認真地回應。由於真奧接下來便一語不發，因此惠美也沒特別追問下去。

電車經過了西海鹿島、海鹿島以及君濱之後，真奧一行人總算抵達了關東地區最東端的地點——犬吠。

「這座車站，看起來有下過一些工夫呢。」

抱著行李首先下車的蘆屋擦著汗說道。

犬吠站的外牆貼著類似南歐風格的白色磁磚，由於是主要的觀光勝地，也配置了站務員。

真奧下車後，電車便往接下來的終點站外山前進，真奧一行人無視拍攝電車的旅客，走進車站。儘管外面陽光普照，貼著茶色磁磚的車站內卻十分涼爽，瀰漫著一股沉穩的氣氛。

跟其他觀光客們一起進入車站的真奧一行人，馬上注意到有位婦人正在右手邊的商店區烤著仙貝。

「那、那就是剛才那位老太太說的濕仙貝吧？」
「就是這個！銚子電鐵的救世主！」
真奧一問，千穗便慌張地解說，然後衝進了店內。
「媽媽，那個，那個是什麼？」
讓阿拉斯．拉瑪斯坐在車站的長椅上，並用手帕替她擦汗的惠美，看著千穗衝刺的方向回答：
「是濕仙貝喔，仙貝。阿拉斯．拉瑪斯喜歡嗎？」
「仙貝！」
阿拉斯．拉瑪斯突然因為仙貝這個字眼而離開惠美，跑向真奧與千穗的方向。
「啊，喂，阿拉斯．拉瑪斯，等一下，那樣會跌倒啦！」
「爸爸，小千姊姊！仙貝！我想吃仙貝！」
「嗯？阿拉斯．拉瑪斯，媽媽平常會買仙貝給妳嗎？喂，現在讓她吃仙貝還太早了吧？」
真奧的最後一句話是對著惠美提問。
「是專門給小孩子吃的沙拉仙貝啦。她已經會自己咬了，這點程度沒問題啦。」
「不曉得阿拉斯．拉瑪斯妹妹能不能吃濕仙貝呢？啊，不過這樣或許會害她吃不下飯也不一定。跟姊姊一人一半好嗎？」

千穗蹲下來詢問，阿拉斯・拉瑪斯高舉雙手歡呼：

「一人一半！」

全力表現出想吃的樣子。

「真拿妳沒辦法。啊，不用了，小千，惠美會出錢啦。」

「這時候不是應該說『我來出就好』嗎？」

小氣到用「媽媽」的錢來討阿拉斯・拉瑪斯歡心的真奧，讓惠美因此板起了臉，但蘆屋卻以更加悶悶不樂的表情看著這副場景。

「……魔王大人！請您先跟對方通知一下我們到了。」

蘆屋勸戒著已經完全陷入觀光氣氛的真奧等人。

「啊，也對。抱歉抱歉。」

真奧尷尬地回答，拿出手機走到車站外的廣場。

惠美站在商店收銀櫃檯前面，用眼角確認真奧走出了車站後——

「那麼，千穗，可以談一下嗎？」

便小聲地呼喚千穗，將她拉到車站的角落。

「我昨天真的嚇了一跳。沒想到妳媽媽居然會答應妳呢。」

「……對不起，居然突然打電話給妳。」

母親意外乾脆地答應了千穗去看銚子電鐵這個幾乎只能說是詭辯的請求。雖然她提出了要先跟身為陪同者的惠美與鈴乃談過條件，但就連惠美也很驚訝對方居然會這麼爽快地就讓千穗去銚子。

「對我們來說，這樣正好能夠同時監視魔王跟保護妳的安全。然後……」

惠美笑著轉頭看向鈴乃。

「千穗小姐，令堂有話請我們傳達。」

「咦？」

鈴乃從行李箱中拿出一張紙條。

「只要是投宿在令堂指定的這間旅館，並由我們其中一個人透過電話定時聯絡，就能允許您在這裡留宿三天兩夜。」

「咦？咦？咦？」

千穗一聽，便差點兒弄掉了要跟阿拉斯．拉瑪斯平分的濕仙貝。

「這樣您就能放心地確認他們有沒有好好工作了吧？」

「為、為什麼……」

千穗原本下定決心只要能當天來回就滿足，實際上也正打算這麼做。基本上，為什麼自己的母親會請惠美跟鈴乃傳話呢。

「既然要跟千穗同行，那麼當然要讓令堂能夠跟我們取得聯絡吧？在告知了聯絡方式之後，她就主動透過電話跟我們聯絡了。」

『或許是做父母的偏愛，但千穗真的是個既誠實又體貼的孩子。雖然她的確很掛念真奧先生之後的狀況，不過同時也在擔心要是真奧先生的工作進行得不順利，或許會連遊佐小姐妳們也跟著離開這裡也不一定。』

電話裡的里穗語氣十分認真。

『既然千穗會這麼說，那我想她應該是有什麼根據才對。千穗平常真的很信賴遊佐小姐跟鈴乃小姐，並將兩位當成非常重要的人。雖然是我個人的任性，但為了消除千穗的不安，能不能請妳們幫幫她呢……』

站在惠美的立場，她平時就因為將千穗捲進與安特．伊蘇拉有關的事情而感到非常愧疚，因此便乾脆地答應了里穗的要求，在那之後，兩人甚至還因為搶著付三個人的旅館費而爭執了好一段時間。

千穗當然不可能告訴母親關於安特．伊蘇拉的事情。但既然有某個「讓千穗如此認為的根據」，那麼里穗似乎也決定要全面地相信她。

曾經跟里穗見過面的惠美，並不認為對方是採取放任主義。倒不如說里穗的這番話，反而更加證明了兩人至今的親子關係是多麼地圓滿。

惠美前陣子才得知母親的存在，而且對方不但並非人類，還馬上就消失得不見蹤影，讓惠美稍微有些羨慕千穗與母親的關係。

「唉，簡單來說，就是令堂對千穗寄予了全面的信賴，再來就是要幫完全被丟下的令尊買銚子名產的燉煮秋刀魚當伴手禮。放心吧，到時候我們也會陪妳一起去。」

「……媽媽……真是敗給她了。」

千穗眼眶有些濕潤地低下頭。

「那麼，千穗這麼逞強的理由是？應該不只是擔心路西菲爾或許會害他們被炒魷魚吧？如果是那樣，妳應該在看完錄影帶後就會下定決心了吧。」

吸了一下鼻子後，千穗將阿拉斯．拉瑪斯放到地上。

「……其實我昨天從沙利葉先生那裡聽說了。加百列先生還沒有放棄帶走阿拉斯．拉瑪斯妹妹。」

惠美與鈴乃的表情，因為突然聽見加百列的名字而產生了些微動搖。

「雖然無論真奧哥、遊佐小姐還是阿拉斯．拉瑪斯妹妹，之前都遭遇了好幾次的危機，但因為你們並非孤軍奮戰，所以最後不都勉強撐過去了嗎？當然我並不是要妳原諒真奧哥在安特．伊蘇拉的所作所為。不過若真的面臨了什麼危險，我覺得你們還是待在一起會比較安全，不過……這次遊佐小姐，好像很高興真奧哥出遠門……」

「啊……」

惠美不自覺地點頭。

兩人前幾次之所以會並肩作戰，全都是建立在不得已與迫於形勢的前提之上。

儘管惠美的確屢次因為真奧、蘆屋或是漆原的存在而得救，但這並不代表惠美本人有積極地向他們求助。

由於這次真奧等人是要去那位神祕房東志波美輝的親戚家工作，因此惠美才會認為沒有特地跟去的必要，但對不認識房東的千穗而言，應該會覺得惠美這樣的態度很奇怪吧。

「無論是真奧哥還是遊佐小姐，或是鈴乃小姐、蘆屋先生以及漆原先生，大家只是因為一些細小的偶然才會待在笹塚……待在我的身邊，所以在發現只要某個環節稍微失去了平衡，大家就會消失不見之後，我就覺得好害怕。雖然，這可能有些自不量力，但如果我努力一點，或許還能繼續維持這樣的平衡……」

坐在車站長椅上的蘆屋與漆原正拿著類似冰淇淋的盒子，千穗遠遠看著他們，同時繼續說道：

「或許總有一天，你們必須回到安特．伊蘇拉做個了斷也不一定……不過就當作是為了這個目的，只要在有必要的時候就好，我希望你們能夠通力合作。」

對千穗而言，她絕對不單單只是因為喜歡真奧才來到這裡。

「我不曉得真奧哥到底察覺到什麼地步，但沙利葉先生有說過『知道遊佐小姐與聖劍的所在地』。這表示盯上遊佐小姐的人，在來襲之前就已經把握住遊佐小姐的去向了。要是加百列先生趁真奧哥去銚子不在時展開行動……」

雖然惠美曾在一對一的戰鬥中擊倒加百列，但誰也不能保證他下一次依然會單槍匹馬地前來挑戰。

千穗所說的話，以及她親眼所見的事情，全部都是真的。

儘管分別身為勇者與魔王，但無論惠美還是真奧，至今都無法單憑一己之力解決在日本發生的麻煩。

反倒是因為對自己的力量過於自信，因而在毫無自覺的狀況下，害以千穗與梨香為始的眾多日本人被捲入的次數才是壓倒性的多。

「……千穗小姐，真是一位聰明的女性呢。」

鈴乃佩服地低聲說道。

「無論採取什麼樣的形式，艾米莉亞的最終目標都是跟魔王做個了結。而不管在日本失去哪一方，都會讓這個目的變得無法達成。為了那個最重要的目的，千萬不能搞錯自己現在應該面對的敵人……千穗小姐，妳是這個意思吧？」

千穗輕輕點頭。

過去的鈴乃，也曾因為誤判了真正應該面對的敵人，而站在必須排除妨礙和平者的立場。厭惡採取排除的手段、並因此感到痛苦的鈴乃，總是持續吶喊著「到底誰才是真正的敵人」。

現在鈴乃與惠美必須打倒的敵人雖然是魔王，但同時也不是魔王。

而是隱藏在人類世界理所當然的正義之下，戴著正義面具的某人。

對方不但可能擁有比勇者或魔王還要強大的力量，還是一群從來不曾對人類世界的危機伸出援手的傢伙。

「希望大家能一直和睦地相處下去，只是出於我個人，一個完全不了解安特・伊蘇拉者的任性……可是，現在有阿拉斯・拉瑪斯妹妹在，有大家都最喜歡、喜歡得不得了的阿拉斯・拉瑪斯妹妹在，我不希望發生讓這孩子難過的事情。」

「仙貝很好吃喔？」

阿拉斯・拉瑪斯天真的回答，讓千穗露出了小小的微笑。

「千穗。」

「是的……哇！」

惠美溫柔地抱住千穗。

「難怪令堂會那麼信賴妳。明明就出生在這麼和平的國家，妳到底是從哪裡產生出這麼堅強的覺悟啊。」

像是為了讓千穗放心一般，惠美輕輕地拍著她的背。

「好，就照千穗的意思辦吧。畢竟我也一樣很珍惜這孩子呢。」

放開千穗後，惠美將手抵在腳邊的阿拉斯．拉瑪斯頭上。

「但有一點我希望妳可別誤會了，我可是完全沒有跟魔王和睦相處、混在一起或是接近他的打算。」

惠美用力指向在外面留著汗打電話的真奧。

「我答應妳，若真的發生了我無——論如何都沒辦法獨自解決的狀況，而且我也確定自己真的無計可施時，別說是向那傢伙求助了，我還會徹徹徹底地利用他。等用完之後，再趁生鮮垃圾的回收日丟掉。」

惠美刻意裝模作樣地宣告，讓千穗笑容滿面地低下頭說道：

「對不起。謝謝妳。」

「總而言之，這三天兩夜就在犬吠觀察狀況，順便舒展一下吧。」

「說得也是。難得來到這裡，若光是像平常那樣監視惡魔的貧乏生活，也未免太無趣了一點。」

鈴乃參雜著苦笑說道，打破了原本緊張的氣氛。

此時真奧正好從外頭回來，並因為內外氣溫的差異而大大地嘆了口氣。

對女性陣容討論的深刻話題一無所知的真奧——

「啊！你們在吃什麼好東西！」

一看見蘆屋跟漆原正在吃冰淇淋，便大聲地指責兩人。

「濕仙貝冰淇淋。還滿好吃的呢。」

「因為實在是太好奇味道如何了，所以才忍不住……魔王大人也要吃嗎？」

還在想這兩位惡魔怎麼會沒注意到惠美等人的談話，看來他們似乎是抵擋不了炎熱，專心在吃冰淇淋的樣子。

「當然要吃！」

真奧握著零錢衝進商店。惠美見狀——

「一想到居然必須借助敗給濕仙貝誘惑的惡魔力量才有辦法保護自己，心情就變得有點複雜。」

便不滿地皺起了眉頭。

「不過聽說濕仙貝冰淇淋真的很好吃喔？好像是夏天的新名產呢。」

「千穗小姐，重點不是在那裡啦。」

就在買好冰淇淋的真奧正忙著享受這不可思議的口感時——

「……不曉得對方是個什麼樣的人呢，是叫大黑小姐吧？」

漆原隨口說出的一句話，讓真奧跟蘆屋同時都僵住了。

「你這傢伙，我可是一直努力不去想耶，別亂說話啦。」

「因為很可怕啊！畢竟那個人可是『那張照片』的人的姪女耶！」

「呃，可是從電話裡的聲音來推斷，感覺是位年輕的女性耶？」

「不過無論接下來會有什麼樣的發展，事到如今我們也已經無路可逃了。只好盡人事聽天命囉。」

「連工作地點都還沒見過，是要怎麼盡人事啊……」

就在此時，真奧的手機響了起來。

三人忍不住互望了彼此一眼。真奧隔了一拍後便接起電話。

「喂。」

『啊，真奧先生？我目前人在車站前面，是一輛白色的廂型車。』

一行人終於即將碰面。

為了事先做好面臨各種狀況的準備，三位大惡魔做了一個深呼吸打起精神後，便前往位於犬吠站前面、陽光普照的廣場。

千穗一行人也跟著來到了車站前面、貼著磁磚的廣場。

那裡停了一輛早已超越白色逐漸變成奶油色、外表看來非常老舊的加長型營業用廂型車。

下定決心接近之後，駕駛座上的人似乎也注意到了這邊。那個人解開安全帶後，便走出了駕駛座。

就在來人出現在陽光底下後，真奧、蘆屋、漆原以及惠美，都忍不住嚇了一跳。

「真奧先生？」

「啊，嗯，沒錯。呃，您就是大黑小姐吧。」

「沒錯，感謝你們遠道而來，歡迎來到犬吠！」

簡單來說，對方是位美女。

年紀大約是二十歲後半。

將頭髮隨興綁起的女子在黑色T恤上綁了件老舊的綠色圍裙，下半身則是破舊的牛仔褲與涼鞋，雖然看起來打扮得很輕鬆，但還是能明顯看出她擁有與木崎不相上下的好身材。

在完全沒化妝的臉上，是一對與健康的褐色肌膚相得益彰、堅毅端正的眉毛與眼睛，甚至予人一種精悍戰士的印象。

這位女性真的是那個房東的姪女嗎？

除了同樣是脊椎動物的雌性以外，根本就找不到其他跟志波美輝的共通點。

「你覺得我們長得不像對吧？」

大概是真的愣了太久吧。大黑天禰試探似的笑著看向真奧，讓回過神的真奧——

「呃……」
一時不曉得到底該點頭還是搖頭。
說一位妙齡女子長得像「那位房東」究竟是否適當，讓真奧煩惱不已。
「啊哈哈！抱歉抱歉，站在真奧先生的立場，應該哪邊都無法回答吧。」
「嗯、嗯……」
「其實小美阿姨卸妝後跟我很像喔。特別是年輕時的照片真的跟我長得一模一樣呢。」
如果這位女子所言屬實，那麼歲月的流逝實在是太過殘酷了。
坦白講，比起想像那位房東年輕時卸妝的模樣，不如去想像六千五百萬年前滅絕的恐龍膚色，還要來得容易多了。
「總之，我就是海之家『大黑屋』的臨時店長，大黑天禰，請多指教囉。」
「啊，是的，呃，我叫真奧貞夫。」
「我是蘆屋四郎。這次承蒙您關照了。」
「……漆原半藏。」
真奧自我介紹完後，蘆屋也跟著挺直背脊行了一禮。相較之下直到剛才都還興致高昂的漆原，卻板起臉來並莫名小聲地報上自己的名字。
「蘆屋先生跟漆原先生啊……話說回來……」

大黑天禰驚訝地看向站在真奧等人後方的女性陣容。

「感覺，似乎比之前聽說的還要熱鬧很多呢。」

「呃，那個，要麻煩您照顧的只有我們這三位男性，其他人只是擅自跟過來而已……對、對了，惠美跟鈴乃，妳們到底打算跟我們跟到什麼時候啊！」

若因為來的人太多給對方添麻煩導致打工告吹，那可就糟了。相較於急忙解釋的真奧——

「我是真奧哥的後輩佐佐木千穗！因為想看看真奧哥他們工作的地方，所以就趁著觀光之便過來了！」

千穗在制止真奧之後，便坦率地說明來訪理由，低頭行了一禮。

「喂，小千。妳有在聽我說話嗎？」

「我叫鎌月鈴乃。跟他們是……那個，鄰居的關係。」

「敝姓遊佐，這孩子是阿拉斯．拉瑪斯。」

而鈴乃與遊佐也無視真奧，各自打了招呼。

真奧原本以為兩人會否定千穗的目的，沒想到卻完全沒有類似的跡象。

順帶一提，六人早已事先決定在向別人介紹阿拉斯．拉瑪斯時，不打算用其他名字蒙混過去。畢竟就算用像真奧或是惠美那樣的名字，本人也無法理解。

而且實際上阿拉斯．拉瑪斯的外表也跟日本人相差甚遠，就算直接使用這樣的名字也不會

讓人起疑。

「哎呀，你還真是帶了各式各樣不同的美女過來呢。那麼已婚的人是哪位啊？」

天禰看起來並不怎麼在意這群無禮的女性，但被她這麼一問，漆原便指向真奧、千穗跟鈴乃指向惠美，而蘆屋則是轉頭看向完全無關的方向。

「「喂！」」

真奧與惠美極力同聲抗議。

「給認識的人方便，可是在觀光勝地居住或工作者的宿命呢。妳們難得來這兒一趟，不如趁開張之前先來本店試著讓我們招待一下怎麼樣？只要不離開我的視線範圍，就算要下水游泳也可以，我會告訴妳們銚子哪裡好玩，更何況……」

天禰斜眼看了一下惠美。

「一般人果然會很在意自己丈夫的職場吧。真奧先生也真是的，明明就有這麼漂亮的太太，居然還在電話裡面說自己單身呢！」

「我、我就說事情不是這樣！」

考量到自己的使命與千穗的狀況，雖然惠美的確非常希望了解真奧的工作場所，但還是難以忍受被當成真奧的太太。

惠美打從心裡表示否定，但天禰完全置之不理。

除了漆原以外的所有人都忍不住看向惠美與千穗，不過只有惠美一個人不悅地板著臉，反倒是千穗不知為何浮現出普通的笑臉。

「唉，在這麼熱的天氣站著聊天也沒什麼意思，還是上車吧。小姐們也請先上來坐吧。我先去拿兒童座椅出來。」

天禰從車廂裡拿出兒童座椅，靈巧地裝在副駕駛座上，彷彿打從一開始就知道會有小孩過來一般。

六人一邊若有所思地面面相覷，一邊坐上了大型的箱型車。

由於阿拉斯・拉瑪斯必須坐在副駕駛座，因此三位女性便佔據了第二排的三人座。至於剩下的三位男性，則是擠在她們的後面。

「那麼，因為有小寶寶在，所以就在安全駕駛下出發吧！」

天禰將大家的行李放進車廂後如此宣言，老舊的馬達起動引擎，懸吊系統缺乏彈性的車子離開犬吠站廣場，開往大路。

標榜附近有住宿設施的看板接連出現。雖然真奧一行人在來到千葉之前從來沒看過海，但如天禰所言，眼前的視野不到五分鐘便急速變得開闊了起來。

開進沿海道路的瞬間，太平洋便突然出現在右側。

「哇啊！」

千穗發出歡呼。

「我還是第一次看見這邊的海呢……沒想到居然會這麼藍。」

惠美小聲地嘟囔並嘆了口氣。晴空照耀，眼前寬廣的太平洋正展現出引以為傲的湛藍美景，即使是走遍安特．伊蘇拉世界的惠美，也從來沒見過這樣的景色。

「就連在我們的故鄉，也很難見到如此潔淨蔚藍的美麗風光呢。」

鈴乃感慨地輕聲說道。

惠美與鈴乃在發出感嘆的同時，依然有在注意天禰的動靜。

「媽媽，好藍！好多藍色！好多的『慈悲』喔！」

不過阿拉斯．拉瑪斯卻因為從未見過的風景而興奮不已，而脫口說出職掌藍色的「質點」之名。

真奧瞬間打了個寒顫，但對這方面一無所知的天禰當然不可能知道那代表什麼意思。

「這裡就是君濱海岸。往右後方過去一點，在海角上那棟白色建築物就是犬吠燈塔喔。」

一行人往天禰所說的方向望去，便發現一座聳立在險峻懸崖上方的白色燈塔，彷彿一隻以晴空為背景的巨大生物正緊盯著大海。

「咦，在那座海角前面的是……」

「喔，你看見了嗎？沒錯，那間就是大黑屋。」

這片廣闊的海濱似乎名叫君濱海岸，而那棟建築物正好就位於海岸的正中間。是一棟外表看起來像是普通民宅的平房。

真奧一認出那棟建築物，天禰便離開馬路，轉進一個類似海邊停車場的廣場。

「感覺人比想像中要來得少呢。」

蘆屋看著外面出聲詢問。

雖然天禰曾經說過工作會很忙，但停車場內的車輛卻寥寥無幾。

對在書店看過觀光雜誌上刊載的海水浴場照片、因此以為海水浴場總是人山人海的真奧而言，這樣的場景實在讓人有些掃興。

天禰解開安全帶，關掉引擎。

「因為海水浴場明天才開放啊。現在大概只有衝浪客在吧。」

對海水浴場運作方式不甚了解的真奧，沒想太多便接受了。

「明天……嗎？」

但千穗似乎依然掛念著什麼，而將手抵在額上眺望遠方的海面。

「衝浪客……啊，真的耶。就在海面上……」

然而從窗戶往海岸望去的千穗，卻在海浪間發現了某個若隱若現的東西而感到疑惑。

「佐佐木小姐？怎麼了嗎？」

但隨著蘆屋出聲關切，那短暫的異樣感便潛進了思考的漩渦之中。

「……沒事，沒什麼。」

結果找不出哪裡不對勁的千穗，只好暫時放棄思考這股不協調的感覺。

「這裡是段很受歡迎的散步路線喔，在海水浴場開放之前，就經常有人來這裡看燈塔或日出呢。」

原來如此，這麼說來，路上的確偶爾可以看到一些帶狗散步，或是鋪著塑膠墊曬太陽的民眾身影。

「那麼，總之得先把行李放好才行。我先去別館那裡幫你們說明一下吧。」

真奧等人沿著有些坡度的海岸走向剛才看見的民宅。

一行人各隨己意地下車，跟在天禰後面抵達了位於建築物背面的一扇老舊木門前方。

「雖然除了棉被以外什麼都沒有，但工作結束後就放輕鬆點吧。」

天禰說完後便將門打開，在檢視過屋內的狀況之後，真奧、蘆屋、漆原以及鈴乃都驚訝得目瞪口呆。

「……感覺，這裡的環境好像比我們家還好呢？」

也難怪漆原會忍不住代表大家發言。

這裡的空間約四坪大。不但有附設壁櫥，房間深處還有跟魔王城同規模的廚房空間。即便室內充滿了從寬敞窗戶照進來的陽光，房間內依然十分涼爽。

「我，好想一直窩在這裡喔。」

漆原的視線緊盯著天花板的某處。

是空調。

這個房間有裝設空調。

雖然型號很舊，但那毫無疑問是一臺正在放送冷氣的空調。

「畢竟是沿海，所以榻榻米無論如何都會因為濕氣而受潮，這點就請你們忍耐一下囉。」

在空調面前，這點小事對三位大惡魔來說根本就不算什麼。

基本上雖說這裡只有棉被，但魔王城可是連棉被都沒有啊。

受到居住環境的誘惑，真奧甚至一時忘了自己還要回到麥丹勞。

「不過，我想這裡到了冬天應該會很冷喔。」

但在蘆屋冷靜地吐槽漆原後，真奧也暗暗地恢復神智。

沒錯，海之家畢竟是採季節性營業。等夏天一過，他們就無法在這裡工作了。

「你們喜歡就好。我晚上會回自己家，因此夜晚的門窗就拜託你們上鎖啦。」

居然放心留下剛來的借宿者直接回家，看來真奧等人頗受這位店長的信任。而這同時也表示對方有多麼信賴身為房東的志波吧。

「那麼，雖然剛到就麻煩你們有點不好意思，但放完行李後能過來前面一下嗎？馬上就要開始工作了。」

現場只有漆原一個人一聽見工作便皺起了眉頭，而某人更是比誰都還要敏感地察覺到他的變化。

「行李交給我來整理就好了。大家工作要好好加油喔。」

千穗露出彷彿太陽般的笑容，半強硬地從蘆屋手中拿走了行李箱，並回頭對真奧使了一下眼色。

面對千穗的體貼，真奧感激地點點頭，在沒有事先討論的情況下，便跟蘆屋一左一右地夾住了漆原的手臂。

「喂，等等！我什麼都還沒說啊！」

真奧與蘆屋發揮絕佳的默契，無視漆原抗議的聲音便強行將他押走。

天禰也沒多說什麼，再次領頭走向正面的海灘。

惠美、阿拉斯·拉瑪斯以及鈴乃姑且也先跟在後面。

雖然天禰稱那個房間為「別館」，但兩棟建築物的屋脊表面上還是透過一個走廊相連，因此能夠直接從店鋪後面的空間互通。

光是即將踏入新的職場，就足以讓人的內心百感交集。

真奧跟蘆屋也懷抱著一定程度的緊張與期待面對新的工作場所。

然而兩人內心複雜的情緒，在看見店的外觀時便頓時消散了。

「……咦？」

那裡只能用讓人啞口無言來形容。

海之家「大黑屋」是一棟木造平房，店內的空間也稱得上是寬敞。大約是將廣瀨自行車店裡的自行車全部撤掉後，再擴張兩倍的大小。

但整間店完全沒經過打掃，到處都積滿了灰塵。

靠近海邊的部分有一塊突出的茅草屋簷，雖然經年老化造成的裂痕予人一種懷舊之感，但設置在底下的木製長椅與桌子實在令人不敢恭維。

而另一邊裝了一整排薄木門的場所因為設有排水設施，所以應該是淋浴室吧。不曉得何時寫的「十分鐘一百圓」文字，在海風的影響下變得斑駁生鏽。

唯一值得慶幸的是店裡的廁所是抽水馬桶，不過老舊的投幣式置物櫃實在令人擔心是否還能正常使用。

象徵店面的看板在長年風吹雨打之下布滿了鐵鏽，儘管建築物本身的老舊無可奈何，但無背椅的椅面破裂露出海綿，黃銅製的飲料機也遍布著銅綠。

店內結帳櫃檯旁邊擺了一臺幾乎空蕩蕩的直立式飲料冷藏櫃。由於只放了幾瓶爽口可樂，

反而更加顯得冷清。而製作炒麵的鐵板沒有生鏽這點，應該稱得上是最後的良心吧。
好幾個世代前的動畫角色，在懸吊的游泳圈跟海灘球背景下露出笑容，看起來更顯寂寥。
就算再怎麼不清楚經營方式，也不應該將店擱置到變成這副德性吧。
明年就預計要關門大吉的店舖，這是真奧對此處的第一印象。
這裡原本應該是天禰父親開的店。既然如此，實在讓人不禁懷疑是否從父親那一代開始，就不怎麼熱衷於做生意。
在場所有人的內心，都掀起了一股難以言喻的不安風暴。
「這間房子髒髒！」
童言無忌的阿拉斯·拉瑪斯，天真無邪地精準代言了大家的心情。
「那個……大黑小姐。」
天禰豎起大拇指回答蘆屋。
「蘆屋老弟，別那麼拘束！放輕鬆點，直接叫我天禰姊吧！」
從勉強別人用奇怪綽號稱呼自己這點，確認對方確實跟房東有血緣的蘆屋疲憊地開口：
「……天禰小姐，您剛才說海水浴場是什麼時候開放呢？」
蘆屋簡潔地提問。而光從他的語氣，就能得知蘆屋也跟真奧抱持著同樣的印象。
「明天！」

天禰精神抖擻地回答。

「坦白講，現在狀況真的超級不妙呢。」

「為什麼都這種時候了，還能那麼開朗啊……」

這間店就是髒到連漆原都會發出驚嘆的程度。

「哎呀，我應該說過我只是臨時店長吧。該怎麼說，我不太清楚要怎麼做生意，而且還另外有本業呢。」

雖然不曉得天禰的本業為何，但真奧認為絕對不會是服務業。

「真奧哥、蘆屋先生，行李已經大致整理好囉……哇！」

連隨後抵達的千穗都不禁啞口無言，可見目前的狀況有多麼嚴重。

「超級……不要……超級……媽媽，超級不要是什麼意思？」

「……阿拉斯．拉瑪斯還不用知道這個沒關係喔。」

雖然小孩子獨有的異想天開誤會方式，讓惠美差點兒不自覺地笑了出來，但她還是忍住並說出該說的話。

「我……應該不會來這間店買東西……」

這句話可說是致命一擊。天禰認同般的仰天長嘆。

鈴乃也抱持著跟惠美同樣的想法。

「魔……貞夫先生，怎麼了嗎？」

接著她察覺打從見到店內狀況後便一語不發的真奧，似乎正在嘀咕著什麼。

「像這樣的地方，夏天會很忙……有客人來……獨占狀態。若用一千圓乘三來算，還滿便宜的……這麼說來……天禰小姐。」

「嗯啊？」

真奧向將頭轉回正面應答的天禰問道：

「有件事想先跟您確認一下，如果大賺了一筆，能拿得到獎金嗎？」

『咦？』

由於察覺到真奧話中參雜了一個非比尋常的詞彙，因此除了真奧以外的所有人都同時發出了疑惑的聲音。

「大、大賺一筆，如果真的能賺錢，我是很樂意發獎金給你們啦，不過……」

到底要怎麼思考，才能從這副景象聯想到大賺一筆呢。如惠美所言，光是會不會有客人光顧都令人懷疑了。

「蘆屋，漆原。」

「是的？」

「咦，什麼事？」

兩人因為真奧的叫喚而抬起頭。

「一起努力大賺一筆吧。」

真奧的樣子看起來充滿了自信。

「天禰小姐，請讓我試試看吧。」

「呃，我是無所謂啦，不過想大賺一筆會不會太勉強了？」

喂，這是身為雇主該說的話嗎？天禰的發言讓在場所有人差點兒忍不住出言吐槽。

「哎呀，雖然自己講有點奇怪，但就跟你太太說的一樣，連我都不想來這裡買東西呢。」

「我就說我不是他太太了！」

惠美的抗議馬上就消失在海風之中。

「目標這種東西當然是愈高愈好啊。只要將目標定高一點，那麼『無法達成目標時的結果』，也會比將目標放低時的成果要來得豐碩。更何況……」

真奧有些不好意思地說道。

「店面外觀與商品種類，真要說的話就是所謂的企業形象。在客人面前穿著皺巴巴的襯衫跟髒兮兮的西裝，並在沒提供客人完善服務的情況下賺來的錢，那只能稱得上是不義之財，無法帶來更進一步的利益。」

雖然似乎只有這句話的語氣特別結巴，但結論就是既然要迎接客人，就必須盡可能做好萬

全的準備。

「……明明是個魔王。」

惠美憤憤地嘟囔完後，便放棄似的大大嘆了口氣。

「……那麼，具體來說你到底打算怎麼辦？」

被惠美突然這麼一問，真奧皺起眉頭反問：

「妳問這個幹什麼？」

也難怪真奧會有這種反應。姑且不論蘆屋或是漆原，實在難以想像與真奧水火不容的惠美會主動提出這種問題。

惠美有些後悔地板起臉，用眼角偷瞄了千穗一眼。

「囉嗦……我的意思是願意幫忙啦。這點小事自己注意一下啦！」

而一看見千穗露出笑臉，就讓惠美感到莫名地生氣。

惠美出乎意料的提議，讓真奧、蘆屋以及漆原都大吃一驚。

「怎、怎麼了，遊佐，妳吃壞肚子了嗎？」

也難怪漆原會這麼說。

「只是為了之後能讓你們用相應的方式償還，先賣你們一個人情罷了。」

只有鈴乃與千穗知道這個回答的意義何在。

「那麼，我也來幫忙。可以嗎？天禰小姐。」

千穗也跟著惠美一起提議。

「連、連佐佐木小姐也……這樣真的沒關係嗎？」

「是的，其實我原本就希望自己能稍微幫上忙，既然遊佐小姐要參加，那我怎麼可以輸給她呢。」

千穗握緊雙手，用力點頭回答蘆屋的問題。

「很遺憾我並沒有帶能幫忙工作的服裝過來。既然如此，那麼阿拉斯·拉瑪斯就交給我來照顧好了。你們總不會要小寶寶幫忙一起工作吧。」

「小鈴姊姊，要回去了嗎？」

從惠美手上接過阿拉斯·拉瑪斯的鈴乃搖頭。

「爸爸他們接下來要開始工作。別吵他們，阿拉斯·拉瑪斯跟小鈴姊姊去玩沙吧。」

「玩沙？」

看來阿拉斯·拉瑪斯並不曉得玩沙是什麼意思。

「對了，一起去沙灘上蓋座城堡吧。」

「嗯！」

「我會負責照顧阿拉斯·拉瑪斯。你們就好好加油，以免魔王他們被開除吧。」

鈴乃對惠美跟千穗說完後，便牽著阿拉斯・拉瑪斯的手往海邊走去。

惠美板著臉目送兩人，像是為了鼓起幹勁似的用力拍了一下自己的臉頰。

「然後呢？」

惠美以彷彿接下來就要拔刀似的險惡表情瞪向真奧。

「……妳是認真的嗎？真的要幫我們嗎？」

「我剛才不是已經說過了。別再問了啦，這樣會害我失去幹勁。」

「漆原，你看……！勇者居然向魔王大人屈服了，今天真是個值得紀念的日子。」

「蘆屋，在這種狀況下說這種話，你都不覺得空虛嗎？」

至於千穗則是默默地眺望這幅場景。

「雖然小千跟蘆屋都已經有經驗了，但我用人的方式可是很粗暴喔？」

「能不能別太小看人啊？電話客服人員這種工作，太纖細可是做不下去的！」

「這可是妳說的。那麼，接下來就麻煩妳照我的指示去做囉。就算受不了也別哭著逃跑喔？唉，反正妳應該沒帶能換的衣服過來，所以也不會讓妳做太粗重的工作啦。」

儘管口氣十分囂張，但同時也展現出莫名體貼一面的真奧說完後，便轉為看向天禰。

「天禰小姐，這樣可以吧？」

最後的判斷，還是必須交給天禰。畢竟她才是這些人的雇主。無論惠美跟千穗再怎麼有幹勁，真奧還是無法擅自僱用新的工作人員。

「雖然不是很清楚，但我無所謂喔。只要明天能夠順利開店，就算多增加今天一天的人事費用，我也在所不惜啊！反正原本就是我這邊的問題。」

天禰直到現在依然回答得很輕鬆。

斜眼確認過天禰的反應後，真奧依序看向蘆屋、漆原、惠美以及千穗。

「很好，話先說在前頭，再怎麼樣想在明天第一天就大賺一筆是不可能的。雖然人手增加了，但店鋪本身的範圍實在太大，因此能處理的地方還是有限。所以……」

既然無法依賴天禰，那麼真奧就得親手靠自己跟這些人爽快地工作，打造出能堂堂正正地從客人那兒收錢的店鋪了。

一肩扛起明天所有的金錢流向，名副其實的「代理店長真奧貞夫」降臨於君濱這塊大地。

「從今天開始，我們要使出渾身解數來『粉飾』這間店！」

※

真奧快速地檢視店裡的設備。

電燈與廚房周邊，總算是能夠正常運作。就連保管食材用的高濕冷藏庫，也是採用了比麥

丹勞幡之谷站前店還要好的月崎牌新型產品。

至於飲料冷藏櫃的奶油色頂端與生鏽底部，雖然都有明顯經年老化的痕跡，但視擺放位置而定，還是能夠隱藏起來。

由於黃銅的飲料機看起來是由同一根管子前端延伸出兩個出水口，因此應該是專門用來裝啤酒。

真奧甚至還發現了一臺從外表來看不明顯，但裡面積了許多灰塵的手動刨冰機。

雖然用起來不太流暢，不過似乎並沒有重大的破損。

除此之外，真奧在確認了電源配置、照明位置等事項後，便大喝一聲振奮精神，接著走進店內後方對天禰說道：

「天禰小姐！請問您手邊的零用金大約有多少？」

所謂的零用金，是特定單位或店鋪為了支付每天需要的小額開支或是應付意外狀況，而獨立於銀行存款另外準備的現金。

雖然對完全以統一規格營運的麥丹勞而言是不會出現在帳簿上的項目，但偶爾還是會用來支付臨時支援的員工車馬費或購買店裡要用的文具等狀況。

像大黑屋這種沒什麼特別規定或限制、由個人經營的店家，例如炒麵用的醬汁突然用光而必須到附近超市買來應急時，就會使用零用金。

「嗯～大概有兩萬圓左右吧！若真的有必要，用我個人的錢也沒關係喔。」

天禰從店舖後方大聲回應。由於千穗還未成年，因此天禰表示必須正式準備契約書並取得父母的同意才行，而真奧也因為發現天禰在事務方面意外地可靠而重新改變了對她的認識。

「有兩萬就很夠了。喂，惠美。」

真奧擅自從櫃檯旁邊拿起原子筆跟記事本，流利地寫了幾個字後交給惠美。

「妳負責去買寫在紙上的這些東西回來，店的位置可以問天禰小姐，預算要控制在五千圓以內。還有除了零用金之外，妳另外從收銀機裡拿幾張萬圓鈔出來，到銀行去換成一百圓的硬幣。」

「換百圓零錢我是能夠理解啦……不過你買一個新的游泳圈跟打氣機，還有彩色圖畫紙跟砂紙是要幹什麼啊？」

真奧完全不理會明顯感到懷疑的惠美。

「好了啦，總之去就對了。要記得拿發票回來喔。」

「不是拿收據嗎？」

「因為發票上有記載商品項目，所以只要不是特別高價的東西，在用零用金購買時還是開發票會比較好。但若發票上面沒有記載購買的商品，就還是要拿收據回來。」

「我知道啦。人家好歹也是個上班族。抬頭寫大黑屋，備註寫購買商品就可以了吧……」

惠美老實地照做，去問天禰店的位置。

「蘆屋，你趁惠美回來之前，把店裡的地板打掃一下。連一粒灰塵都別留下來啊。」

「遵……遵、命……」

收到命令的蘆屋不知為何一邊結巴地回答一邊開始行動。就在他問過天禰掃除用具的位置、正打算盡快開始打掃時，碰巧遇見了千穗。

「佐佐木小姐，妳聽我說……」

「是的，蘆屋……蘆屋先生？你為什麼在哭啊？」

鼻頭紅通通的蘆屋雖然淚眼盈眶，但手上還是好好地開始進行打掃，千穗見狀便慌張地上前關心。

「勇者……那個勇者艾米莉亞，所有惡魔之敵！居然因為魔王大人散發出來的王者威嚴而對魔王大人唯命是從！親眼見識到這種場景……我……我真的是太感動了！雖然這只是一個惡魔的一小步，但卻是魔界的一大步啊……！」

千穗以僵硬的笑容看著忍不住開始哭起來的蘆屋。

「雖然我不是不能理解你的喜悅，但我想你應該是搞錯了，總之請你先向阿姆斯壯先生道歉吧。」

「嗚嗚……幸好我沒輸給絕望繼續活下去。」

由於無法理解蘆屋感動的地方在哪裡，千穗只好以笑容敷衍過去，走向真奧。

「啊，小千，怎麼樣。妳媽媽同意嗎？」

真奧向回來的千穗問道。雖然情況順其自然地演變成讓千穗來幫忙而替對方添了麻煩，但從千穗的表情來看，應該是得到了正面的回答。

「大黑小姐也幫我打了電話，於是我媽就同意讓我在這裡工作了。現在大黑小姐正在店裡面準備我跟真奧哥你們的契約書……」

千穗稍微停頓了一下，像是在慎選詞句般的慎重回答。

「她真的答應了？」

既然知道千穗在銚子，那麼站在里穗的立場，應該知道這件事跟真奧有很深的關聯才對。

當然真奧不可能知道里穗跟惠美之間曾經談過什麼，但就算不將此列入考量，對方允許千穗在旅遊處打工的決定依然十分豪邁。

當然里穗應該是基於對女兒的信賴，所以才會允許千穗這種破天荒的行動吧。不只是針對自己的女兒，這同時也代表她對女兒周圍的人寄予全面的信賴。

既然如此，那麼真奧就更不能破壞這份信賴與羈絆了。

「……看來等回去之後，又得從魔王城帶道謝用的土產去小千家一趟了。」

「咦？不、不用那麼費心啦。畢竟我是自願這麼做的。」

雖然這樣的回答對千穗而言是理所當然，但真奧還是搖了搖頭。

「都受到那麼多的照顧了，怎麼能一點表示也沒有呢……這下子或許哪天真的必須去妳家，請家人讓妳加入魔王軍也不一定了。」

真奧隨口說道。

「……我、我有點受寵若驚。」

千穗倒抽了一口氣。

此時真奧總算發現自己的發言究竟隱含了什麼意思。

「啊？啊！呃，那個，我不是那個意思，該怎麼說，這只是一種委婉的表達，並不是之前那件事的回覆，啊，也不能說完全不是，咦？咦？」

「咦？什麼？」

「那個……如果扣掉『魔王軍』的部分……呃……那個，的確算是……一種預約……」

「沒、沒什麼……不、不過，真的，總有一天……」

千穗忸忸怩怩地含糊其辭，而真奧也因此聽不清楚她究竟在說些什麼。

「……喂，這裡有人在看喔。如果沒工作，我就去吹冷氣囉。」

「唔喔？」

「漆、漆原先生？」

聲音來自兩人的腳邊。蹲在啤酒吧檯底下的漆原，讓真奧跟千穗一起嚇得跳了起來。

「啊，那、那個，有喔，你也有工作。所以先等一下！」

「既、既然人在這裡，為什麼不稍微出個聲啊！」

千穗面紅耳赤地抗議，漆原則是皺起眉頭一臉不悅地仰望千穗。

「講是這樣講，如果我真的插嘴妳還是會抱怨吧。」

就這次來說，漆原倒是說對了。

真奧與千穗尷尬地面面相覷，不過賭上大人與魔王的威嚴，真奧還是率先復活了。

「咳！那麼，雖然是有點單調的工作，不過小千就留在這裡……」

用力咳了一聲後，真奧與千穗一起走進廚房，從調味料架上拿了鹽與醋，並從水槽拎了一個刷子過來。

真奧在因為無法理解自己意圖而感到疑惑的千穗面前，將一大匙的鹽倒進小碗中，加進醋後再用刷子攪拌均勻。

真奧走到布滿銅綠的飲料機面前，用沾了鹽跟醋的刷子往表面一刷。

「啊！好厲害，弄掉了耶！」

接著僅限於真奧刷過的地方，黃銅又再度恢復了金色的光澤。

「只要利用鹽粒當研磨劑，再沾上醋酸，就能清掉銅綠。我希望小千能花點時間，把這傢

伙擦得亮晶晶的。」

「我知道了！交給我吧！」

儘管仍有些臉紅，但千穗還是精神抖擻地回答，並接下刷子。

「如果鹽跟醋不夠了，就再加一點進去，等刷好後再告訴我吧。」

千穗表示同意並開始工作後，漆原又再度向真奧搭話。

「明明就沒有電視跟網路，虧你還會知道這種像主婦小技巧的知識呢。」

「這是剛到日本時學會的。在當短期派遣人員時，工作地點真的是五花八門呢。」

「喔？就是之前提到必須買長袖襯衫的那件工作嗎？」

「嗯。雖然基本上都是些搬重物的勞力工作，但像是幫劇團搬大道具、掛著廣告牌站在路上宣傳，或是調查路上的交通流量等等，真的是做了不少各式各樣的工作呢。教小千用的那招，是我在開幕前的懷舊居酒屋幫忙打掃時學會的。畢竟是不會用到專門道具的單純工作啊。」

「人生還真的是不曉得哪些事情會派上用場呢。」

漆原苦笑，真奧也難得地同意了。

「所以雖然不曉得這將來會在你人生的何時派上用場，我接下來還是要分派工作給你。」

「我不想做太麻煩的工作。」

儘管因為考慮到天爾在場而壓低了音量，但漆原還是不改貧嘴的本性。

真奧抓著漆原指向客人的座位。

「把這些椅子的椅墊全部拆掉。」

「咦？」

「看你是要用剪刀還是什麼都好，總之把這些椅墊全部拆掉，讓木頭椅面露出來。沒問題吧。」

「拆掉……呃，是可以啦，不過為什麼？」

「這可是要讓穿著濕淋淋泳裝的海水浴場客人坐的椅子耶。」

真奧指著髒兮兮的椅墊。

「一般人應該不會想用濕濕的屁股坐這種椅子吧？原本只要貼個塑膠皮革就不用怕椅子弄濕了，用這個反而會吸水造成反效果吧。」

「咦？可是拆掉椅墊後就只剩下硬木板，這樣坐起來屁股會痛吧。」

「為了讓客人來，比起露出硬木板，還是別讓他們因為屁股濕而坐起來不舒服比較重要。另一方面，既然這裡的座位不多，那麼也沒必要刻意讓客人坐得太過舒適導致翻桌率下降。既然必須在有限的條件下戰鬥，那麼我希望能壓抑每位客人的滿意度，以提升翻桌率為優先，等剝完椅墊後，再用惠美買回來的砂紙……」

「原來如此，先拆掉椅墊，再將椅子的表面跟角落磨平增加坐起來的舒適度啊。」

天禰從旁出現。而她拿在手上的文件，應該就是千穗說的打工用的勞動契約書吧。

「虧你能想出那麼多的主意。以前曾經開過店嗎？」

「呃，不，並沒有……而且雖然我能夠說明做這些事情的理由，但一開始決定要做時幾乎都是靠直覺。」

真奧指示的內容，並非是由自己原創的構想，只不過是為了達到盡可能讓客人想買東西這個目標，而從過去的經驗與在麥丹勞學到的事情中建構出來的最佳模式而已。

「對不起，突然做出這種像把店裡東西弄壞的事……」

「沒關係沒關係，這也無可奈何啊。而且我也能接受你剛才說的那些理由。雖然最近的店家都是用摺疊椅，但我們這間店並沒有足夠的資金更換。如果能不花錢就進行改良，那當然是最好啦。」

不曉得是真的這麼覺得或是單純安慰真奧，天禰若無其事地邊笑邊拍著真奧的肩膀。

「事情就是這樣，漆原。雇主已經許可了，開始拆椅子吧，不過要拆得漂亮一點，可別留下椅墊或殘留什麼痕跡喔。」

「……還是很麻煩嘛，真是的。」

漆原儘管發著牢騷，但在天禰面前仍舊不情不願地開始工作。

「那個，我接下來要去跟鈴乃打聲招呼，如果有要給酒行或蔬菜店的訂單，就請先送出去吧。」

「沒問題。我已經準備好契約書了，等你太太回來後，再請大家過目吧。」

「我就說她不是我太太了……」

真奧擺了個臭臉，沒等天禰回答就衝了出去。

在跟海浪還有段距離之處，鈴乃正與阿拉斯．拉瑪斯一起堆著沙城。

不對，正確來說，似乎只有鈴乃一個人在堆。

「爸爸，小鈴姊姊好厲害喔！」

朝真奧跑過來的阿拉斯．拉瑪斯會這麼說也是情有可原，因為連浴衣衣襬都沾滿了沙子的鈴乃所堆的作品，確實是貨真價實的「城池」。

有別於西洋風格的城堡，那是一座連屋頂的魚形瓦都完美重現、純和風的天守閣（註：築於日本城中心最高處的瞭望塔或箭樓）。

在這麼短的時間之內，鈴乃甚至還細心地引了海水在城池周圍做了護城河。

通常小孩子在看見這種東西時，都會像怪獸電影一樣出手破壞，但看來阿拉斯．拉瑪斯應該是用她那稚嫩的審美觀，從鈴乃的作品上面感受到了什麼吧。

「……原來，妳還有這種特技啊……」

「嗯，是魔王啊。哎呀，被阿拉斯・拉瑪斯拜託之後，不知不覺就認真起來了。」

鈴乃露出彷彿大功告成的笑容。而實際上這個作品也的確完美到讓人想拍張照片，題名為「姬路城」的程度。

「沒什麼大不了的。在修行時，本來就有些人會同時學習教會建築與聖像雕刻。考慮到能夠修改這點，做沙像真的是簡單多了。唉，雖然在完成後會一直被風吹壞呢。」

儘管從來沒聽說學習教會建築或聖像雕刻的聖職者會在海灘堆姬路城，但原本只是想來拜託鈴乃幫忙帶阿拉斯・拉瑪斯順便撿些貝殼的真奧，馬上就改變了想法。

「鈴乃，拜託妳。晚點可以在店旁邊也堆一座嗎？關於報酬，我會再跟天禰小姐討論。」

「堆沙城嗎？我是無所謂啦……但這有什麼意義嗎？」

「覺得這沒什麼意義的妳反而比較恐怖呢。」

真奧感動地觀望著那座姬路城。

雖然惠美跟千穗能待在這裡的時間有限，但鈴乃基本上是自由之身。

只要先確保住處跟報酬後再懇求鈴乃，或許能請她每天幫忙做不同的沙雕也不一定。畢竟沒什麼比這東西更能招攬客人的了。

「……唉，總之就先麻煩妳照顧一下阿拉斯・拉瑪斯了。」

「交給我吧。阿拉斯・拉瑪斯，妳接下來想做什麼啊？」

「嗯～媽媽！」

「艾米莉亞啊，沒問題，交給我吧。」

既然都有辦法做天守閣了，那麼人像應該是小事一樁吧。真奧留下似乎打算做出沙之巨人的鈴乃，回到店裡。

「這些是主要的訂貨店家。還有這是去年以前的主要菜單。」

漆原依然在拆椅墊，天禰則是將各式各樣的文件攤在椅子旁邊的桌上。

「總之，第一天先削減一些菜單吧。從訂單來看，食材要等明天早上才會送齊，再加上準備時間，不太可能全部都做，但相對地只要有效利用鐵板……啊……天禰小姐平常是從事什麼樣的工作啊？」

基本上惠美、千穗跟鈴乃只有今天會來幫忙。這麼一來，就必須由真奧和蘆屋掩護與他人對話經驗極少的漆原，以及將店置之不理到變成現在這樣的天禰了。

不過若天禰的本業是接待客人的職業或具備料理的經驗，還是能趁現在盡可能讓她學會準備的工作……

「呃……應該，算是肉搏戰吧？」

「肉搏戰……啊？」

瞬間無法反應過來的真奧再次反問回去。

「呃~總而言之，我的料理程度大概在日常生活水準以下。連將高麗菜切絲都不會。」

這位雇主真的沒問題嗎？真奧開始感到一股莫名的不安。

「該怎麼說才好，嗯，對了，大概偏向保全業吧。」

該不會跟漆原一樣，只專門守衛自家的安全吧。天禰曾在電話裡說這間店原本是由雙親經營，真奧開始懷疑天禰的父母該不會是打算將沒打算賺錢的店推給還沒工作的女兒。

無論如何，這表示不能冒險讓天禰使用廚房。

但既然知道「零用金」這個單字，就表示天禰應該對零售業的用語有最低限度的認識吧。看來還是讓她像個店長一樣，專門負責金錢的出納業務好了。

因此蘆屋自然就必須負責料理。

「至於飲料……碳酸飲料就以歐樂契敏C為主，再來是爽口可樂、三劍汽水、柳橙汁、運動飲料跟茶……這樣會不會太多啊。」

飲料冷藏櫃只有一臺，而裡面共有四層。如果不對內容物做限制，當其中一種商品賣完時，就會讓整體看起來很寒酸。

「為什麼要賣歐樂契敏C，那不是很小瓶嗎？」

針對天禰的問題，真奧搖頭回應。

「因為瓶子細可以放比較多進冷藏櫃，就量而言也能馬上喝完，價格又便宜。在一百二十圓的商品中放一百圓的東西，無論賣不賣都能吸引目光吧？而且應該很少人來玩水時會帶紙鈔。這裡的淋浴室跟投幣式置物櫃是一百圓，客人們在換零錢後，皮包裡的一百圓也會變多。只要有能讓客人方便付帳的商品，就能提升他們在這裡消費的金額。」

這是從麥丹勞的低價單點商品，通稱百圓自由配得來的知識。

「還有，我想要這個東西。」

真奧指向訂單，上面寫著「歐樂契敏C特惠活動，買兩箱就送一組店面促銷用A2海報」。換句話說，只要訂兩箱飲料，就能獲得促銷用的商品。

「怎麼，真奧老弟，你想要泳裝美女的海報嗎？」

天禰看著印有神采奕奕女孩的偶像海報，打趣地向真奧問道，然而對方卻一本正經地搖頭否定。

「我是打算仿照懷舊看板，稍微掩飾一下牆壁上的痕跡。只要將偶像海報貼在飲料冷藏櫃附近吸引客人的視線，就比較不會有人注意到冷藏櫃很舊了。而且海報上的女孩子很可愛也有助於促銷。」

「哇啊，真無趣。你是悶騷男嗎？還是真正的草食男？」

明明別人正在認真地說話，為什麼還會用這種語氣呢。

「我之所以會麻煩小千……佐佐木小姐擦飲料機，就是為了這個。若在陰暗的店內放閃閃

發光的啤酒機誘導客人的視線，就能分散他們對其他地方的注意力。接下來只要在訂飲料時順便另外拿幾張跟啤酒有關的海報，將客人們的視線從啤酒誘導到菜單上就更完美了。」

「喔……原來如此。」

「再來只須把託惠美買的新游泳圈放在這裡，那麼就算是舊的庫存看起來也會變得很豐富。總而言之，只要能在明天將這裡整頓成最低限度的海之家就夠了。正式進攻則是在那之後的事。」

「喔～」

天禰佩服地看著真奧。接著真奧的手機突然收到了惠美的來電。

「喂，怎麼了。妳居然會主動打電話給我，明天該不會是世界末日了吧。」

『我要砍囉。』

感覺字似乎有點不對（註：日語中「砍」與「掛電話」的發音相同）。

『我目前人在銚子站附近的大型超市，你想買哪一種的新游泳圈啊？考慮到還要買其他東西，五千圓只夠買一個喔。』

「買兒童用的好了。最好是男生或女生都能用的那種。有口寶圖案的嗎？」

口寶是最近備受好評的遊戲軟體「口袋寶寶」的略稱，同時也是近年來每年都會推出電影版、廣受全國人民歡迎的系列作品總稱。

麥丹勞專為小孩子設計並附贈兒童玩具的「幸福兒童餐」，也經常推出跟口袋寶寶有關的產品。

『很可惜，看來已經沒有口袋寶寶的游泳圈了。普莉菩兒或特攝作品的倒是……啊，是放鬆熊耶……』

「才沒有這種事。」

『有、有什麼關係！如果是放鬆熊，那麼男孩子也能勉強接受……』

「妳在興奮什麼啊！」

真奧一口否決了惠美的妄想。

『什麼嘛！居然不懂這東西有多可愛，畢竟是個惡魔……啊，口袋寶寶……但這不是游泳圈，而是兒童用戲水池……』

惠美在商品區東翻西倒時說的這句話，讓真奧突然產生了一個靈感。

「惠美！那個戲水池大約有多大？」

『什麼？沒那麼大喔。長寬大約兩公尺，因為是給小孩子用的，所以也沒有很深……』

「長寬兩公尺……這樣正好！買吧！快買回來！」

『咦？你叫我買，這樣會超過預算耶……』

「錢我會出啦！至於游泳圈就買放鬆熊沒關係！」

『……好好好，我知道了。那麼，我等一下就回去囉。』

隨便回答了一下惠美後，真奧便掛了電話。

接著馬上衝到櫃檯旁邊翻起了電話簿。

「銚子算是港都……魚……必須保鮮……在保管跟運送時一定會用到那個……找到了！」

發現一個廣告欄後，真奧快速拿起了電話。

天禰在一旁愣愣地看著那樣的真奧，只見他用電話跟對方簡短地討論完後，便輕輕地比了一個勝利姿勢。

「你打電話給誰啊？」

「冰塊店。一個叫南銚冰業的地方。」

「冰塊店？」

「我想既然有漁港，就表示一定會有賣冰塊的業者。打電話確認過後，發現他們的單筆交易量並不用很高，天禰小姐，不好意思，能麻煩您開車去拿冰塊嗎？我預約了刨冰用的食用冰跟冷卻用、不容易融化的純冰。」

「冷卻用？」

真奧回頭往店內看了一下後，再度轉身開始說明。

「考慮到電源的問題，那個飲料冷藏櫃只能放在店內不能移動。所以我請惠美買一個戲水池回來，打算在裡面裝冰水跟一堆飲料放在店前面賣。不但能吸引客人，同時還能讓人不必進入店內就買得到飲料。相對地，店裡的冷藏櫃就能多裝一點提供給想好好吃飯的人喝的飲料，以增加產品的種類。」

「喔……虧你想得到呢……不過，你難道打算用那個做刨冰嗎？」

天禰指向真奧拉出來的手動刨冰機。

「那東西看似簡單，但實際用起來既費力又麻煩，有必要準備到這種程度嗎？」

「放心吧。關於飲料跟刨冰的事情，交給漆原一個人處理就夠了。」

「咦，喂？那太勉強了吧！」

在一旁拆椅墊的漆原驚訝地大喊。

「那個，這樣對漆原來說，負擔不會太重嗎……」

「我也這麼覺得。他一定辦不到吧。」

「喂，雖然我自己也這麼認為，但有必要這樣趕盡殺絕嗎？」

聽真奧這麼一說，原本將精神集中在自己手邊工作的蘆屋跟千穗立刻不安地提問，讓漆原再次皺起眉頭。

然而真奧卻充滿自信地挺起胸膛。

「放心吧。我將負責大廳的雜務，必要時也會好好地協助他。而且我預計採用的方式可是

既能夠交給漆原一個人負責，也不用怕他失誤，甚至就算無法好好地使用刨冰機，客人也不會抱怨的理想系統。」

「啊？」

「這、這到底是什麼意思？」

「漆原先生……有辦法一個人工作？」

真奧心滿意足地看著三人各自以不同的方式表達驚訝，自信滿滿地開始說明這個能讓尼特族墮天使，一個人負責販賣複數商品的劃時代系統。

全部說明完畢之後——

「原、原來如此……跟麥丹勞不一樣，正因為是大黑屋，所以才能辦得到這種事。」

千穗不自覺地低語。

「只要找一個會開關冷凍庫並看得懂價格的人坐在那裡，的確是有可能辦得到……真不愧是魔王大人，果然深謀遠慮呢！」

「蘆屋，你也未免太坦白了。坦白到讓我真的快開始難過起來了。」

說著說著，漆原也露出了如釋重負的表情——

「不過既然如此，感覺我也辦得到呢。」

並難得地做出積極的發言。

※

在一片黑暗中，色彩鮮豔的火花正隨著平穩的海風不斷飛舞。

「這、這看起來還真有魄力呢。」

蘆屋不安地拿在手上的棒狀物體前端，正不斷散發出各式各樣不同顏色的火花，並同時映照出蘆屋僵硬的表情。

「媽媽，閃閃發光，閃閃發光耶。」

「這對阿拉斯．拉瑪斯還太早了，一起待在這邊看吧。」

雖然對與聖劍融合且足以跟大天使抗衡的小孩子而言，區區煙火應該算不了什麼，但阿拉斯．拉瑪斯還是跟普通的幼兒一樣，經常被不認識的巨大聲響或光線嚇得哭出來。

就算小女孩能夠隔著一段距離觀賞光芒之間彼此爭奇鬥豔，但若讓她拿了普通的棒狀煙火，恐怕還是會害怕地直接扔掉吧。

「喂，這到底哪裡好玩啊？」

即使如此，就算讓阿拉斯．拉瑪斯看漆原蹲在海灘上放的蛇砲扭來扭去也沒什麼意思，因此惠美便坦率地像個母親般負起照顧小孩的責任。

海之家大黑屋目前總算恢復身為正常商店應有的模樣，讓天爾甚至還有餘裕能夠主辦歡迎真奧一行人的煙火大會。

「喂，蘆屋，借我火！我要挑戰四刀流！」

某人從蘆屋的煙火旁邊伸出了四根武器。

偉大的魔界之王雙手各拿著兩支種類全都不同的煙火，正玩得不亦樂乎。

「……您玩得高興就好。」

蘆屋老實地將火焰伸向真奧手上的煙火。

「啊，熄掉了。」

但由於蘆屋的煙火棒中途便熄滅，因此只點燃了三支。

「……這些只是外表的包裝不同罷了，噴出來的火焰顏色都一樣呢。」

三根煙火全都噴出了一樣的火花，讓魔界之王感到有些沮喪。

惠美下午回來時，玩沙玩膩了的阿拉斯·拉瑪斯跟鈴乃也正好回到了海之家，於是一行人便稍事休息了一下。蘆屋利用現有的材料，挑戰做出多人份的炒麵，當成所有人的午餐。

在料理期間，因為液化石油氣所產生的鐵板火力而受到震撼的蘆屋，從頭到尾——

「要是魔王城能有像這樣的火力……」

都一直嘀咕著這些說了也沒用的自言自語。

休息完畢後，真奧拜託鈴乃選了一個海風吹不到的地方，開始在那裡建造一座正式的天守閣，惠美則是為了照顧阿拉斯．拉瑪斯而中途退場。

漆原用砂紙磨著露出原有木頭椅面的椅子。

蘆屋一邊看著菜單的基本食譜，一邊就現有的材料開始做準備，看著那樣的蘆屋，千穗則是在惠美買回來的彩色圖畫紙上書寫既可愛又顯眼的文字，製作放在店內揭示商品的牌子。

據說淋浴室是海之家重要的評價基準，因此真奧按照天禰的指示仔細地打掃每一個角落，連一片鐵鏽都不放過。

屏風之浦是銚子觀賞夕陽的著名景點，而現在正是遠方太陽西下，天色逐漸轉暗之時。

原本被惠美評價為「不想來這裡買東西」、甚至連能否開店都令人絕望的海之家「大黑屋」，總算被整頓成一間外觀普通的老舊商店了。

至於牆壁上經年累月累積的汙漬、裂痕，以及看板上的鐵鏽，目前暫時是無計可施，因此只剩下明天早上將食材搬進來，做好最後的準備而已。

此時鈴乃製作的作品——被命名為「沙樓．蒼天蓋」的沙雕也漂亮的完成了。

「鎌月小姐，妳能靠這個賺錢喔……」

這座大天守閣就是精緻到讓天禰如此嘀咕。

不曉得鈴乃究竟用了什麼樣的技巧，看來並未脆弱到一碰就會崩塌的程度。據鈴乃所說，君濱的沙似乎很適合做沙雕，只要先以正確的比例混合水與沙固定後再雕刻，維持一兩天可說是綽綽有餘。

惠美之前曾先到距離君濱步行約十幾分鐘路程、一間位於犬吠埼的旅館登記住宿與吃晚餐，之後才因為天禰的邀請以及為了初次體驗煙火，而再度回到君濱。

真奧事後才得知不只是惠美與鈴乃，居然連千穗都在這裡住了下來。

「結果妳居然要住在這裡？」

忍不住追問的真奧在了解千穗留宿這件事已經得到父母同意後，儘管不太能接受，但還是沒再多說什麼。

其實除了天禰與千穗之外，在場的其他人都是第一次放煙火。

由於來到日本已經過了一年以上，所以真奧等人好歹也知道煙火是什麼樣的存在，然而一旦親手接觸過煙火，便能體會到這雖然只是玩具，設計上依然十分精密。

至少無論魔法還是聖法術，都無法產生如此多采多姿的光芒與火焰。

「阿拉斯．拉瑪斯妹妹，妳想看這個嗎？」

千穗從煙火堆中拿出了一個體積特別大的款式。

「這煙火還真大呢。那是什麼？」

惠美也對那個煙火產生了興趣。相較於放在地面往上噴出火焰的煙火款式，這支以細長竹竿為主體的煙火不但在前端附設了一束類似六角形紙片的物體，還在上面安裝了導火線。

一行人之前為了避風而事先挖了一個洞穴，千穗在跟周圍的人保持了一段距離後，便將前端的導火線湊近洞穴中的蠟燭。

「喔——！」

阿拉斯．拉瑪斯發出驚嘆。

竿子前端的六角形紙片在旋轉的同時，散發出色彩鮮豔的火花。

相較於煙火浩大的聲勢，這些火花僅僅維持了十幾秒便開始熄滅，但沒想到接下來又出現了讓阿拉斯．拉瑪斯眼神一亮的變化。

「小鳥！」

只見那束六角形的紙片在隨著內藏的火藥旋轉後分成兩半，變身為鳥籠形狀的紙工藝品。

看來紙製的鳥籠中打從一開始就事先放了一隻黃色的小鳥。

「小鳥，嗶嗶！」

阿拉斯．拉瑪斯見狀，便表現出極度想摸的樣子。

千穗將竿子交給惠美後說道：

「雖然可能有點燒焦味，但等過一會兒之後再讓她摸摸看吧。」

「這做得還真不錯呢……現在的玩具真是不可小覷。」

「其他似乎還有會飛出降落傘或萬國旗的種類，但可惜這裡不能放會往上飛的煙火，所以沒辦法向妳介紹。」

基本上大部分的海邊都禁止施放會受到風向影響、而無法預測掉落地點的沖天炮等往上飛的煙火。

「是小鳥鳥耶！」

等確定不燙後，惠美才將紙鳥籠交給阿拉斯．拉瑪斯，小女孩的眼神也因為手上的鳥籠而變得閃閃發亮。

「喂，妳還沒跟千穗姊姊說謝謝吧？」

「謝寫妳！」

阿拉斯．拉瑪斯在惠美的提醒之下坦率地道謝，那副有精神的樣子，讓遠處的天禰與鈴乃也露出了笑容。

「哼，這樣我就三連勝啦！」

而在另一邊，看來厭倦了多刀流玩法的真奧、蘆屋、天禰，以及穿著浴衣的鈴乃，正圍坐在一起進行「線香煙火淘汰賽」，比賽誰的煙火能在海風下撐得最久。

「可惡，浴衣跟線香煙火配起來實在太搭，就算輸了也不會覺得不甘心！對吧，真奧老弟！」

看著鈴乃嬌媚的姿態，天禰用力地拍打旁邊的真奧肩膀。

「呃，我又沒特別……」

「怎麼能輸給她呢！請您繼續再接再厲吧！」

站在真奧身旁的蘆屋馬上又從一束線香煙火中拿出三支，徹底執行裁判的職務。

「媽媽、媽媽！」

「嗯？什麼事？」

「那裡，也會有小鳥鳥飛出來嗎？」

小心翼翼地抱著鳥籠的阿拉斯・拉瑪斯指示的方向，並非朝向興奮地玩著煙火的真奧一行人。

仔細一看，夜晚的海面上正映照出一群漁船的燈火。看來是個規模很大的船團，原來如此，那的確跟剛才看見的鳥籠煙火散發出來的火花顏色有些神似。

「這個嘛，我也不知道呢。話說回來，阿拉斯・拉瑪斯應該不會害怕線香煙火吧。要不要

過去鈴乃姊姊那裡，請他們讓妳一起加入呢？」

惠美委婉地將阿拉斯．拉瑪斯的注意力拉回煙火，坐在海灘上挺直背脊。

「小鈴姊姊！」

阿拉斯．拉瑪斯雖然被沙子拖慢了腳步，但還是努力地跑到了鈴乃那裡。

惠美見狀，便轉而望向海面。

夜晚海面上所映照出的光芒並非吉利的象徵。

在安特．伊蘇拉南大陸，海面上的怪火（註：指出現原因不明火焰的怪異現象）被視作最為不祥的預兆。

而南大陸至今，都還流傳著看見死者之魂在海上散發的怪火光芒者，將會遭遇某種災禍而被帶往冥府之門的說法。

惡魔大元帥馬納果達的軍隊所擅長的屍靈術，在這種還留有濃厚迷信色彩的地方便能發揮出最大的威力。

當然這裡是日本，惠美知道那是漁船的燈火，也知道地球有被稱為不知火（註：日本九州地區的一種怪火，數量會隨著出現時間不斷增加）與聖艾爾摩之火等還不能被科學解釋的怪火現象。

但這些現象在安特．伊蘇拉，毫無疑問地是被當成怪異的存在。

「呃，妳會怕不知火嗎？」

惠美因為這突如其來的問題而抬頭一看，發現天禰正在注視著阿拉斯·拉瑪斯剛才指引的海面。

「妳不玩線香煙火了嗎？」

惠美用這個問題岔開了話題。

「怎麼玩都贏不了啊。鎌月妹妹的浴衣真不是白穿的。所以我就跟千穗妹妹換手啦。」

雖然沒聽說過穿浴衣會讓線香煙火拿得比較穩，但天禰還是繼續說道：

「我並不是想嚇妳才這麼說，不過銚子有一個名叫吆喝亡靈的怪談。」

「吆喝亡靈？」

「吆喝亡靈是一種會在起霧或暴風雨時出現在漁船旁邊的船靈。為了增加溺死者的同伴，他們會高喊著『借我INAGA』。INAGA就是指勺子，而如果借他們勺子，那麼船就會沉沒。吆喝亡靈出現時就會像那樣在海面上點火。九州那邊似乎也有類似的故事，但簡單來說就是無法成佛的死者在作怪啦。」

天禰看著海面上的船團說道。

「我經常會覺得，自己無法理解為什麼會有死者回到人間就是要作惡的想法。」

「咦？」

「哎呀，因為不是有像盂蘭盆節那樣的習俗嗎？所以我才會認為，第一個害怕死者或來自那個世界的徵兆者，應該是在活著的時候做了不少虧心事吧。」

「那不是單純因為怕死才會產生的故事嗎？」

漆原從旁插話。

從漆原眼前擺了將近十個燃燒殆盡的蛇砲來看，他應該是很喜歡這個東西吧。

「你不覺得怕死跟害怕死者的聲音是完全不同的事嗎？」

由於突然演變成關於生死觀的話題，讓人有種鈴乃會比較適合講解的感覺。

「像是在對那些留下遺憾或眷戀的死者們落井下石似的恐懼他們，這樣不是很過分嗎？實際上真正恐怖的……」

天禰突然看向位於犬吠埼海角、對著黑暗海面發出燈光的燈塔。

「一直都是那些活著的傢伙。基本上所謂的凶兆，都有著科學的根據，而且不過是這些連鎖效應產生的結果罷了。呃，總之我想說的是……」

天禰回頭轉向海灘。

在她的視線前方，是真奧、蘆屋、鈴乃、千穗，以及在千穗的協助之下抓著線香煙火、滿臉笑容的阿拉斯．拉瑪斯。

「不能讓那孩子做出對靈魂差別對待的事情吧。」

「……天禰小姐？」

「什麼？那是什麼意思？」

就在惠美與漆原因為無法理解天禰想表達的意思，而進一步追問時——

唔喔喔喔喔喔喔喔喔喔喔喔喔喔嗯…………

唔喔喔喔喔喔喔喔喔喔喔喔嗯嗯…………

唔喔喔喔喔喔喔喔喔喔喔喔喔嗯嗯嗯…………

一陣彷彿低音警報聲般的巨大聲響，震撼了整個君濱。

除了天禰以外的所有人，都因為這道突然的聲音而嚇得縮起身子。

「啊嗚？」

就連玩線香煙火玩得正高興的阿拉斯．拉瑪斯，也嚇得四處張望，發出火花的線香煙火因此跟著掉落。

「沒、沒事，不用害怕喔。」

千穗快速地抱緊阿拉斯．拉瑪斯，撫摸她的臉頰試著讓她安心，但響個不停的轟鳴聲還是讓阿拉斯．拉瑪斯的表情逐漸轉為哭臉。

「沒事！沒什麼好怕的！」

儘管千穗極力安撫，但阿拉斯．拉瑪斯還是一副隨時都會哭出來的模樣。就算是能勇敢面對加百列的超常存在，阿拉斯．拉瑪斯平常還是跟普通的幼兒一樣，對未知的恐懼非常沒有抵抗力。

而當震撼空氣的巨響再度回響時，阿拉斯．拉瑪斯終於開始哭了起來。

「嗚哇哇哇哇哇、咿呀啊啊啊啊！」

「哎呀哎呀……這聲音對小孩來說果然很恐怖呢。」

唯一神色自若的天禰再次將視線轉回燈塔。

「我、我們也有點嚇了一跳……」

就在惠美這麼回答時，那道轟鳴又再次響徹四方。

「呃，這個啊，是燈塔霧笛發出的聲音。所以並不代表有什麼危險，你們可以放心啦。」

「霧笛？」

惠美因為沒聽過這個名詞而反問天禰。

「就是指出現濃霧時，燈塔的霧信號所發出的聲音信號。也就是為了警告遠海的船舶小心別觸礁所發出的警報聲。現在海上不是開始起霧了嗎？」

只要滿足了氣象條件，夏天的海就會跟冬天一樣容易起霧。

「喂喂喂，剛才天氣不是還很好嗎？」

在場所有人都因為真奧的聲音而抬頭，並不自覺地倒抽了一口氣。遠方的海面不知何時已經開始布滿了純白的濃霧。就連漁船的燈火也被霧給吞沒，只能隱隱約約地確認它們的位置。

「真、真是誇張的霧呢。」

蘆屋慌張地四處張望，千穗則是為了不讓阿拉斯・拉瑪斯繼續害怕，更用力地抱緊了她。

「看這狀況，應該會過來吧。」

天禰的語氣不自覺地變得緊張。

「由於君濱經常起霧，因此以前可是有名到甚至被人稱為『霧濱』呢。看來這場霧應該會延伸到陸地來。很遺憾，看來煙火大會只能開到這裡了。」

天禰點點頭，指著煙火的殘骸對真奧說道：

「不好意思，能麻煩你收拾一下這裡嗎？我要送女孩子們回旅館。畢竟這裡的霧上陸後，可是會濃到連當地居民都無法外出的程度呢。」

俐落地下達指示的天禰，跟白天悠閒的樣子簡直判若兩人。

「我、我知道了。」

就連真奧跟蘆屋合作收拾灰燼時，阿拉斯・拉瑪斯還是一樣哭個不停。

「嗚哇哇哇、咿呀啊啊啊！」

「……真難得她會像這樣哭個不停……」

由於用肉眼便能確認濃霧在海風的推波助瀾之下，正不斷往陸地移動，真奧在皺起眉頭的同時，還是急忙對天禰說：

「小千跟阿拉斯．拉瑪斯就拜託您了。」

「喂喂喂，你到底把太太和鎌月妹妹擺哪裡啊。」

儘管天禰輕佻地回應，但似乎也沒餘力再繼續開真奧的玩笑而馬上點頭。

「交給我吧。不過你們也盡可能別外出啊。明天還要早起，今天就先睡吧。那麼，千穗妹妹、遊佐妹妹、鎌月妹妹，我們走吧。」

天禰催促著幾位女性快速離開海邊，真奧等人也有些不安地目送她們。

惠美等人抵達旅館時，吞噬整座城市的濃霧已經稠密到連對街的景色都看不太清楚了。

「好了，大家去休息吧。明天要記得來拿打工費啊。」

然而天禰在送完惠美一行人後，便直接往煙霧瀰漫的路上走。

「天禰小姐，現在霧還很濃。還是稍微在大廳等候一下如何？」

鈴乃的提議可說是理所當然。但天禰卻拒絕了。

「我有點雜事要處理。嗯，這跟我的本業有關，只要起霧就必須去某個地方。別擔心，我已經習慣了。那麼明天見啦。」

快速說完後，惠美等人還來不及阻止，天禰就消失在夜晚的濃霧之中。

總算停止哭泣的阿拉斯．拉瑪斯，以及惠美、千穗和鈴乃三人，都有些擔心地目送消失在霧裡的天禰。

在這令人不安的濃霧中，只有一條看似燈塔發出的燈光快速地閃過。

※

「不過這霧還真誇張呢。」

「若在這種時候外出，應該真的會有一種如陷五里霧中的感覺吧。」

真奧與蘆屋從住宿房間的窗戶眺望外面的狀況。

「喂，真奧，你手機響了。」

漆原從後面叫喚真奧，並將手機遞給他。

「喔，是小千傳來的簡訊……她們平安抵達旅館了。」

真奧打開簡訊閱讀，並疑惑地將視線停留在最後一句話上。

「……真的假的？」

「怎麼了嗎？」

蘆屋一問，真奧便抬頭回答：

「哎呀，聽說天禰小姐好像在這場霧中前往某個地方去了？」

「應該單純只是回家吧？她不是本地居民嗎？」

「嗯，有這個可能，不過小千說的不是『回去』，而是『前往某個地方』喔。」

真奧闔上手機收進口袋，再次瞄了外面一眼。

話說回來，結果真奧到現在還是不曉得天禰的本業是什麼。她該不會是為了跟工作有關的事情才特地出門吧。這場霧讓視線範圍只剩下前方數公尺，就在真奧暗自祈禱天禰別遭遇交通意外時——

唔喔喔喔喔喔喔喔喔喔喔喔喔喔喔嗯…………

唔喔喔喔喔喔喔喔喔喔喔喔喔喔嗯嗯…………

唔喔喔喔喔喔喔喔喔喔喔喔喔喔嗯嗯嗯…………

聲音再次響起。窗戶的玻璃也跟著「啪啪啪」地震動。

古代巨龍的嘶吼聲，或許聽起來就是像這樣也不一定。

一道甚至足以撕裂濃霧、震撼海邊空氣的聲音，讓因為陷入沉思而大意的真奧嚇得彷彿連心臟都快爆炸似的跳了起來。

「嚇、嚇我一跳！」

籠罩四周的霧氣隨著那道聲音而變得更加稠密。

視線所及全都是白茫茫的一片，就連建有燈塔的犬吠埼都變得模糊不清。

「魔、魔王大人！」

「哇啊？」

蘆屋突然在旁邊大喊出聲，讓再度被嚇到的真奧輕輕地跳了起來。

「別、別、別嚇人啦！啊～真是的！」

「對、對不起。不過……霧裡面，是不是有什麼東西在啊？」

「嗯？霧裡面？」

在這片重重濃霧中能看見的東西，大概就只有偶爾閃過的燈塔光芒、眼前的沙灘、映照在窗戶上的自己，以及——

「……是人？」

霧中隱隱約約出現了一個人影。而且似乎還正朝著這個方向過來。然而人影的動作莫名地不穩，彷彿壞掉的鐘擺般搖搖晃晃。更重要的是——

「好、好像有點大耶？」

「對、對啊。」

逐漸靠近的人影十分龐大。而且還是遠遠超過魁梧或高眺的等級。

畢竟人影的尺寸甚至能輕易凌駕大黑屋這棟平房。

「怎麼了，到底發生什麼事了？」

眼見真奧與蘆屋變得如此狼狽，漆原也驚訝地貼上窗戶。接著便用肉眼確認了真奧跟蘆屋看見的東西。

「因、因為是在霧裡面，所以應該是布洛肯光（註：指陽光因為雲滴或霧滴發生散射，將人影投射在雲霧上產生的一種巨大影子）之類的吧？」

「這、這表示那東西是我們其中一個人的影子囉。換、換句話說……」

「我說，那該不會就是天禰小姐之前跟艾米莉亞提到的那個故事……」

「不對，那應該只會出現在船上吧？那、那東西不管怎麼看都是在陸地……」

流傳於銚子的船靈怪談——吆喝亡靈。

「噓……喂、喂，有腳步聲……」

雖然幾個魔界的大惡魔湊在一起害怕霧中若隱若現巨大人影的光景，或許看起來很滑稽也不一定，但就算是惡魔，還是會害怕莫名奇妙的東西。

「過、過來了……」

蘆屋發出呻吟，而人影也在同一時間穿過濃霧現身。

「咦……」

這應該是真奧、蘆屋或是漆原其中一人發出的聲音吧。

劃破濃霧現身的人影，毫無疑問地是個巨人。而且三人對這個巨人也一點都不陌生。

類似人影的某物，就這麼以膝蓋著地倒在他們面前不遠的地方，發出巨響並捲起沙塵。

「那、那是……」

「走吧！魔王大人！路西菲爾！」

「真、真的嗎？」

一看見倒在大黑屋前面的巨人，真奧等人在回過神來之前便衝出了大黑屋。

地點就位於住宿房間玄關附近。

真奧、蘆屋以及漆原，都因為那個倒在伸手不見五指的濃霧與飛揚沙塵中的巨人而嚇得目瞪口呆。

「《喔喔……喔啊……》」

儘管這呻吟聲明顯並非人類所有，但那東西確實有著人類的外形。

只不過他的身體將近常人兩倍。巨人有著彷彿生鏽鎧甲般的皮膚，頭頂上還長了宛如惡鬼的一支角。

但最引人注目的，還是那猶如包住了左右眼般、刻在整張臉上的刺青。

三人對那看起來像是臉部中央長了一顆巨大眼睛似的刺青有印象。

「該、該不會是……惡魔？」

蘆屋如同在確認眼前狀況般的低語。真奧也跟著嚥了一下口水。

「是……是獨眼刻印鬼的族人嗎？為什麼這傢伙會突然跑來這裡？」

「《我什麼也……看不見，人類……怎麼會……有那種力量……》」

看似獨眼刻印鬼族的惡魔說出的話確實含有意義。那毫無疑問地是魔界的語言之一。這句話讓眼前的景象突然產生了現實感，也讓蘆屋忍不住靠近巨人。

「喂、喂，你這傢伙，獨眼刻印鬼！到底……」

「蘆屋！快後退！」

獨眼刻印鬼的上方突然捲起了一陣濃霧。

真奧揪著蘆屋的脖子，硬是將他推倒在地，一道螺旋狀的濃霧彷彿擁有意識的蛇般穿過兩人上方，襲向獨眼刻印鬼。

只能愕然地看著這一切的三人，眼前突然閃過一道激烈的光芒，就在他們忍不住轉身的一瞬間，原本照理說不可能出現在日本的獨眼刻印鬼，就這麼被捲入霧中消失了。

接著，便傳來了巨龍的嘶吼聲。

「消、消失了……」

螺旋狀的霧消失之後，現場只留下凹陷的沙痕。不對……

「那是一個年輕的獨眼刻印鬼吧……剛才他真的在這裡。而且還受了傷。」

前不久還倒了一個巨大物體的沙灘上，還留著滲入了某種紅色液體的痕跡。

相較於冷靜分析狀況的真奧，蘆屋驚訝地大喊：

「不過，這、這裡可是千葉的君濱耶！為什麼魔界的惡魔會跑來這裡？」

「我說你啊，別忘了東京的笹塚可是還聚集了魔王跟天使呢。或許哪天札幌會出現大法神教會的大神官，伊蘇拉．聖特洛會出現八岐大蛇也不一定。」

「現在不是開玩笑的時候！」

蘆屋態度堅決地阻止真奧繼續說笑。

「問題是，現在這裡有我們在啊！」

「我……是很希望這只是偶然啦，不行嗎？」

「就算是偶然，也太唐突了一點吧。」

看來就連漆原也為這個狀況感到動搖，慌慌張張地四處張望。

「說不定，是魔界的人好不容易掌握了我們的所在地，前來迎接我們……」

蘆屋突然想到這個可能性，但這推測再怎麼說都太樂觀了。

「應該不是吧？不然為什麼那個獨眼刻印鬼會遍體鱗傷呢。」

「那、那是因為……」

漆原的意見讓蘆屋一時語塞。儘管無法完全肯定，但那看起來像是戰鬥導致的傷痕。那扇「門」是在哪裡、又是被誰打開；那個惡魔是在進「門」前還是出「門」後受傷。隨著時間點跟發生的事情不同，都會大大地改變狀況。

重點在於，如果他真的是真奧等人所知的魔界獨眼刻印鬼，那麼這裡就產生了一個很大的疑問。

為什麼那個獨眼刻印鬼來到日本之後，還能維持惡魔的姿態呢。

但狀況根本就沒有給予真奧一行人考察的時間。

「唔！喂，蘆屋！後面！」

陷入沉思的蘆屋背後，又再度出現了新的惡魔。

肉食動物的下半身搭配鬼面的惡魔上半身，那是一種在魔界十分普遍、被稱為獸惡魔的人形惡魔。

「《唔喔喔喔喔……》」

但這個惡魔也跟剛才的獨眼刻印鬼一樣身受重傷，痛苦地發出悲鳴。

看來對方是位足以在魔王軍擔任部隊長的中級惡魔。但他身上的鎧甲已經四分五裂。雙手拿的劍也破爛到讓人覺得沒斷反而不可思議。

「獸惡魔？是魔王都撒塔奈斯亞克的居民嗎？」
半獸半魔的惡魔種不少，就連被稱為魔界首都的魔王都撒塔奈斯亞克也居住著許多部族。
「《這、這世界的人類……你們也要與我等為敵嗎？》」
那是令人懷念的魔界語言。儘管聽起來像是普通的摩擦聲，但就算是用人類的耳朵，真奧跟蘆屋也能不靠概念收發理解內容。
「人、人類？」
無論是蘆屋、真奧還是漆原，當然都聽得懂魔界的語言。但還來不及整理狀況的蘆屋在情急之下講出來的語言，還是自己已經完全習慣的日語。
「無禮之徒！我可是魔王軍的惡魔大元帥艾謝……」
「《別說這種讓人聽不懂的話。吃我一劍，領教一下吾之劍威吧。》」
「你說啥？」
蘆屋因為對方的無禮言論而怒火中燒，但看在這位獸惡魔眼裡，就只是一個異世界的人類在那裡大吼大叫而已。
就在連劍刃都早已破損的雙劍即將揮向蘆屋的瞬間。
「蘆屋！」
真奧高聲呼喊並以身體將他撞倒在沙灘。兩人甚至還能感覺得到劍從頭頂呼嘯而過。

「《把劍收起來！我們不是你的敵人！》」

真奧對用力揮完劍後便倒在地上的獸惡魔大吼。對方臉上明顯產生了動搖。

「《蘆屋，你也冷靜點！就算對他說日語，也不可能有辦法溝通吧！》」

「《啊，原、原來如此。》」

在漆原的提醒之下，蘆屋總算發現這件事實，連忙從日語換成魔界的語言。

「《唔……魔界的語言……魔界的力量……你們，到底是……》」

「！」

「什麼？」

獸惡魔士兵的話，終究還是無法順利傳到真奧等人的耳裡。

跟剛才獨眼刻印鬼的情形一樣，霧蛇倏地捲走了獸惡魔，緊接著霧中再度出現一道短暫的明亮光芒，然後獸惡魔就這麼從三人眼前消失了。

接著，又是那道巨龍的嘶吼聲。

「這到底是怎麼回事？難不成是大法神教會攻過來了嗎？」

「不、不過，我從來沒看過這種法術！」

負傷的魔界惡魔們，就這樣瞬間從三人眼前消失在濃霧之中。

不但沒留下魔力的痕跡，同時也完全感覺不到消滅那兩位惡魔後剩餘的力量。

不對。還是有魔力存在。

「上面！又來了！」

這次真奧、蘆屋以及漆原全都在對方接近之前就察覺到了魔力。

「？」

砲擊般的巨響，震撼著濃霧瀰漫的遙遠上空。

與此同時，某樣東西朝著真奧等人所在的海邊掉落。

「快閃開！」

三人迅速從原地跳開。

像是被剛才的巨響給擊飛一般，一位惡魔以毫釐之差展開巨大的翅膀、緩緩地降落在三人原本的所在位置。

單就身材的大小來看，這位惡魔比獨眼刻印鬼或獸惡魔要小得多了。身高與蘆屋相差無幾的惡魔，是一位穿著漆黑鎧甲的魔鳥。

儘管用翅膀減緩了下降的速度，但魔鳥似乎也同樣身受重傷，跪倒在跟剛才的獸惡魔一樣的地方。

「唔，太大意了……！沒想到這裡，居然有如此了得的高手！」

與剛才那兩名惡魔不同的是，儘管這位魔鳥戰士的鎧甲跟頭盔都變得破破爛爛，但繫在腰上的刀與刀鞘卻是毫髮無傷，上面不但裝飾了色彩鮮豔的寶石，還散發出華麗的光澤。

看來那是一把知名的寶刀，然而比起那把刀，真奧跟蘆屋的注意力更集中在魔鳥戰士的臉上。

兩人對那張臉有印象。

「該、該不會……」

「卡、卡米歐？」

「卡米歐大人？」

明明身為惡魔卻有著圓潤大眼的魔鳥戰士，因為被不認識的人們叫住而抬頭。

「人類，你們是誰……為什麼會知道在下的名字……？唔！」

魔鳥戰士的嘴裡流出鮮血，並以銳利的眼光瞪向真奧與蘆屋。

「是誰都沒差啦！卡米歐，到底發生什麼事了！你的傷是……」

「魔王大人！霧又來了！」

真奧打算靠近魔鳥戰士，但霧蛇又再度出現，包圍住魔鳥戰士的身體。

雖然不曉得這些霧是透過什麼原理消滅惡魔，但同時也沒人知道萬一被捲進去究竟會發生什麼事。真奧不自覺地停下腳步。

「可惡，只能賭一把了！」

漆原尖聲大喊，並突然捲起了一陣強風。

以真奧等人為中心，周圍的霧瞬間被一口氣推開。

「漆原？」

漆原的背上展開了一對翅膀，那並非墮天使的漆黑之翼，而是充滿了聖法氣的白色翅膀。

揮動翅膀的漆原掀起了一陣強風，吹散了從真奧等人的所在地到大黑屋之間的霧氣。

「你、你的翅膀，為什麼是白色的……」

「看也知道這霧不對勁吧？先別管這種小事，快點帶卡米歐進去啊！」

「喔、喔！真是的，這到底是怎麼回事！蘆屋，你撐住另一邊！」

「遵、遵命！」

兩人用肩膀撐住魔鳥戰士，將這位惡魔帶到旁邊的大黑屋內。

負責殿後的漆原輕輕揮動翅膀阻擋霧的去向，等所有人都進了屋內便後關上大門。

唔喔喔喔喔喔喔喔喔喔喔嗯…………

唔喔喔喔喔喔喔喔喔喔喔嗯嗯…………

唔喔喔喔喔喔喔喔喔喔喔喔喔嗯嗯嗯…………

響徹君濱一帶的巨響，猶如狩獵失敗的肉食動物所發出的咆哮聲。

「魔王大人，霧！」

蘆屋讓魔鳥戰士坐下後便望向窗外，濃霧正逐漸散去，宛如被那道咆哮聲所驅散。

不一會兒工夫，君濱便恢復成原本的日常夜景。月亮、星星、漁火、鎮上的燈光，以及燈塔。

這段期間發生的事情彷彿一場白日夢，即使側耳傾聽也只聽得見海浪拍打沙灘的聲音。

「卡米歐、卡米歐，振作一點！」

三人臉色凝重地看著受傷的魔鳥戰士。

「雖然我不曉得你們是誰……但若跟在下扯上關係，恐怕會有生命危險……別不自量力了，人類……」

不知為何，魔鳥戰士所使用的語言和獨眼刻印鬼或獸惡魔不同，打從一開始就是與其外表不搭的流利日語。

「唉，這也沒辦法。畢竟撒旦和艾謝爾的外表跟以前完全不同啊。」

魔鳥戰士一聽見漆原的聲音便停止說話。

「不過你應該還認得我吧？惡魔大尚書卡米歐。」

魔鳥戰士倏地抬起頭來。

雖然穿著皺巴巴的襯衫跟運動短褲，但漆原還是張著背上的白色翅膀站在魔鳥戰士面前。

魔鳥戰士一見到漆原的臉，便驚訝地倒抽了一口氣。

「路西菲爾……是路西菲爾嗎？」

「沒錯，卡米歐。你還是一樣只有對我不會使用敬稱呢。」

無視不悅地皺起眉頭的漆原，被稱為卡米歐的魔鳥戰士將視線移向另外兩個正俯視著自己的男性。

「艾謝爾？撒旦？難不成，難不成……」

卡米歐語氣顫抖地說道。

「東方元帥大人……」

「……雖然外表變成像現在這樣，不過卡米歐大人，我是艾謝爾啊。」

蘆屋蹲下來直視對方的眼睛。

「那麼、那麼，您……您就是……」

「卡米歐，快告訴我到底發生了什麼事？」

真奧與卡米歐的視線交會。

「撒旦大人……魔王撒旦大人……您還活著啊……這、這到底是什麼樣的機緣巧合啊。」

「不好意思，讓你在魔界留守了那麼久。不過沒想到你會來日本……來到這個世界。到底發生什麼事了？」

「魔、魔王大人，我對不起您！」

魔鳥戰士卡米歐拖著受傷的身軀打算向真奧下跪。真奧雖然出手阻止，但卡米歐還是搖頭說道：

「在下……無能完成……代替魔王大人留守的任務。我無顏面對四天王……無顏面對已經去世的北方元帥與南方元帥大人……」

「這是什麼意思？」

「魔王大人……魔界……還有安特．伊蘇拉，又再度陷入了亂世。在下力有未逮，實在……非常抱歉……」

「喂、喂！卡米歐！振作一點啊！喂！」

卡米歐的眼神急遽地失去了生命力。

與此同時，卡米歐的全身開始散發出淡淡的光芒，身體也跟著變得愈來愈小。

「魔王大人，這是！」

應該是因為喪失魔力，導致卡米歐開始出現人類化的現象，還是說他的魔力已經完全用盡了呢。

三人緊張地在一旁守護著卡米歐，而這場變化不到幾秒就結束了。

「這、這是什麼？」

漆原驚訝地嘟囔著。

「……這、這下該怎麼辦才好。」

真奧也因為不曉得該如何回答而愣在一邊。

等光芒消失後，在場便只剩下破碎的漆黑鎧甲、骯髒磨損的黑色斗篷、依然收在鞘中的閃耀寶刀，以及——

「看起來有點可愛呢。」

一隻毫髮無傷，癱倒在地的黑色小鳥。

魔王，了解銚子與世界的廣闊

在夜晚的煙火大會被霧中斷的隔天早上，真奧一行人在天還沒亮前就被天禰執拗的電話攻勢叫醒。

據天禰所言，來犬吠就必須要看從地平線升起的朝陽才行，但坦白講真奧根本就不在意這種小事。

真奧的確認為這幅景象很漂亮，但他過去每天都能從位於伊蘇拉．聖特洛的魔王城房間看見超全景的日出。

至於漆原則是用毫無生氣的眼神看過太陽升起後，便馬上跑去睡回籠覺了。

因為昨夜發生的事而睡不好的真奧跟蘆屋，現在同樣充滿了倦意，所以也無法一味責備漆原。

銚子跟君濱今天的天氣一片晴朗，讓人完全無法聯想到前一天晚上的濃霧。不到八點，氣溫便竄升至讓人一接觸陽光就開始出汗的程度。

由於真奧昨晚便從千穗那兒得知所有人都平安無事地抵達旅館，阿拉斯．拉瑪斯也恢復了心情，因此剩下的不安就是今天究竟會來多少客人了。

本日同時也是真奧跟蘆屋正式開店的第一天，兩人一醒來後便開始進行工作的準備。

一部分也是由於正值夏季，因此太陽很早就升起，但若再回頭去睡，這次應該就無法在進貨時間前起來了。

天禰早上六點就來上班並叫醒漆原，四人在開店前一起進行最後的檢查。

究竟會不會有客人來呢。就像昨天千穗與蘆屋擔心的一樣，這裡是個幾乎沒有人會光臨的海灘。

八月一日，真奧一決勝負的早晨。

像是為了抹去真奧的不安般，這個前一天還幾乎沒有人來的海灘，在早上八點就湧入了許多海水浴場的遊客。

由於遊客實在太多，讓這個海邊唯一的海之家大黑屋就算動員了天禰、真奧、蘆屋以及漆原四人，依然是忙到沒時間能夠休息。

鈴乃做的「沙樓．蒼天蓋」一開始便以其出色的外形，在大黑屋的周圍聚集了人潮。

而人潮又吸引了更多的遊客。

早上十點，蘆屋做的炒麵已經用味道吸引了大排長龍的客人。

必須負責料理的蘆屋，光是處理外帶的顧客便已是應接不暇。

真奧跟天禰則是負責招待在店內的桌子休息與用餐的客人。

漆原跟千穗磨完椅子後，能使用的總席數便成了二十個，但由於還必須替坐在店外平地與

岩石上的遊客送餐，因此真奧一行人轉眼間便忙得手忙腳亂。

海之家的菜單當然不只炒麵而已。

雖然真奧等人因為不習慣以及為了減少準備時間而刪除了大部分的菜單，不過相對地能集中在同一個地方料理的種類也跟著變多了。

具體而言，真奧等人刪除了準備耗時且必須注意煮麵和佐料配置的拉麵，並新增了醬汁口味與鹽味海鮮兩種口味的炒麵。

儘管因為炒麵占據了鐵板而不能做什錦燒，但這麼一來就能利用原本做拉麵的空間煮咖哩，並從另外炒好的雞肉跟豬肉選一種來當配料。

每一道餐點都以不同的彩色圖畫紙標示，再搭配飲料一起將菜單跟價格貼在店內，這樣的視覺效果成功地掩蓋了餐點種類不多的事實。

結果——

「謝謝惠顧！四號豬二雞一的鹽味外帶三！」

「三號醬汁二鹽味一、生二、醬汁外帶二！」

「岩二號雞五！能馬上送嗎？不好意思，雞肉才剛做好，晚點就幫您送過去，請再稍候一下！」

真奧陷入了必須不時朝廚房吼叫的困境。

「醬汁外帶」與「鹽味外帶」，是用來表示客人的餐點以及內用或外帶。一開始的號碼是桌號，加上「岩」字的則表示是坐在外面岩石上的客人。

「真奧老弟，能幫忙送一下一號桌的生四嗎？豬肉已經沒有了，我必須去炒肉才行！」

「我馬上送去！漆原！」

「不可能！已經不行了啦！」

真奧向漆原求助，但漆原那邊早就已經快忙不過來了。

照理說能讓沒有待客經驗的漆原同時負責飲料跟刨冰兩個地方，而且還不用擔心他犯錯的嶄新系統，目前正因為意料之外的原因產生了破綻。

真奧原本打算讓客人自助使用手動刨冰機，如此一來漆原便只需要負責收錢，正因為是獨立經營的店舖，所以才能使用這種不拘小節的經營方式。

儘管是操作不易的迴轉式刨冰機，然而對沒有販賣冰淇淋所必須設備的大黑屋來說，實在沒道理不推出刨冰這項商品。

真奧等人事先將需要的冰塊放在外面，等不夠時再交給漆原補充，由於客人能從自製刨冰中得到樂趣，因此就算冰塊削得不順利，最後也能夠笑笑就算了。

真奧判斷應該會有很多客人懶得削冰塊，所以某種程度上也無視成本，準備了草莓、檸檬、哈密瓜以及藍色夏威夷四種糖漿，讓客人自由取用。

結果客人們為了嘗試各式各樣的口味，便會自己努力地去削冰塊。

這麼一來漆原就只需要收錢跟放冰塊，剩下全部交給客人自己處理就好。

由於事先準備了大量的刨冰用杯跟湯匙，因此也不必擔心會有用光的可能，接下來就是將惠美買回來的兒童用戲水池裝滿冰水，放入各式各樣罐裝飲料，再讓漆原坐在前面像個人類募款箱自動收錢就可以了……

「現在大概還要等十五分！還有草莓口味已經用完了，請大家見諒！拜託了！」

忙得暈頭轉向的漆原，對著等刨冰跟飲料的客人們大喊。

「咦～～」

「真的假的？」

大排長龍的客人們開始發出不滿的聲音。

跟蘆屋的鐵板相比，飲料的銷量還算是穩定，但刨冰的企畫實在太過成功，結果反而演變成必須讓客人在大太陽下等待的結果。

其中幾位客人明顯感到焦急，不但因為陽光而皺起了眉頭，還開始在炎熱的沙灘上跺腳。

畢竟刨冰機只有一臺。

為了避免無法順利將冰塊削好的客人感到不滿而大幅降低了定價，也是造成這支超出漆原負擔的排隊隊伍的原因之一吧。

「魔王大人！鹽味不夠了！距離下次做好還需要十分鐘！」

這次輪到蘆屋發出了哀嚎。

真奧因為排隊人潮中傳出有些不滿的氣氛與聲音而亂了手腳。

「夠應付目前已經點好的鹽味炒麵嗎？」

真奧跑到鐵板旁邊小聲詢問。

「現在剩下三份，所以內用的還缺一份。」

蘆屋的回答令人絕望。

事先預測的分量完全估計錯誤。考慮到大黑屋過去隨興的經營方式，真奧預估今年的營業額應該會是去年的一點五倍，同時也準備了相對應的材料，然而結果卻徹底地超乎預期。

明明食材方面還有餘裕，但兩人卻完全沒有時間準備。

「真奧老弟！岩一的生三跟可樂！啊～真是的，已經連哪些上過哪些還沒上過都搞不清楚了！」

天禰看著眼前尚未處理完畢的帳單陷入混亂。

除非內用的位子很容易被搶走，否則一般的海之家都是採取每次點菜時就要到櫃檯結帳的形式，但考慮到客人數量與點菜量後，判斷這方法不可行的真奧馬上就改成每桌個別開帳單的形式。

結果卻因為不習慣做生意的天禰算錯帳以及結帳次數太多，讓事先準備好的零錢馬上就見底了。

而且這種跟當初預期不同的帳單計算方式，也讓同一桌重複上菜的失誤機率大幅提升。

「帳、帳單不夠用了……」

沒想到帳單馬上就用完了一冊。

「天禰小姐，備用的帳單在……」

「啊～我不知道啦！如果之前有買，大概是放在真奧老弟你們住的房間壁櫥裡，畢竟很久沒用了……」

真奧勉強吞下「為什麼會放在那裡啊」的吶喊。

若真奧現在離開大廳，就變成必須讓天禰獨自負責算帳、接待客人以及管理飲料機。

海之家內到處都傳來不滿的氣氛，客人們也開始零星地離開，除非是擁有三頭六臂的阿修羅或魔界的魔王，否則根本不可能有辦法解決目前的狀況。

大黑屋的員工個個滿臉通紅、渾身是汗，完全沒有餘力對應這些異常狀況。

就在真奧迴轉的思考快要超越極限時——

「真奧哥，請你去找帳單吧。這段期間我會先來幫忙。」

即將爆發的四人同時聽見了這個聲音。

「四郎先生還是先解決醬汁炒麵的點餐吧。我會在這段期間內準備好鹽味海鮮炒麵的材料。只要把這些蔬菜跟墨魚切一切，再把蝦子的背筋挑掉就可以了吧！」

「喂，是南銚冰業嗎？麻煩您送兩臺刨冰機過來，請問能當日送達嗎？是的，無論是要加運費還是舊的商品都沒關係，現在馬上送到君濱的大黑屋……啊，是這樣嗎？那麼，就草莓跟藍色夏威夷。好的，麻煩您了……呼，雖然我擅自做了決定，不過考慮到這個盛況，應該算是能夠容許的必要費用吧？一臺的租金是三千圓，而且好像還附贈糖漿的樣品呢。」

從三個方向出現了希望之光。

真奧忍不住驚訝地嘟囔道：

「小千……鈴乃、惠美……妳們，為什麼……」

就在這個瞬間，三位女神降臨了被逼得必須持續衝刺、即將瀕臨極限的大黑屋。

「二號桌……那裡，好的，兩杯啤酒跟柳橙汁，還有寶特瓶裝的可樂吧！」

沒等真奧回答，千穗就向天禰問了桌號，開始確實地處理累積的飲料訂單。

「總之先處理足夠應付目前點餐的蝦子再說。高麗菜是要切絲，還是切成大塊？」

鈴乃以彷彿達人施展拔刀術般的速度切著食材，挑掉蝦子的背筋，並只看了一眼蘆屋旁邊的菜單，就開始做起了鹽味炒麵。

「在刨冰那邊排隊的人感覺殺氣騰騰的，能不能給他們什麼優惠？」

惠美板著臉詢問真奧。

原本總熱量即將衝破極限的大黑屋內掀起了一陣騷動。

穿著泳裝的女性們一出聲，先前因為排隊跟熱氣而厭煩的客人便開始緊盯著這幾位突然現身的工作人員。

一部分也是因為店裡至今都只有穿著T恤的天禰待在後面，所以絕大部分的客人都因此感到高興。

「果然重點還是在年輕嗎……」

天禰偷偷地嘟囔道，但這種事怎麼樣都無所謂。

千穗在附摺邊的兩件式橘色泳裝上披了一件白色的連帽外套，頭頂則是戴著防曬用的遮陽帽，而這些也給人一種「工作人員」的印象。

千穗靈巧地端著上面放滿了飲料的沉重托盤，以在都心麥丹勞訓練出來的腳步快速穿梭在客人之間，確實地以笑容送上飲料。

鈴乃因為要在廚房幫忙而綁上圍裙，雖然她穿的是設計簡樸的黑色掛頸式比基尼，但胸口的白色緞帶與深藍色的樸素圍裙相得益彰，讓這副豔麗的工作打扮散發出健康的光芒。

就在鈴乃以媲美拔刀術的速度瞬間切好一顆高麗菜時，原本因為排隊而感到厭煩的客人們也跟著發出了掌聲。

至於惠美則是穿著搭配鮮豔南國色彩的休閒比基尼，腰上的沙灘巾與胸口的大緞帶看起來十分引人注目。

三位女性各自穿著能襯托出三種不同美麗的泳裝，但真奧關心的卻完全是別件事。

「喂，阿拉斯．拉瑪斯呢？」

「……你就沒有其他話好說嗎？」

惠美雖然看起來有些不悅，但還是稍微警戒了一下天禰後說道：

「她很早就起床出去玩水，目前正在睡午覺。我自作主張讓她先睡在你們房間了，等她起床之後我就要先離開囉。」

在說明的同時，惠美用手指敲了兩下自己的後腦。

換句話說，現在兩人正處於融合狀態。

只要能先確定這件事，那麼剩下的就沒什麼好擔心了。

若少了這三位女性的幫忙，就絕對無法突破眼前的難關。

「不好意思！請妳們，再稍微幫忙一下吧。」

「好的！」

「交給我吧。」

「話先說在前頭，你們欠我一個人情喔！」

三人再次做出不同的回答。

真奧衝進店內，搬出四個表面凝結了一些水珠的紙箱塞給惠美。

「這個，包含庫存在內就算全部送出去也沒關係，就當成午餐時間的優惠，發給目前在場的所有客人吧！」

真奧拿出的是歐樂契敏C的存貨。

如果分送四箱，從進貨價來看會產生約五千圓的損失，但現在並非計較這種事的時候。

只要能提供目前在場的客人適當的服務，這點損失很輕鬆就能扳得回來。

反倒是若現在沒處理好，或許明天以後會產生看不見的更大損失也不一定。

惠美比想像中還要坦率地走向正在等炒麵或刨冰的隊伍，在心情逐漸變差的客人之間來回穿梭。

「讓您久等了。這是午餐時間附送的飲料！」

惠美開始以模範的營業笑容親切地分發歐樂契敏C。

現實的是，男性客人們的態度全都因為惠美的泳裝而軟化，更何況在大太陽底下，也沒有客人會討厭免費的冰涼飲料。

若她平常也能露出那樣的笑容，應該會變得可愛一點吧。

坦白講比起三位女性的泳裝，她們瀟灑地現身拯救店內危機，對真奧而言才是最令人高興

的驚喜。

「我馬上回來！」

確認狀況暫時得到舒緩的真奧，馬上就為了尋找預備的帳單而前往後院。

三位惡魔所住的房間壁櫥內，的確有幾個看起來放了很久的紙箱。真奧打開房間的門，在涼爽的空調下稍微喘了口氣。

真奧早就掌握了紙箱的所在位置，畢竟他昨晚才慌慌張張地擅自拿了一個空紙箱出來用。

「……卡米歐，你還活著嗎？」

在免於陽光直射以及空調直接吹拂的房間角落，放了一個特別大的紙箱，窺探著紙箱內狀況的真奧出聲呼喊。

『撒、撒旦大人……嗶。』

箱子裡有一隻黑色的小鳥正無力地緩緩動著。

「噗……啊，不好意思，還活著就好。我晚點會再來看你。」

或許是基於其他不同的原理，相較於真奧及蘆屋因為魔力衰退而變成人類，卡米歐不知為何反而化為了一隻小鳥。

明明無論語氣或聲音都還是跟昨天的魔鳥戰士一樣沉重，但句子前後一定都會理所當然似的加上宛如鳥鳴的「嗶」一聲這點，實在是令人費解。

『不好意思嗶……讓您擔心了嗶。』

「沒關係沒關係，而且我現在好像也幫不上你什麼忙，真的不用吃飯沒關係嗎？」

『讓您見笑了……嗶……因為我的魔力還沒有完全消失……嗶……嗶。』

「嘻嘻……我、我知道了，那麼，晚點見囉。」

『是的……嗶。』

為了讓名為卡米歐的惡魔好好躺著休息，真奧在紙箱中塞了好幾層的毛巾。箱子裡面不但放有裝水的容器，室內空調也設定在既不會太高也不會太冷的二十九度。

雖然在這種狀況下，若是普通的鳥早已回天乏術，不過這位看似瀕死九官鳥的惡魔真面目，可是連蘆屋都要對其使用敬稱的大惡魔。

惡魔大尚書卡米歐。

如果被稱為惡魔大元帥的艾謝爾跟路西菲爾算是軍人，那麼卡米歐就相當於文官的存在。

並非所有的惡魔都加入了魔王軍，並參與了侵略安特·伊蘇拉的作戰，倒不如說大部分的惡魔其實都還留在魔界。

真奧創立的組織稱得上是魔界最初的國家，而在撒旦進攻安特·伊蘇拉這段期間代理他負責管理國家的人，就是官拜惡魔大尚書的卡米歐。

身為真奧的代理人、在魔界甚至擁有相當魔王權限的卡米歐，為什麼會在日本變得遍體鱗

傷呢。由於本人在說明之前便已經精疲力盡，因此真相至今仍然不明。

真奧等人直到今天早上才發現卡米歐已經清醒並「嗶嗶嗶」的叫著，當時漆原也已經睡完了回籠覺，三人正要開始進行開店的準備，所以還是未能聽取詳細的狀況。

不過從失去真正模樣的卡米歐身上唯一能確定的一點，就是卡米歐跟消失在霧中的獨眼刻印鬼與獸惡魔，都不是為了尋找魔王撒旦與惡魔大元帥艾謝爾而來。

那麼他們的目的究竟為何、為什麼會出現在銚子，又為什麼能維持惡魔的形態，待解的謎題實在是多到數不清。

然而令人遺憾的是，真的非常遺憾的是，目前真奧並沒有追究這些事情的餘裕。

因為相信真奧而留在外面戰場奮戰的千穗等人，還在等著他回去。

「我還有必須回去的職場在啊！」

真奧悲痛地回到店內時，租用的兩臺刨冰機居然已經快速地送達了。

距離惠美打電話的時間還不到二十分鐘。因為真奧對附近的地理位置不熟所以無法確定，但或許那間店意外地近也不一定。真奧在心裡對高效率的南銚冰業致上謝意。

「漆原！冰塊交給我處理，你專心去整理隊伍跟賣飲料！」

「不准命令我！」

雖然漆原對惠美的指示表達不滿，但她的判斷並沒有錯。若考慮到視覺效果，當然會希望外表亮麗的惠美能負責接近店面的位置，不過她畢竟只是個類似王牌的救援投手，而且這麼做對漆原的成長也沒有好處。

真奧無視漆原抗議的視線，交給千穗跟天禰一人一本帳單後，便開始回到自己的工作崗位幫忙支援點菜跟結帳。

就在真奧開始處理客人累積的點菜時，鈴乃已經做好了鹽味海鮮拉麵，正準備在巨大的圓筒鍋前面補充快賣完的咖哩。

若維持這樣的配置，應該能勉強撐過午餐時間。

託千穗等人的福，真奧總算挽回了今天的失敗。明天得以此為教訓，想辦法在不借助她們力量的情況下，補足目前不足的部分才行。

就結果論而言，趁還能夠挽回時多經歷幾次失敗，最後對自己還是會有好處，真奧在工作的第一天總算親身體會到木崎說的話代表什麼意思。

下午三點。

在全部的餐點都處理完後，一行人總算能稍微喘口氣休息一下了。

內用的座位已經全部淨空，鐵板的角落則是還剩下一些炒麵，真奧拉了一張空椅子無力地

坐下。

「累死人啦——！」

真奧忍不住嘟囔道。

「真奧哥，天禰小姐，請用。」

千穗將冰涼的歐樂契敏C遞給兩人。

「啊，謝啦。」

真奧打開瓶蓋後便大口地灌進喉嚨裡。

「好…………好冰啊。」

一口氣喝下冰涼碳酸飲料的真奧雖然感到些微的頭痛，但同時也覺得十分暢快。

「不過，真的很謝謝妳，小千。要是妳沒過來，我們說不定早就完蛋了。總是煩勞妳幫忙跟操心，真是不好意思。」

在真奧身旁坐下的千穗，點頭行了一禮。

「幸好能夠幫得上忙呢。」

「從明天開始，或許會有客人為了小千而來光顧也不一定喔？妳穿這件泳裝很好看呢。」

「……咦？」

由於真奧從道謝到稱讚的一連串攻勢實在表現得太過自然，讓千穗的臉慢了一拍才開始紅了起來。

「那、那、那個，謝謝……你。那個……」

突然無法直視真奧的千穗坐立不安地擺動雙腿，緊盯著自己手上的歐樂契敏C。

「好……好看嗎？」

「嗯，所以我才會稱讚妳啊。這件泳裝……應該不是妳自己帶來的吧？」

千穗搖頭，看向正在洗炒配料用的平底鍋的天禰。

跟著往同一個方向望去的真奧，發現不知道在想什麼的天禰居然朝著兩人豎起了大拇指。

換句話說，這表示那件泳裝是天禰所提供的，不過她究竟是何時交給千穗的呢。

「我一開始原本打算婉拒……不過因為那件泳裝看起來有點可愛，所以，那個……才、才想……」

本來想說「才想穿給真奧哥看」的千穗，因為覺得這句話似乎有些失禮而紅著臉低下頭沒說出口。

「說得也是。難得來海邊，當然會想游泳啊。」

真奧以自然的方式解釋千穗未能啟齒的話。

「就、就是說啊！啊、啊哈哈哈哈！」

千穗紅著臉附和真奧。

「唉……」

並忍不住嘆了口氣。

「其實，這好像是店裡的商品呢……」

「咦？真的嗎？」

真奧轉頭看向天禰，而天禰則是刻意維持豎著拇指的姿勢偏過頭。

除了食物與飲料之外，某種程度上，大黑屋也有在賣諸如防曬油、塑膠墊、游泳圈以及海灘球等商品。

其中泳裝稱得上是特別難賣的商品。明明是相對較為高價的商品，但通常都會賣不出去。

雖然是看準忘記帶東西的客人所設定的觀光價格，但原則上會沒帶泳裝就跑來夏天海水浴場的遊客，幾乎都是不打算游泳或曬太陽的人。

會買這種泳裝的，就只有真的希望享受海水浴卻又忘記帶泳衣的粗心遊客，而且同時還必須是懶得回鎮上買泳裝、在金錢方面又有餘裕的人才行，所以稱得上是非常容易滯銷的商品。

即使如此，應該也難以想像會有店長這麼乾脆地就將商品送人，不過考慮到千穗等人不但能因此過來幫忙，還能順便享受夏天的樂趣，那麼倒也不能一概地責備天禰。

再怎麼說，如同真奧坦白道出的感想，那件泳裝真的很適合千穗。

「唉，若能被小千穿在身上，那件泳裝應該也得償所願了，妳穿起來真的很好看喔。」

「啊、呃……嗯，謝、謝謝……」

「喂喂喂，真奧老弟，我從剛才就聽到現在，你會不會太偏心啦。」

千穗的臉現在依然紅到快要燒起來的程度，而天禰就在此時進來插話。

「幫助我們的女神應該不只千穗妹妹一個人吧？」

說著說著，順著天禰的視線，惠美跟鈴乃也若無其事地看向這邊。

「啊……嗯，那個，該怎麼說。」

天禰說得沒錯。姑且不論昨天的準備，要不是有惠美跟鈴乃的協助，真奧今天也沒辦法跨越這麼多的困境。因此真奧維持坐姿並將雙手放在大腿上，對著兩人低頭道謝：

「謝謝妳們，真是幫了大忙。」

沒想到對方會坦率道謝的惠美跟鈴乃，驚訝地互望了一眼。

「……我跟昨天一樣，只是想賣你們人情而已。不需要特別跟我道謝。」

「惠美小姐所言甚是。站在我們的立場，只是覺得若你們因為失誤而丟了工作會很麻煩，所以才伸出援手罷了，並不是為了要求什麼回報或感謝。」

明明真奧都坦率地道謝了，但兩人的反應還是十分彆扭。由於這一切都在真奧的預料之內，因此他也不打算再繼續表示謝意，沒想到天禰依然不肯罷休。

「喂喂喂，就這樣嗎？不只這樣吧？再多加把勁啦。」

「啊？加把勁幹什麼？」

「話不是這麼說的吧，真奧老弟。千穗妹妹穿起泳裝來的確是很漂亮，但這裡還有兩位年輕女孩為了我們，不惜露出珠輝玉麗的肌膚耶。若不稍微稱讚一下自己的太太，可是會被懷疑有外遇呢。雖然千穗妹妹的泳裝是由我提供的，不過這兩位的泳裝都是自備，只要好好地讚美一下，就能提升不少好感喔。」

儘管這並非天爾的錯，但對真奧等人的人際關係而言，再也沒什麼比得上這更沒神經的發言了。

「咦……？」

真奧以打從心底感到困擾的表情，在這微妙的氣氛中看向惠美與鈴乃的背影。

話說回來，為什麼這兩人會像是說好了般轉身背對自己呢。真奧在感到疑惑的同時，還是坦白地開口說道：

「那個，雖然我很感謝兩位今天的幫忙，但與其說是沒什麼好稱讚的，不如說就算稱讚妳們也沒什麼意義，反倒是妳們居然打從一開始就這麼興致勃勃地準備出來玩，真是讓我嚇了一跳呢……」

泳裝對女性而言是非常需要下定決心的打扮，同時她們也不會討厭別人稱讚自己穿泳裝的樣子。真奧當然能理解這些常識，而且也不得不承認惠美跟鈴乃穿起泳裝來真的是非常漂亮。

不過考慮到兩人與真奧之間的關係，若要問惠美跟鈴乃希不希望被真奧稱讚，那麼無論怎麼想，答案絕對都是否定的。

然而不知為何，真奧自認確實地掌握了狀況的結論，卻讓惠美與鈴乃的背部在顫了一下後，便散發出彷彿象徵兩人目前心情的黑色詭譎氣氛。

「……你的眼睛是有毛病嗎？」

真奧那只能以刻薄來形容的評論，讓天禰驚訝得目瞪口呆。

「魔王……真奧大人！請等一下！」

沒想到蘆屋居然在此時對真奧提出了諫言。

「您太老實了！這時候就算委屈自己，也應該要稱讚對方才行啊！」

「啊？可是，就算我稱讚她們也……」

「這不是誰稱讚誰的問題。女性這種生物，無論是被蚯蚓、螻蛄還是水黽稱讚，都不會因此感到不悅啊！而您居然還說沒什麼好稱讚的。雖然就算稱讚遊佐，也無法期待對方會像佐佐木小姐那樣坦率地回應，不過人家的心情應該還是會覺得很複雜吧！」

「你、你啊，說得也太過分了吧。你剛才說的那些話真的很過分喔，蚯蚓還是螻蛄之類的……」

「更何況縱然並非出自於我們的本意，但我等好歹還是每天都受到鎌月的照顧。就算只是

社交辭令也好，如果好好稱讚她，或許她以後會減少對我們的妨害也不一定唔啊！」

拚命對真奧說教的蘆屋，突然面朝沙灘地倒下。

沒能撐住他的真奧跟千穗一同往後退開，在蘆屋的後腦上有一隻炒麵用的鏟子，腳邊則是掉了一塊體積莫名龐大的冰塊。

「我們可是一點、都不想、被你們稱讚！」

「沒沒沒沒沒錯。我們早就知道自己身上沒什麼好被稱讚的地方了。」

鈴乃跟惠美以比惡魔還要冷淡的視線，交叉對真奧開火。

或許是出於無意識的動作，兩人還一同淚眼盈眶地用雙手抱住胸口。

站在真奧的立場，即便自己並沒有特別打算稱讚兩人，她們應該也不用那麼在意才對，但事到如今就算說這種話，也只是在冰塊上加液態氮罷了。

「真奧老弟、蘆屋老弟，我對你們真是太失望了。」

擅自加入話題並搧風點火的天禰裝傻般的說完後，便匆匆逃進了店裡。

「啊哈……啊哈哈哈，那個，鈴乃小姐，鏟子，那個，鏟子……」

此時最無辜的被害者，毫無疑問地是一點錯也沒有的千穗。

「千穗小姐。」

「是、是的……」

鈴乃收下千穗從蘆屋的頭上拿起來的鏟子，放進流理臺洗了一下後，便以有些怨恨的眼神看著千穗的胸口說道：

「雖然現在才說也有點太遲了，不過果然還是重新考慮一下會比較好。」

千穗當然是無話可說。

「那麼，果然還是稱讚妳們會比較好嗎？」

獨自遠離戰火，待在工作早早就告一段落的飲料區的漆原，以百分之百的惡意向正憤憤地清理著卡在刨冰機內冰渣的惠美詢問。

「你想被殺掉嗎？」

從惠美的回答來看，顯然是打算用手上的冰錐刺殺對方。

「這樣啊，我知道了。」

漆原推測蘆屋應該是完全說中了，但為了避免生命危險而自重地閉嘴。

順帶一提，漆原正擅自打開做為商品的罐裝飲料，完全進入了休息模式。

「……喂，如果有空，就過來幫忙清理刨冰機啦。要是放著冰渣不管，等乾了之後可是會生鏽的。話說為什麼要由我來清啊。砍了你喔。」

漆原將原本自己負責的地方推給惠美，躲在一旁偷懶，而延續著剛才的氣氛，惠美也跟著出言抱怨。

漆原只將臉轉過去，然後對拿著冰錐清理零件細縫間冰塊的惠美問道：

「話說回來，遊佐，趁這個機會，我有件事想跟妳確認一下。」

「什麼啦，突然這麼鄭重。若是要稱讚我，就砍了你喔。」

「先別管那件事啦。我說啊……」

漆原誇張地灌下一口碳酸飲料。

「噗哈……關於奧爾巴的事，妳有什麼想法？」

由於周圍的環境實在太過吵鬧與明亮，因此兩人之間的氣氛完全稱不上緊張或沉默。

「居然突然轉移話題，真是卑鄙……你問這個幹什麼？」

「沒什麼特別的意思。不過妳應該沒樂觀到認為那傢伙被日本警察抓走後，會就這麼乖乖就範吧？」

「是這樣沒錯……不過，我也不曉得奧爾巴目前人在哪裡，而且就算知道也沒辦法拿他怎麼樣。」

「如果我說我知道他在哪裡呢？」

在海浪、沙灘，以及聚集到海之家的人潮影響之下，周圍的氣氛依然喧鬧不已。

「你……你說什麼？」

「奧爾巴目前正在由澀谷管轄的拘留所內遭到起訴。雖然無法特定出具體位置，但總之檢方似乎正依違反槍砲彈藥刀械管制條例以及毀損器物罪嫌起訴他，當然這應該只是在找到跟我們犯下的連續強盜罪有關的證據之前，所暫時進行的應變措施吧。」

「為、為什麼你會知道這些事情？」

「我可沒駭進公家機關的網站喔。只要有心，誰都能得到這些資訊。只是手續有點麻煩而已。特別是奧爾巴被當成外國人逮捕，人權團體又對該怎麼處置被起訴前的嫌疑犯這點很囉唆。畢竟最近的冤獄案件很多吧。」

看來漆原意外地以自己的方式學習了跟日本社會有關的知識，就在惠美稍微感到有些佩服時——

「我就是駭了那個人權團體的資料。」

這份敬意馬上就被打消了。

「……唉，我是不太清楚這方面的事啦，但法律應該有規定允許拘留的天數吧？」

「喔，虧妳還知道這種事呢。」

「別看我這樣，為了在職場能夠跟別人聊天，我可是經常看電視劇呢。雖然『相方』第六季時，其中一個主角退場讓我有點震驚。」

勇者突然將話題轉到電視上播放的時代劇，儘管彼此處於敵對關係，但漆原還是擔心對方該不會哪天開始看起深夜動畫來。

「那不是什麼值得炫耀的話題吧。啊，一百二十圓。謝謝惠顧。」

漆原邊嘆氣邊將一瓶可樂遞給客人。而他本人與惠美都沒發現不知從何時開始，這個動作已經變得非常熟練。

「……實際上因為看守所沒有空位，導致起訴後依然被留在拘留所的例子也不少呢。奧爾巴目前被起訴的罪名並不重，所以似乎正在等待看守所的空位。但問題並不在這裡。」

漆原難得地以正經的表情繼續說下去：

「在安特．伊蘇拉敗給你們之後，我之所以答應那傢伙的提議有兩個理由。一個單純是因為他說會救我的命。畢竟輸給你們之後我就無處可去了，而且我跟馬納果達的感情也不是很好，更何況你們根本就不可能放過我吧。」

「……我到現在依然很後悔當初沒給你最後一擊呢。」

「喂喂喂，妳這樣會害阿拉斯．拉瑪斯又學會奇怪的話喔……咦，對了，話說回來，她目前人在哪兒啊？」

「我跟天禰小姐說她正在你們位於店後面的房間裡。不過實際上是在這裡。」

說完後，惠美指了一下自己的額頭。

「她不會因為怕寂寞而大哭大鬧嗎？」

對漆原而言，這真是意外正常的質問。

「畢竟她為了看日出，今天一大早就起床了。而且在來這裡之前還玩了很久的水，所以正在睡午覺呢……然後呢，另一個理由是什麼？」

「原來如此……之前真奧也有說過吧。因為奧爾巴願意幫我跟天界牽線。」

過去互相敵對的漆原與惠美等人，曾在笹塚站前進行過一場激戰。而當時兩人完全沒想到，未來彼此居然會在千葉的沙灘吵吵鬧鬧地一起作生意。

「當時魔王軍已經敗退。而我在人類世界也沒有容身之處。所以我就只剩下回天界這個希望了。那傢伙曾經提過，說自己有能跟天界交涉的材料，然後……」

「跟天界，交涉？」

「我自己就是其中一個交涉的材料啊。總而言之，如果能讓傳說中的重量級墮天使改過自新，應該稱得上是一筆能直接被升格為聖人，或甚至被拔擢為天使也不奇怪的功績吧？」

換句話說，這就是所謂表達方式的不同吧。按照這個道理，能將這位比墮天使還不如的廢物天使當成一位勞動者來使喚的真奧，稱得上是足以被拔擢為天使的人才了。

「而被他當成另一個王牌的，就是妳啊，艾米莉亞。」

「我？」

問題出乎意料地被轉移到自己身上，讓惠美驚訝得停下了正在工作的手。

「當然就跟當時真奧說的一樣，那傢伙或許真的只是單純覺得妳很礙事而已。不過若真是

如此，那麼他實在沒有理由留在安特・伊蘇拉被抓的艾美拉達與艾伯特活口。艾美拉達不是一個大帝國的重要人物嗎？他應該知道若這麼做，之後一定會衍生其他紛爭。」

「這麼說，的確是有點道理。」

實際上，艾美拉達在電話中就曾經提過自己回去後，神聖的聖・埃雷帝國與大法神教會之間的關係便逐漸開始惡化。隨著奧爾巴的行為曝光，教會私底下的不正行為也跟著浮上了檯面，似乎還因此導致西大陸國家的公正性遭到懷疑，讓西大陸在與其他大陸爭奪和中央大陸復興有關的權利時處於劣勢。

「我想確認的只有一件事。妳的聖劍跟破邪之衣的母體，『進化天銀』原本是由誰負責管理的？」

被真奧這麼一問，惠美感覺自己的臉色正不自覺地變得蒼白。

「是奧爾巴所在的外交・傳教部。關於聖具的使用，全都是交由傳教部門管理……因為聖具是各教區與教會建設時最重要的東西。」

「果然如此……那傢伙應該知道『進化天銀』是『基礎』的碎片吧。不然我也看不出來他還有什麼能跟天界交涉的材料。」

惠美之所以會忍不住抱著身子發抖，絕對不是因為冰塊太冷的緣故。

「若想與我們魔王軍作戰，就必須讓勇者持有聖劍跟破邪之衣才行。不過奧爾巴跟沙利葉和加百列不同，他打從一開始就知道只要讓妳跟『進化天銀』融合，就無法輕易地將兩者分開。那傢伙不認為妳在一切結束之後會乖乖地交出『進化天銀』，而且若讓妳領導復興後的政治行動，不但會降低教會的向心力，還會讓他拿不回『基礎』的碎片……」

「……追根究柢，奧爾巴為什麼會那麼想跟天界接觸呢？」

「這我就不清楚了。不過我一點都不認為擁有那麼多籌碼的奧爾巴，會就這麼乖乖地進日本的監獄。雖然以前都不怎麼放在心上，但畢竟這次我自己也得外出，所以認真思考了很多事後，就變得有點不安。」

「……路西菲爾……」

「要是那傢伙在這時候亂來，我就沒辦法買下次跟ＧＳＰ（GameStage Portable）主機綁在一起發售的魔物獵手新作了。」

「…………………………」

這傢伙果然沒救了，在各方面都沒救了。

「妳已經講出口囉。」

「哎、哎呀？」

「基本上聖劍本來就是妳的問題吧，再稍微認真思考一下啦。」

「囉嗦。所以我不是像現在這樣一直賣你們人情嗎？」

「那是怎樣。大體上雖然妳跟真奧好像都以為問題已經解決了，但我可不認為加百列會乖乖地放棄喔。那傢伙可是出了名的不乾脆跟纏人。」

「這個……我知道啦。」

惠美用眼角瞄了一下真奧跟千穗，語氣複雜地說道。

就如同千穗所擔心的一樣，惠美發現自己針對加百列跟天界未知的威脅並沒有任何確實的對策。

「不過，如果是現在的我跟阿拉斯．拉瑪斯，我有自信無論對方來幾次都不會輸。」

「那是僅限於個人打架的狀況吧。昨晚發生的事件或許也跟這件事情有關，我們也不曉得對方會使出什麼奇怪的計策攻擊我們的弱點……」

漆原擅自認定惠美跟鈴乃也察覺了昨天晚上惡魔來襲的事件。

「昨天晚上的事件，那是什麼意思？」

惠美疑惑地反問。

「……咦？妳們沒發現嗎？」

「所以我不是才在問你嗎？」

卡米歐昨晚散發出的魔力絕對非同小可，而儘管並未使出什麼誇張的招式，漆原還是有使用聖法氣。

雖然不曉得惠美等人昨晚住在哪裡，但只要是在銚子市內，應該就會發現才對。

「喂，惠美，打擾一下。」

漆原還來不及繼續說下去，便傳來了原本在跟千穗說話的真奧呼喚惠美的聲音。

兩人抬頭一看，只見剛才還在閒聊的真奧跟千穗，正一臉認真地走近這裡。

「我剛才聽小千說了，妳們昨天是住在犬吠埼吧。昨晚起霧後真的沒發生什麼事嗎？」

「沒發生什麼事……我連你在問什麼都搞不太清楚呢，到底是怎麼了？」

真奧與漆原互望了一眼，稍微壓低音量後說道：

「我是在問妳昨天晚上有沒有感覺到魔力或聖法氣啦。」

「咦？」

真奧一邊偷看在店後方洗餐具的天禰，一邊對惠美說道：

「妳跟我到後面的房間來一下……天禰小姐！我去後面一下！」

「了解～」

天禰沒轉身便直接回答。

由於工作尚未結束，因此三人將外面交給漆原後，便互相點了一下頭，往位於店後方的住宿房間移動。

當然途中也沒忘記叫醒昏倒的蘆屋。

一行人走出店外，發現鈴乃正站在店旁邊，修補乾燥之後被海風吹壞了幾個部位的「沙樓・蒼天蓋」。

穿著泳裝做這種工作，理所當然地會吸引人群。而鈴乃本人也像個職業工匠般，完全不在意周遭的視線，全神貫注地工作。

雖然這畫面看起來十分地漂亮，但考慮到她的立場，這麼引人注目真的沒問題嗎？真奧領著兩人走向後面的房間，同時在心裡想著如果鈴乃被人照相會感到困擾，不如乾脆幫她做個柵欄好了。

「啊，她好像醒了。」

惠美一進房間便好像發現什麼似的抬起頭，坐在榻榻米上。

惠美自然地擺出抱小孩的姿勢，接著從她體內發出的光點便像是在配合那個姿勢一般，變成了阿拉斯・拉瑪斯的形狀。

「真方便，全世界的母親應該都會很羨慕吧。」

「如果不在乎睡到一半時會有人在自己的腦袋裡夜哭，那麼我會考慮把照顧跟自己融合的小孩的絕竅發表到部落格上……阿拉斯・拉瑪斯，妳醒了嗎？」

「嗯唔……唔……」

阿拉斯・拉瑪斯出現在惠美手中後，便一邊動來動去，一邊對著空中胡亂揮手。而她的手上，還非常寶貝地握著千穗昨天給她的鳥籠煙火玩具。

惠美一將自己的手往女孩空著的手靠過去，她便用小小的手握住了惠美的手指，緩緩睜開眼睛。

「早安，阿拉斯．拉瑪斯，尿布濕濕沒？」

「腳安……嗯，沒有濕濕。」

阿拉斯．拉瑪斯揉著眼睛，含糊地回答了惠美的問題。

「既然阿拉斯．拉瑪斯起床了，那我就幫到這裡囉。」

惠美抱著阿拉斯．拉瑪斯如此說道，而真奧也沒什麼異議地點頭。

「嗯，謝謝妳的幫忙。喔，出來了，我想讓妳看的就是那個。」

真奧指向房間角落的紙箱。紙箱後面立了一根細長的物體，而且上面還包著一塊既骯髒又破爛的黑布。

千穗與惠美往紙箱裡一看。

「啊，好可愛！」

千穗忍不住低聲說道。

「小鳥鳥動了！」

相較於惠美，阿拉斯．拉瑪斯伸出手，一副很想摸的樣子。

「不行啦，阿拉斯·拉瑪斯，不能摸。這隻鳥看起來很虛弱的樣子……」

『嗶……嗶……撒旦大人？您的工作，已經結束了嗎……嗶？』

「「？」」

「是嗶嗶鳥！」

惠美跟千穗因為小鳥突然出聲說話而不自覺地將身體往後仰。阿拉斯·拉瑪斯顯得興高采烈。至於被丟出去的鳥籠煙火玩具，則是讓人看起來感覺有些悲傷。

「喂，阿拉斯·拉瑪斯，那是千穗姊姊給你的東西，要好好珍惜啦。」

真奧一臉高興地看著三人不同的反應，並重新撿起玩具鳥籠讓阿拉斯·拉瑪斯握在手上。

『嗶……嗯……這是人類的氣息。撒旦大人……嗶，這幾位是？』

明明外表就是小鳥，叫聲也十分可愛，但配上那沉重的語氣之後，反而讓人覺得莫名地詭異。

「……這是，九官鳥之類的東西嗎？」

「好像……很可愛，又好像不怎麼可愛……」

千穗跟惠美一同向真奧詢問事情的緣由。

但真奧的回答，卻為兩人帶來了強烈的震撼。

「這傢伙是魔界的惡魔。昨天晚上起霧時，突然就從空中掉下來了。」

惡魔大尚書卡米歐。惠美從來沒聽過這種惡魔的名字跟職稱。

基本上她根本就沒想到會從惡魔口中聽見「內政」這兩個字。

據說這隻黑色的小鳥卡米歐，是一位打從真奧以魔王的身分開創霸業初期，就隨侍在他身旁的軍師。當時既沒有像魔王軍那種受到統率的組織，蘆屋跟漆原也完全不曉得有真奧這個人，是個魔界尚被混沌支配的古老時代。

當時計畫統一魔界的撒旦，底下只有一個連被稱為軍隊都讓人覺得不好意思的小規模戰士團，但他還是誠心地邀請卡米歐前來擔任軍師。

雖然對無力的人類而言是非常強大的存在，但卡米歐在惡魔中並不算是特別高位的個體。

儘管如此，卡米歐還是在實力與凶暴就是一切的魔界中，率領弱小的一族——其中有些成員的力量甚至比人類還弱——活了下來。

看上了這一點的撒旦，為了學會生存所需的技術而招攬了卡米歐。

卡米歐原本對當時還只是個弱小部落年輕人的撒旦不屑一顧，但最後還是被撒旦的見識感化而歸入他的麾下。

當然撒旦的那些經驗與知識，全都是來自於他小時候所遇見的天使。

「如果沒有卡米歐，我絕對無法建立起魔王軍這種組織。」

真奧是這麼認為的。

對惠美這些安特．伊蘇拉人而言，光這句話便足以讓他們將卡米歐視為罪該萬死的對象，但總之就算是在魔界，卡米歐也是少數擅長說服與交涉的惡魔。

卡米歐精通魔界所有部族的語言與習俗，而且還能聽見自然的聲音。

他當初掉到君濱時之所以會理所當然地使用日語，或許就是因為這個能力也不一定。

當時的撒旦聽從卡米歐的忠告，除了迴避強敵之外，還偶爾拯救其他部族免於災害，透過他的交涉術一點一滴地增加同伴。

而對撒旦跟卡米歐而言最大的轉機，就是與艾謝爾的邂逅。

當時艾謝爾的部族在地方上頗具勢力，而且他也跟撒旦與卡米歐一樣，是個打算透過比「力量」更加耀眼的「智慧」來擴大勢力的領導者。

當時撒旦的部隊規模已經成長到一定的程度並逐漸打響名號，但同時也因為將不同的種族聚集在同一個地方，而開始有引發內部紛爭的憂慮。

但在艾謝爾加入之後，撒旦便讓艾謝爾透過軍事擴張勢力，並委託卡米歐負責調停部隊內的爭議，大大地提升了組織的實力。等注意到時，他們的部隊已經成長為許多惡魔都從魔界各地趕來志願加入的龐大組織。

「在卡米歐所擬訂的組織改革案中，最讓我驚訝的就是飛龍的執照制。」

「飛龍的，執照制？」

「飛龍，是什麼啊？」

惠美跟千穗因為不同的理由而感到疑惑。

飛龍是魔王軍用來在戰場上進攻的一種騎乘魔獸。最貼切的比喻方式，應該就是一種會在天空飛的巨大蜥蜴，但騎這種東西，到底應該要向誰、又要如何申請執照呢。

「飛龍的數量不多。為了更有效率地進行戰鬥，就必須選拔出擅長操縱飛龍的惡魔，頒發勛章，透過這種形式授予他們戰鬥的資格。」

就這樣，操縱飛龍在撒旦的部隊中成為一種類似地位的標準，同時似乎也讓惡魔士兵的上進心與統率力得到了飛躍性的成長。

「……」

惠美沒想到魔界的惡魔居然具備如此高度的社會性，因此只能感到驚嘆不已。

最後撒旦統一了魔界並自封為魔王，在他以奪取安特．伊蘇拉的霸權為目標開始進軍時，便委任卡米歐為自己的代理人，統率所有留在魔界的居民。

而真奧還沒從卡米歐那裡問出，為什麼他會跟惡魔的士兵們一起掉落在千葉的君濱。

當然站在惠美的立場，這些話實在是令她難以置信。

「昨天晚上起霧時，真的有三個像卡米歐那樣的惡魔來到君濱嗎？」

「小鳥鳥，抱抱！」

看來阿拉斯．拉瑪斯非常想要摸摸看不同於煙火紙工藝品的真正小鳥，但惠美還是維持著嚴肅的表情，靈巧地制止了阿拉斯．拉瑪斯。

「雖然真要說的話，獨眼刻印鬼跟獸惡魔都是屬於偏向依靠肉體能力的類型，但考慮到君濱跟犬吠埼之間的距離，我們應該不可能感覺不到他們才對……」

「就是啊。我一開始也以為妳們會馬上飛過來呢。話說回來，這傢伙的傷應該不是妳們造成的吧？」

「如果是我下的手，應該當場就會給他致命的一擊。」

「換句話說……是真奧哥跟遊佐小姐以外的某人，打倒了來自異世界魔界的惡魔們囉。」

真奧點頭肯定千穗的總結。

「我打算之後去那座燈塔看看。」

「犬吠埼燈塔嗎？我們上午時才去過喔。」

「啊？」

千穗確認似的看向惠美，惠美也點頭回應。

「那裡只要付錢就能進去參觀。而且還能爬到最上層的樓梯喔。昨天鳴霧笛的霧信號所也在那裡。不過並沒有什麼讓我們特別在意的東西。」

昨晚起霧時，霧信號所便鳴起了霧笛。看來這點是真奧跟惠美等人唯一共通的認識。

「貼在樓梯上說明『距離樓頂還剩下幾階』的燈塔角色真的好可愛喔。」

惠美所說的特別之處，應該不是指觀光勝地那種溫暖人心的專欄。

「那些傢伙在起霧後現身，被霧捲走後再被光照到就消失了。要說這一切跟設有霧信號所的燈塔無關，反而還比較牽強吧？」

「不過，這裡是日本耶。又不像安特．伊蘇拉那樣會有人徹夜在燈塔上守衛，而且那是座很早以前就在日本蓋好的燈塔吧？怎麼可能會擁有那種類似法術或魔法的力量……」

就在惠美出言反駁時——

『嗶嗶嗶啊啊啊啊啊？』

「小鳥鳥！」

卡米歐突然發出尖叫聲。

原來想摸卡米歐（正確來說是小鳥）的阿拉斯．拉瑪斯，趁著大人們在討論正事時鑽出了惠美的手，用力抓住卡米歐的尾巴將他拉了起來。

「啊，阿拉斯．拉瑪斯妹妹，不行啦！」

「小鳥鳥，不行？」

『放、放開我，妳這個人類的小鬼！嗶！』

雖然被阿拉斯．拉瑪斯抓住的卡米歐放聲大叫，但那像蜂鳥般拍著翅膀並嗶嗶叫地大吵大鬧的姿態，實在難以讓人聯想到他就是魔界最高文官的惡魔大尚書。

「喂、喂，阿拉斯．拉瑪斯，不行啦！妳看，小鳥不是正在喊痛嗎？」

『好、好痛，好痛，我的尾巴快斷了！嗶！』

雖然父母為了不讓小孩子對生物或物品使用暴力——

「那個東西不是正在哭著喊痛嗎？」

都會使用這樣的句型安撫小孩，但這或許是世界上第一個小鳥真的在大聲喊痛的例子。

『唔啊嗶！』

惹惠美生氣的阿拉斯．拉瑪斯不情不願地放開了卡米歐。但由於卡米歐之前拚命地拍著翅膀，因此被放開後便一口氣衝到了房間角落。

卡米歐順勢撞上了位於紙箱後方、包著黑布的棒狀物體，最後就這麼被壓在底下。

「喂、喂，卡米歐，你沒事吧？」

長條形的某物在倒下去時發出了沉重的聲音。

『唔，嗶……呼，沒、沒什麼大礙……』

這次輪到真奧嚇得僵住了。

「膨、膨脹了！」

照理說被壓倒在黑布底下的卡米歐，突然像是泡了水的海帶般膨脹成雞的尺寸。

「咕咕雞！」

阿拉斯．拉瑪斯見狀，眼神馬上就亮了起來。

她趁惠美嚇得停止動作時的空隙，敏捷地衝了出來，並卯足了全力對雞尺寸的卡米歐使出擒抱。

「啊，喂、喂，阿拉斯．拉瑪斯！」

『唔，我、我才不會再中同一招嗶！』

然而卡米歐也不甘示弱。他推開壓在自己身上的東西，用短小的腳靈巧地抓住榻榻米，逃過了以猛烈氣勢衝過來的阿拉斯．拉瑪斯的魔掌。

「咕咕雞！」

『區區人類小童，別以為有辦法抓到在下嗶？』

整個房間頓時充斥著跑步與揮動翅膀的吵鬧聲。

拍著翅膀的黑雞與揮舞著雙手的銀髮稚子，宛如不斷繞著圈跑最後變成了奶油的老虎一般，環繞著真奧、惠美以及千穗跑來跑去。

「喂！阿拉斯．拉瑪斯！別鬧了，這樣會跌……」

惠美還來不及說完，阿拉斯・拉瑪斯就跌倒了。

她絆到了卡米歐之前弄倒的那根東西。

遵循著慣性法則在榻榻米上猛力地往前轉了一圈的阿拉斯・拉瑪斯，因為無法掌握狀況而瞪大了眼睛環視周圍。

「沒、沒事吧，阿拉斯・拉瑪斯！有沒有受傷？」

真奧慌張地扶女孩起身，但令人意外的是，阿拉斯・拉瑪斯居然一臉沒事般的搖了搖頭。

『呼、呼，嗶，呼，嗶……是、是在下贏了嗶……嗶？』

另一方面，外表一點都不可愛、在房間角落喘著氣的黑雞卡米歐，突然被吊起眼睛的惠美抓住脖子拎了起來。

「要是你敢害阿拉斯・拉瑪斯受傷，我就把你做成炒雞肉再丟進咖哩鍋裡面煮，給我做好覺悟吧！」

「那、那個，我覺得剛才那並非全都是卡米歐先生的錯……」

此時能夠出言勸戒這對笨蛋父母的人，也只剩下千穗了。

「好了，阿拉斯・拉瑪斯妹妹，跟雞先生說對不起。妳剛才嚇到雞先生了對吧。」

察覺到千穗的語氣罕見地變得有些嚴厲，阿拉斯・拉瑪斯雖然差點哭了出來，但還是緊咬著嘴唇點頭。

「嗚……對噗起。」

『唔、唔哈哈。區區、人類、幼童、開的小小玩笑，在下才不會為了這點小事就責備她嗶！』

雖然卡米歐看起來並沒有口頭上說的那麼游刃有餘，但他還是以誇張的說話方式乾脆的原諒了阿拉斯．拉瑪斯的暴行。

惠美在看見千穗的教育指導後便恢復了冷靜，有些尷尬地將雞放回了紙箱裡。

「……那麼，回到原來的話題，如果不是來接你們的，那這隻雞到底來日本幹什麼啊？還有……」

惠美指著那根壓在卡米歐身上並絆倒了阿拉斯．拉瑪斯，外面捲著髒兮兮黑布的某物。

「那是什麼？剛才又是怎麼讓他變大的？」

『唔……在、在那之前……』

卡米歐靈巧地用翅膀磨蹭剛才被惠美掐過的脖子，仰望真奧。

『撒旦大人，在下能在這些人的面前說明事情的經過嗎嗶？』

「啊？嗯，沒關係。」

真奧豪邁地點頭。

「唉，如你所見，這兩個人是人類。這位女孩是佐佐木千穗，她知道我跟艾謝爾的真實身分，我在這個世界受到她不少照顧。」

『喔，這樣啊嗶。人類的少女。在此代替吾主，向您致上謝意。』

黑雞卡米歐在紙箱中起身，彷彿將手貼在地上似的展開翅膀，向千穗低頭深深行了一禮。

「啊，那個，不客氣，我才是經常受到真奧……啊，撒旦先生的幫助。」

千穗也跟著正座，恭敬地回禮。

這正是魔界的大惡魔與日本的高中女生以日本的禮節打招呼，互相表示理解的歷史瞬間。

「然後，剛才抓著你屁股的小女孩跟這個女的，分別是聖劍跟勇者。」

真奧直截了當的介紹，讓卡米歐、惠美以及千穗各自以不同的方式感到大吃一驚。

『嗶？』

「喂？」

「真奧哥？」

卡米歐從紙箱中起身，目瞪口呆地仰望惠美與阿拉斯·拉瑪斯。

也難怪他會感到驚訝，不過惠美與千穗驚訝的程度更勝一籌。

「你怎麼這麼乾脆地就說出來啦！」

儘管外表看起來只是隻雞，但他的真面目可是位足以代理魔王的大惡魔。

既然卡米歐對惠美而言是敵人，那麼反過來說當然也一樣。

『您說……她是嗶劍的勇嗶？』

「……我還是把他做成炒雞肉丟進咖哩裡面好了，可以嗎？」

「住手啦，他又不是故意講錯的。」

這次輪到真奧親自出手阻止惠美。

「喂，卡米歐，別搞錯了。不是嗶劍的勇嗶，而是嗶劍『與』勇嗶才對。」

「真奧哥，請你認真一點啦，不然遊佐小姐就不會聽你們說話了。」

在千穗冷靜的吐槽之下，總算是避免了惠美用鐵爪攻擊真奧喉嚨的慘劇。

『撒旦嗶。』

「誰是撒旦嗶啊！」

「撒旦嗶！」

阿拉斯．拉瑪斯開心地叫著。

這次輪到真奧打算用手把卡米歐給抓起來，但卡米歐快速地向後躲開。

『聖劍的勇者，應該是導致進攻安特．伊蘇拉的軍隊潰敗的主因。為什麼，您會跟勇者，還有聖劍，變得那麼親密呢…………嗶！』

有一種原本打算認真地問到最後，但結果還是忍不住的感覺。

姑且不論那個「嗶」一聲，卡米歐的語氣聽起來並沒有責備真奧的意思。

只是想知道真奧的真意——就是那樣的語氣。姑且不論那個「嗶」聲。

先回答的人並非真奧，而是惠美。

「……只是順其自然而已。話先說在前頭，我可是隨時都準備好要取魔王的性命。你要是敢輕舉妄動，那我也不會輕易饒過你。最好還是別告訴其他惡魔我就是聖劍勇者，這樣對你會比較好。」

如同往常，惠美吐出怎麼看都像是只有凶惡的反派會說的臺詞，威嚇著黑雞。

「……事情就是這樣，實際上還要再複雜一點啦。而且，我想你應該能夠理解……艾謝爾一開始不也是我們的敵人嗎？」

『…………嗶。』

真奧盤坐在榻榻米上，溫和地對紙箱中的雞繼續說道：

「回想一下我們到底是怎麼稱霸魔界的吧。我在這個國家看見了一個夢想……或許我們也能跟人類做到一樣的事。畢竟即使是順其自然，就連我跟勇者都能一起聯手了呢。」

惠美與千穗絕對無法理解兩人的互動。

『那個霸業之夢……』

這是撒旦與卡米歐在很久很久以前所訂立的契約。同時，也是卡米歐決定侍奉年輕撒旦的理由。

『無法與東方元帥大人一起扶持您，實在是令人遺憾嗶。』

——要是我贏了，就算昨天還是互相殘殺的敵人，也能成為明天的夥伴——唯一一位知道所謂的霸業並非只是殺光敵人，並將土地燒成荒野的惡魔。

「所以我希望你，能夠稍微忍耐一下。」

真奧笑道。

「喂，你們在說什麼啊？」

「真奧哥？」

真奧有些難為情地轉向看起來一臉焦急的惠美與千穗。

「……在說我是怎麼統一魔界，還有為什麼會進攻安特．伊蘇拉失敗的事情。」

「什麼？」

「雖然妳們可能難以置信，但卡米歐是個明白事理的人。不會對人類或勇者有偏見。妳應該也能理解吧。打從天界直接厚著臉皮出手干涉開始，安特．伊蘇拉的狀況就沒有單純到只要妳我拚個妳死我活便能解決問題。而且就算我們遲早要做個了斷，也還有阿拉斯．拉瑪斯的問題在。如果我們現在鬥起來，或許會害阿拉斯．拉瑪斯殺害自己的父母也不一定。」

真奧摸著阿拉斯．拉瑪斯的頭髮。

「噫嘻～」

而阿拉斯．拉瑪斯也看起來很舒服似的接受了那雙手。

「雖然現在是能夠同桌吃飯的關係，但妳並沒打算只因為目前的情勢就原諒我吧？」

「那還用說，你到底想說什麼？」

惠美的聲音總算開始帶著危險的氣氛。

「我知道我們總有一天必須做個了斷。但為了那個時刻，針對現在發生的事情，我們應該要共享最低限度的情報。不然或許又會像加百列那時候一樣，讓阿拉斯．拉瑪斯面臨危險。」

「……」

無法接受。雖然對方是個魔王，但未免也太講道理了，讓人完全沒有反駁的餘地。

惠美知道。這些事情就算魔王不說，她也知道。

『……撒旦大人一點都沒變，闡明事理時還是一樣的直率，嗶。但若彼此互為仇敵，就算理智上能夠理解，感情還是無法那麼順利。』

看見惠美的樣子後，卡米歐嘆了口氣說道。

『聖劍的勇嗶啊。』

「誰是勇嗶啊！」

『如果無法接受，只要這麼想就可以了嗶。既然我們擁有共同的敵人，那麼只要在不干擾對方的狀況下共享情報就好，並沒有非得並肩作戰的必要嗶。』

惠美瞪向對語尾加上「嗶」這件事慢慢不再感到排斥的卡米歐。

「……事到如今就算你們不用那麼囂張地對我說教，我也懂啦。還是快點繼續討論下去怎麼樣？我就自己待在旁邊聽囉。」

結果惠美還是只能一個人狼狽地轉過身。畢竟真奧跟卡米歐所說的話，全部都是正確的。真奧、卡米歐以及千穗，一同苦笑地看著惠美的背影。

再怎麼說，惠美自己也知道這些事情。

「那麼，卡米歐，我重新再問你一次。你們來日本到底是為了什麼？你說魔界跟安特．伊蘇拉將再度陷入亂世，又是什麼意思？還有，這東西到底是什麼？」

真奧最後指向用黑布包起來、外表看起來十分沉重的棒狀物體。

裡面包的東西是卡米歐帶來的一把寶刀。

即使他身上的鎧甲碎裂，自己也縮小到變成小鳥的尺寸，但就只有這把寶刀依然維持原狀，而且也沒有失去它的光輝。

之所以會用卡米歐的斗篷包住，除了擔心不小心被天禰看見以外，就是因為真奧沒來由地有一種預感，認為它應該不只是一把華麗的寶刀而已。

至今從安特．伊蘇拉來到這裡的天使們，無論是為了奪取聖劍，還是抹殺惠美與真奧，都有著非常淺顯易懂的目的。

但居然有惡魔為了迎接真奧等人以外的目的來到日本，從這個狀況能夠推測出來的事情實在太少。充滿了謎團。

『那是……』

就在卡米歐正打算開口回答真奧關鍵的質問時。

有人敲了房間的門。

「……是？」

如果是漆原，那麼應該會直接開門進來。而若是蘆屋或鈴乃，在開門前就會事先出聲。既然如此……

「真奧老弟。」

那是天禰的聲音。

不曉得為什麼。明明天禰的聲音跟平常沒什麼兩樣，但或許是因為空調造成的錯覺，總覺得對方的語氣似乎莫名的冷淡。

「我剛才好像聽見有人在殺雞般的聲音，沒事吧？不過在翹班中夫妻吵架，感覺還滿新奇的呢？」

雖然有很多地方令人想要吐槽，但或許是因為真奧一直沒回去，所以天禰才會過來叫人也不一定。

剛才卡米歐的慘叫與惠美的怒吼，該不會都傳到外面去了吧。

「我可以開門嗎？」

「請、請。」

真奧回答，同時以眼神暗示卡米歐「不准說話」。因為她完全不曉得真奧等人的事情。

「打擾囉……那隻雞是怎麼回事？」

天禰的外表看起來跟剛才沒什麼兩樣，綁起來的頭髮微微滲出汗水，圍裙上沾著油與咖哩濺起的汙漬，她打開門後，便脫下涼鞋走進房間。

天禰漆黑的雙眼並非看向真奧、惠美、千穗或阿拉斯・拉瑪斯。而是筆直地盯著卡米歐。

真奧沒有漏掉這股不對勁的感覺。

打從開門的瞬間，天禰的視線就一直停留在裝著卡米歐的紙箱上面。

簡直就像是知道裡面裝了什麼，以及發生了什麼事一般。

若單純只是來看看狀況，那麼同時看向天禰的真奧、惠美以及千穗必定會有一人跟她的視線對上。

天禰邊盯著卡米歐邊靠近他。

「什麼，黑色的雞？你們打算烤雞來吃嗎？」

『嗶？』

卡米歐發出了害怕的聲音。

「那個……我昨天晚上發現這隻雞受傷了……」

真奧勉強地解釋。到底要怎麼迷路，才會有雞跑到海邊來呢。但真奧一時也想不出其他理由，更何況這也不算是說謊。

就連真奧說明的時候，天禰的視線也沒有一絲的偏移。

「這附近沒有養雞的農家，所以我想應該是別人的寵物吧？還是通知一下附近的獸醫會比較好喔。」

「我、我知道了。」

「還有，漆原老弟一直在抱怨呢，叫你們快點回來。雖然應該已經不會再有人潮來，但也差不多該準備收拾一下了。」

真奧感覺到對方似乎正緩緩地解除緊張。

仔細想想，若房間正中央有隻雞，那麼的確會顯得很醒目，而且真奧等人也確實談了很久，身為雇主的天禰來說一兩句話也沒什麼不可思議。

轉換了一下心情後，真奧低頭回答：

「不好意思，我馬上回去。」

「嗯。」

說完後，天爾總算不再繼續盯著卡米歐。
「……嗚？」
「真小呢。不曉得妳將來會成為什麼樣的大人。」
「哇噗。」
天爾一看見被惠美抱著的阿拉斯．拉瑪斯，不知為何便露出了神祕的笑容，她輕輕地摸了一下女孩的頭，然後走出房間。
「……總而言之，看來暫時只能講到這裡了。」
既然是受僱之身，那麼當然無法違抗雇主的命令。
講是講打烊，現在也不過才傍晚。由於海之家在太陽下山之前就會打烊，因此晚點兒應該還是有說話的時間。
「……我會留下來聽剩下的事情，你就去工作吧。」
惠美小聲地說道。
「啊？」
「……我說我會留下來聽啦！如果有必要立刻行動，我會馬上通知你，快點去工作啦！」
惠美以彷彿要用視線射殺對方的表情，瞪向還想繼續問下去的真奧。
「那、那真是幫了我一個大忙……這樣好嗎？」

「沒什麼好不好的，你們不是都這樣對我說教的嗎？」

真奧跟卡米歐當然不可能知道惠美所說的「你們」，其實也包括了千穗在內。

惠美本身很明顯尚未接受目前的狀況，現在依然還是滿臉通紅，彷彿隨時都會哭出來，但她畢竟是個經過激烈戰場洗禮的戰士，並非不曉得事情輕重緩急的人。

「……那麼，就拜託妳囉。」

「我才不接受你的拜託！只是我自己想聽而已！」

「好好好，那樣就行了。那麼，卡米歐，不好意思，你就跟這傢伙……」

『就是剛才那個女人。』

「說明……啊？你說什麼？」

卡米歐簡短的陳述中，已經不再出現「嗶」聲。

『剛才那個女人……擁有遠遠超過在下、宛如鬼神一般的力量。』

「……你是在說天禰小姐嗎？」

真奧與千穗，甚至就連惠美，都開始懷疑起自己的耳朵而緊盯著卡米歐。

擁有小小的鳥喙與圓潤的大眼，惡魔大尚書沉重的點頭。

『就是那個女人……利用巨龍的嘶吼吞噬了在下的士兵們……』

※

大黑屋在天空開始染上紅色時打烊。

畢竟過了下午五點以後，就只剩下使用淋浴室與投幣式置物櫃的客人。

真奧一行人刷洗鐵板、清洗飲料機的冷卻排水盒、將刨冰機蓋起來，並檢查剩下的食材、飲料以及其他商品。

天禰用收銀機打出今天的銷售記錄後，便將今天的營業額概算公布給所有人看。

接下來只要計算從投幣式置物櫃跟淋浴室收回來的百圓硬幣，就能算出今天一整天的總營業額。

「今天光是收銀機的部分……就有到三十五萬圓了。」

天彌笑笑地亮出銷售記錄。

「雖然還得把漆原老弟那裡的飲料跟刨冰、蘆屋老弟那裡的外帶，還有淋浴室跟置物櫃的錢收回來計算……但差不多會有五十萬圓吧。大概是這間店有史以來最高的記錄了。」

「不過，今天要不是有小千她們過來幫忙，或許中途就會搞砸也不一定，而且還有些額外的零用金支出。關於這部分，必須再稍微檢討一下才行。」

真奧拿著銷售記錄，對照去年的帳簿。

關於低估了來客數導致工作量超出負荷這點，的確是有必要反省，不過單就帳面數字來看，居然計算出超過去年營業額兩倍這種天文數字般的成績。

某方面來說，這當然要歸功於真奧的策略，但最根本的原因，還是天禰一家過去做生意的方式太隨便了。

「別這麼認真嘛。看來得發獎金了，發獎金吧。如果每天都能這樣，那麼不發也不行了！啊，遊佐妹妹、千穗妹妹、鎌月妹妹，這個給妳們。」

天禰叫住了從泳裝換回普通衣服、正準備回旅館的三位女性。

「這是兩天份的打工費。真是幫了大忙，謝謝妳們啦。特別是鎌月妹妹，我有多加沙城的費用。方便的話，真希望妳每天都能來幫忙做呢。」

鈴乃的大作「沙樓・蒼天蓋」相當引人注目，而人潮又會吸引更多的人潮，毫無疑問地是今天的幕後功臣之一。

真奧也正認真地檢討將來能否讓鈴乃的特技發揮在其他地方。

真奧回來工作後，天禰在房間內散發出的異樣感已經消失。

而繼續幫忙的千穗，似乎也馬上就恢復了原本的步調。

即使如此，真奧還是感到有些不安。

一方面當然是因為卡米歐說自己遭到天禰的攻擊，而另一方面，就是惠美的狀態到現在依

然顯得不自然。

真奧回到店裡後大約過了一小時，惠美就抱著阿拉斯·拉瑪斯走了出來，但無論是看在誰的眼裡，她的表情都是一臉憂鬱。

就連之後跟阿拉斯·拉瑪斯、工作告一段落的千穗以及鈴乃一起到海邊玩時，惠美的臉色還是會突然就變得陰暗下來。

「不過真可惜，大家明天就要回去了吧。」

天禰似乎是想挽留三人，但惠美只是本業碰巧遇到連假，而千穗也跟父母有約在先。雖然天禰看起來並沒有很認真慰留，但三人依然知道她是真心地感到遺憾。

「……喔？」

真奧短褲的口袋裡，傳出了手機收到簡訊的震動聲。

「……」

當然，真奧並沒有愚蠢到會看向發送人。

「怎麼了，真奧。你的臉色有點黑喔？」

「你也一樣啊，漆原。話說那只是曬黑了吧。」

在海邊工作了一整天惡魔們，皮膚全都變成了淺淺的小麥色。

天禰找千穗去鈴乃做的沙城前拍紀念照片，而發現原來惡魔也會曬黑這種無關緊要事實的真奧，則是在注意別被天禰發現的情況下，對著漆原與蘆屋招手。

「我今晚要出門，你們也跟來吧。」

※

犬吠埼燈塔是招聘英國的燈塔設計師理查．亨利．布郎頓來設計，並在他的施工監督之下，於明治七年竣工、點燈的一座燈塔。

受到戰爭的影響，燈塔的設計曾經過幾次更新，目前是日本六座第一等燈塔之一，而透過第一等菲涅耳透鏡所照射的燈光，甚至能傳到約三十五公里之外。

寧靜漆黑的海上閃過一道燈光，真奧、蘆屋與漆原正抱著一個小紙箱，在燈光源頭的燈塔下與惠美對峙。

「妳一個人啊……小千跟鈴乃呢？」

「我把事情都告訴貝爾了，為了以防萬一，我請她待在小千身邊。」

真奧心想，總不會事到如今才說要決鬥吧，還是說惠美認為這次會面最後，將發生什麼「萬一」的狀況呢。

不見蹤影的愛女，或許就是解開這個疑問的關鍵。

「阿拉斯・拉瑪斯呢？」

「在這裡。」

惠美這次不是指著頭，而是按著自己的右手說道。

「這是怎麼回事。總不會是為了在這種地方跟我做個了結，才把我叫出來的吧？」

真奧在打烊時收到的簡訊，正是惠美所傳。

不只是手機號碼，真奧根本沒印象曾經告訴惠美自己的郵件地址，想必應該是從千穗那裡問來的吧。

『今晚十一點帶著卡米歐到燈塔前面來，而且絕對不能被天禰小姐發現。』

惠美的簡訊內容十分簡潔。

真奧既沒有答應也沒有回信，但惠美似乎還是知道真奧一行人會過來。

「雖然那樣也滿有趣的，但可惜你猜錯了。卡米歐，告訴他吧。我找魔王過來的理由。」

『嗶，真沒辦法。』

卡米歐的聲音變得比之前清楚許多，看來是恢復得差不多了。

三位大惡魔將臉轉向箱子裡的小鳥。勇者跟惡魔大尚書事先商量好，到底是打算公布什麼事呢。

從犬吠埼眺望銚子的海景，海面的顏色讓人產生一股不祥的漆黑預感。

不符合夏夜的冷風，吹拂著異世界居民的頭髮。

『撒旦大人、東方元帥大人、路西菲爾，這個國家或許正面臨了危機也不一定嗶。』

「所以說，為什麼你每次都只針對我不用敬稱啊。」

卡米歐無視漆原的抱怨，繼續說明下去：

『聽見勇者艾米莉亞與聖劍之子在這裡時嗶，在下真是嚇得腿都軟了嗶。現在有一個既非魔王軍，亦非魔界人士的勢力吸收了許多惡魔，正拚了命地在尋找「艾米莉亞的聖劍」呢。』

「既不隸屬於魔王軍，又不是魔界人士的惡魔？那是什麼意思？」

真奧低頭看著手上紙箱內的雞問道。

『嗶，這是幾十天前發生的事。一個人類造訪了魔界的魔王都撒塔奈斯亞克，並大肆宣言只要得到「聖劍」，就能得到稱霸魔界、天界以及安特．伊蘇拉三界的力量嗶。而那些主張替魔王大人報仇的激憤主戰派，就這麼被那個人的花言巧語給煽動了嗶。』

在真奧背後，不只是蘆屋，就連漆原都驚訝地倒抽了一口氣。

居然會有人類造訪魔界，在漫長的魔界歷史中，這是前所未見的事態。

普通人光是接觸到充斥於魔界的魔力就會失去意識。

即便僅僅是待在恢復撒旦姿態的真奧身邊，都曾讓千穗因為接觸到魔力而無法呼吸。

「據卡米歐所說，在魔王軍潰敗後，魔界似乎分成了主張替你報仇、打算派遣第二次侵略

軍的主戰派，以及相信你還活著、主張溫存國力的穩健派。卡米歐為了協調兩派人馬而費盡心力，但那個人類卻打破了魔界的平衡。」

居然是由惠美向真奧說明魔界的狀況，這實在是個奇怪的畫面。惠美無視疑惑的真奧，繼續說道：

「那個人類說聖劍有兩把，而其中一把就是這個。」

惠美完全沒確認周圍是否有普通的日本人，就直接亮出了自己的聖劍。

「進化聖劍．單翼」。

擁有「善之半身」之意的聖劍分身。

「知道『進化聖劍．單翼』跟我一起待在日本的人類並不多。」

聽見這句話後，真奧總算理解了狀況。

為什麼沙利葉打從一開始就知道惠美聖劍的所在之處，而他又是從哪裡得到這個情報。

在安特．伊蘇拉，的確只有少數的「人類」知道惠美的聖劍在哪裡。

過去的旅伴艾美拉達與艾伯特，以及惠美在日本認識的鈴乃——克莉絲提亞．貝爾。此外就是在鈴乃來日本前，從她那裡得知艾米莉亞尚在人世的大神官聖壇的六大神官，以及——

『帶領主戰派並消失無蹤的那個人類，自稱是奧爾巴．梅亞嗶。』

「那傢伙到底在想什麼，又幹了什麼好事啊？話說他什麼時候逃跑的？」

對這個名字感到最震驚的人，正是這幾天才針對奧爾巴思考了許多的漆原。

知道惠美人在日本、對她採取明確的敵對行動，而且還死性不改的人，就只有奧爾巴一個人。雖然事先便有預想到他，但實際聽見時還是有些令人難以置信。

「我不需要無謂的同情……」

曾在日本與奧爾巴直接交過手的蘆屋，後悔地咬緊牙關，握緊拳頭。

「卡米歐大人。跟隨奧爾巴的主戰派領導者是誰？」

『是南方元帥馬納果達的副官，巴巴力提亞大人嗶。』

「別在講正經話的時候，用那種像是口袋寶寶的說話方式啦！」

真奧用力地抓著頭。

「不過如果是要談這件事，應該用不著挑這種開闊的地方，直接在大黑屋談就好了吧。反正天禰小姐也回去了。」

「你當時應該也聽見了吧，或許就是天禰小姐打倒了卡米歐他們也不一定。」

「我是有聽說啦……」

「雖然你可能因為那個人個性太直率所以忘記了，但她可是那個房東的親戚喔。別忘了就算她不是我們的敵人，還是有可能並非普通的人類。」

惠美的態度還是一樣嚴厲。

但這次的嚴厲似乎跟以前不同，聽起來並非是基於單純的敵意才如此責備真奧。

「即使天禰小姐擁有連我們也不曉得的神祕力量，而且就是打倒卡米歐跟惡魔士兵的人……我們也不能把即將發生的事情交給她處理。」

「即將發生的事情？妳的意思是接下來會發生什麼事嗎？」

卡米歐「嗶嗶嗶」地回答蘆屋的問題。

『在下認為不應該讓異世界捲入我們的戰爭，因此打算趁被人類煽動的主戰派在異世界掀起騷動之前，偷偷地來這裡確保艾米莉亞的聖劍嗶。由於奧爾巴·梅亞只提到聖劍位於異世界國家日本一個叫做東京的某處嗶，在下只好無可奈何地將「門」的出口設定在海上，打算從預測地區的東部開始進行地毯式的搜索……』

換句話說，卡米歐之所以會在關東地區的最東端出現，完全只是出於偶然。

「話先說在前頭，這裡可是千葉，不是東京喔。」

「不過，千葉不是有很多設施的名字都以『東京』做為開頭嗎？」

「閉嘴，路西菲爾。這不是那個問題。」

『這也不一定是完全出於偶然嗶。奧爾巴提供了尋找聖劍的線索，我一用後就在這個地區出現了反應嗶。』

「尋找聖劍的線索？」

感覺最近才從某人那裡聽過類似的話題。

在真奧回想起來之前，卡米歐已經接著說道：

『然而結果卻變成了這副德性。面對這國家的強者，我完全無能為力……』

卡米歐愧疚地低下頭，惠美則是代替他繼續說明：

「那個主戰派率領的大型部隊，已經朝日本……朝地球前進了！」

「啊？」

「妳說什麼？」

「為什麼不一開始就先說啊！」

『嗶！』

漆原、蘆屋以及真奧一同發出驚嘆，真奧甚至還因此弄掉了裝著卡米歐的箱子。

『根、根據事前的情報與計算過「門」的規模後，我預測他們會在今晚夜半時抵達……他們打算從這塊最東側的地區，以人海戰術開始進行地毯式的搜索嗶。』

黑雞緩緩爬出紙箱，將腳縮在翅膀底下坐在地上。

『坦白講，那位女性的力量實在超出常軌嗶。難保接下來現身的部隊不會重蹈我等的覆轍……』

講得坦白一點，卡米歐的言下之意，就是連那第三勢力的部隊也不是天禰一個人的對手。

沒想到天禰身為人類卻擁有如此強大的力量，雖然間接得知這件事實的真奧至今依然沒什麼現實感，但卡米歐的態度是認真的。

『儘管是對方單方面地斷絕了關係，但巴巴力提亞大人同樣也是打算統一魔界的同胞。在下實在不忍心與他敵對，更不能坐視被他煽動的部下們跟那位女性衝突，造成同胞們無謂的犧牲。』

「雖然惡魔不管怎麼樣都跟我沒關係啦。」

惠美徹底地表明自己要跟惡魔勢力劃清界線。

「不過若這件事跟奧爾巴有關，那麼我就不能坐視不管了。這跟天禰小姐是否擁有超越人類的力量無關，我也不在乎對方是敵是友。」

惠美瞪向真奧。

「如果有惡魔大軍為了爭奪聖劍而來到日本，那麼將爭端帶來這個國家的你跟我，就必須要負起責任趕走他們才行。怎麼可以將事情都推給天禰小姐一個人呢。」

此時燈塔的閃光劃過了毅然宣言的惠美上空。

「……我希望她是我們的同伴呢……基本上房東跟天禰小姐都是好人，要是沒有她們，我們早就失業了。」

真奧寂寞地笑道。

「惠美。」

「什麼啦。」

「……虧妳居然能相信這些話呢。」

「咦？」

惠美的表情瞬間浮現出警戒之色。畢竟真奧的說法，就好像是在暗示他命令卡米歐說謊似的。

「妳都不擔心這是瀕死的惡魔為了救我，而對妳設下的陷阱嗎？」

「……什麼嘛，原來你是想說這個啊？」

然而惠美卻沒趣地回答：

「就算你們跟那隻小雞想陷害我，又能拿我怎麼辦呢？」

惠美的態度中充滿了自信，但看起來似乎又有些刻意。

她盡全力挺起胸膛，打算擺出輕視真奧等人的樣子，但中途便打消了念頭……不如說是因為覺得太愚蠢而放鬆了表情。

「別太小看人好嗎？」

「啊？」

惠美用力皺起眉頭，將手抵在額頭上。

「因為你讓我跟卡米歐商量時，不是也讓千穗跟阿拉斯·拉瑪斯同席了嗎？所以啊……」
「啊、嗯……啊？所以呢？那是什麼意思？」
好像明白，又好像不太明白。而繼續追問之後，惠美像是想要逃避真奧一般，將臉轉過去背對真奧。
「因為你雖然是個邪惡的惡魔兼他們的老大，而且還又窮又卑鄙，是爸爸的仇人與全人類的敵人，簡直就像個太空垃圾，是地球軌道上的廢渣！不過……」
儘管打從心底感到不悅，但惠美還是以顫抖的表情繼續說道：
「你不是那種寧願背叛千穗跟阿拉斯·拉瑪斯也要說謊的傢伙，至少我對你們，還是有這點程度的信任！所以……」
依序瞪向被自己的氣勢壓倒，直眨眼睛的真奧等人後——
「關於這件事，你們要跟我一起負起責任啦！」
惠美的吶喊聲響徹了夜晚的海角。
「……聽懂了沒？聽懂了就快點把我剛才說的話忘掉！你們這些太空垃圾！」
惠美以彷彿要將寄宿了阿拉斯·拉瑪斯的聖劍扔出去的氣勢大喊。
海風像是被惠美的巨響給壓倒似的靜止，令人尷尬的沉默瞬間降臨。
「雖、雖然感覺完全沒被妳信任，而且這跟太空垃圾好像也沒什麼關係……」

真奧仰望著閃光劃過的夜空點頭。

「謝啦，謝謝妳相信我們。」

或許是錯覺也不一定，感覺惠美的表情因為這句話而突然變得溫和。

然而那溫柔的表情只是瞬間的幻影，接著惠美馬上就發出了猶如地獄閻羅王般的怨恨聲。

「我、不、是、叫、你忘掉嗎？」

惠美揮動聖劍，反射出來的光芒宛如燈塔的閃光般劃破夜晚的黑暗。

『那個，那個，阿拉斯．拉瑪斯，也會加油喔！』

儘管惠美的站姿看起來就像女武神一般莊嚴神聖，但從聖劍傳出的悠哉聲音，卻讓場面變得有些不上不下。

然而，這樣也不錯。

『……真是一段不可思議的緣分呢嗶。』

「真是的。不過，我們到底怎麼辦？如果真有一支惡魔大軍攻過來，坦白講我不認為自己會有勝算呢。」

『關於這點嗶，在下有個好方法嗶，在下帶來的那把寶刀……』

就在所有人都忍耐著那個開始讓人有點厭煩的「嗶」聲，仔細聽卡米歐的提案時。

照著遙遠海面的燈塔閃光，瞬間映照出了——

一片被撕裂開來的黑暗。

「……來了嗎？」

令人意外的是，最先察覺到異狀的人居然是漆原。

雖然真奧、惠美以及蘆屋都不知情，但其實在加百列來襲時，最早感應到有人開「門」的人，也是漆原。

追著漆原的視線，在場所有人都忍不住懷疑起自己的眼睛。

夜晚的雲間不知何時出現了一條清楚的黑色裂縫穿過天空。

「……喂喂喂喂，這怎麼看都不只一支部隊啊。」

裂縫中竄出了彷彿群起遮蔽夜空的蝙蝠，或是即將展開遠行的候鳥般的無數黑影。

「遠光映眼！」

漆原輕聲低語，注視著目前還只像是帶狀雲霞的人影。

「跟卡米歐說的一樣，雖然目前沒看見巴巴力提亞的身影，但全都是馬納果達過去的部下，馬勒布朗契族的惡魔。」

「你從這裡就看得見那裡嗎？」

惠美瞇著眼睛凝視海面，有些驚訝地向漆原問道。

「這只是簡單的法術啦，畢竟我有一半是天使，而且最近每天都在吃貝爾煮的飯。那傢伙使用的食材都有經過祝聖，還有其他問題嗎？」

昨晚驅散打算抓住卡米歐的霧時，漆原背上的翅膀之所以是白色，應該就是這個原因吧。

但現在不是問這個問題的時候。

「……為什麼那些傢伙來到日本後，也沒失去惡魔的外形？」

蘆屋提出了其他問題。

「我怎麼知道。要不是他們帶著能夠供給魔力的物品，就是跟那扇開著沒關的『門』有關吧？」

無論如何，一行人目前在這裡還是無法判斷。

就現實層面來說，能以跟在魔界時同樣姿態活動的惡魔大軍，正出現在真奧等人面前朝日本逼近。

惡魔大元帥馬納果達所率領的馬勒布朗契族，按照人類的說法就是擅長屍靈術的一族。

人類對屍靈術的認識，只停留在認為那是一種讓惡靈或屍體復活，並加以操作的禁忌邪術；但實際上那單純只是應用了傀儡術，讓魔力憑依在屍體上後操縱的法術罷了，若少了施術者的控制，傀儡本身根本就沒有單獨戰鬥的能力。

擅長利用人心空隙的馬勒布朗契族長馬納果達，在撒旦率領的大元帥中只能敬陪末座。

馬勒布朗契族的身材大小跟人類幾乎沒什麼兩樣，特徵在於蝙蝠般的翅膀以及從四肢分別

延伸出來的一根特別長的利爪。

「我大略數了一下……差不多有一千隻吧。」

這已經是十分驚人的數量了。既然從犬吠埼就能看得見他們，那麼或許海面上的船隻也已經注意到那些惡魔了也不一定。

「海上那些船上的人說不定會有危險！我先過去囉！」

惠美從口袋裡拿出營養補給飲料的瓶子然後一口氣灌下去。

然後用手背擦了一下嘴角，同時對雙腳灌注力量，接著全身便開始發出耀眼的光芒。

「要上囉！阿拉斯．拉瑪斯！」

『喔！』

「天光駿靴！」

真奧還來不及阻止，惠美便化為一顆流星飛向大海。

馬勒布朗契族的惡魔們似乎也發現了惠美強大的聖法氣，浮現在黑夜中的人影像是在重整隊伍般開始激烈地起伏。

「喂、喂，卡米歐，我們該怎麼辦才好。你剛才說那把刀怎麼樣？」

真奧跟蘆屋身上都只剩下最低限度的魔力，而只能使用簡單法術的漆原，力量也還沒恢復到有辦法與如此龐大的集團對抗。

這樣下去一行人就只能看著惠美與馬勒布朗契族周旋直到事情結束。

『嗶！這下不妙了嗶！對了，撒旦大人，還有在下帶來這個國家的寶刀，只要撒旦大人將那把武器拔出刀鞘……嗶？』

卡米歐總算發現真奧、蘆屋以及漆原三人正激動地瞪著自己。

「沒想到堂堂卡米歐大人，居然……」

「卡米歐，不行，你這樣不行啊。」

『路、路西菲爾？東方元帥大人？到、到底怎麼了……』

「如果你覺得那東西有必要，那出門的時候就該一起帶出來啊，笨蛋！」

真奧揪起卡米歐。

『啊！嗶？』

「叫什麼叫啊，笨蛋！你應該事先就知道會用得到那把刀吧？難道現在才要悠閒地從犬吠埼跑回大黑屋拿嗎？在這段期間之內，惠美就把他們全都收拾掉啦！」

『嗶嗶嗶……撒旦大人……好難受嗶！』

「啊，真是的，就算在這裡掐死你烤來吃也沒用。喂，蘆屋，沒辦法了，你現在快點跑回去拿吧。」

「遵、遵命……啊！」

蘆屋慌慌張張地轉身跑了出去，但跑沒五步就跌倒了。

當身高超過一百八十公分的大男人展現出自己笨拙的一面時，只會讓觀眾覺得煩躁而已。

「……因、因為穿的是不習慣的海灘鞋，所以一個不小心……」

蘆屋本人似乎也很清楚這點，像是為了閃躲背後冷淡的視線般快速起身，準備重新踏出腳步——

「喔，你們在找的東西是這個嗎？」

但某人突然在他眼前遞出一樣物體，讓他連忙緊急煞車。

「我還在想這把名刀怎麼跟鳥老弟的尺寸不符，看來這東西與其說是武器，不如說是你們的王牌呢。」

來人擁有一張完全沒化妝、既美麗又堅毅的臉龐，身著樸素的T恤與圍裙，而那個人拿在手上的，正是即使卡米歐變成了小鳥、漆黑的鎧甲碎裂，依然沒有失去光芒的那把寶刀。

「天禰……小姐？」

「沒錯，我就是天禰小姐喔～」

大黑屋的臨時店長，大黑天禰露出跟平常一樣的豪邁笑容揮手回應。

「真是的，我還在想照理說應該被我強制送還回去的魔力為什麼還殘留了一點，原來是這樣啊。你看這把刀，只要將它從裝飾了許多寶石的刀鞘裡拔出來……」

天爾緩緩地拔出被收在捲著卡米歐斗篷的刀鞘裡的寶刀。

從鞘中解放的寶刀有著深紅如血的刀身。

「如你所見，這是一把魔刀……唔嗯，光是稍微拔出刀鞘就有點勉強了。你打算怎麼處理這東西？」

天爾再次將刀身收回刀鞘，筆直地看向真奧。

「啊，都這時候了，可別來『哎呀，天爾小姐，您怎麼會在這兒啊』那套喔，那太冷了。你們只要說明要怎麼使用這把刀，還有打算怎麼辦就好了。」

天爾悠然地提問，彷彿是在問明天要準備什麼材料一般。

一開始看見寶刀出現的蘆屋姑且不論，就連漆原、卡米歐以及真奧都難掩驚訝的表情，猶豫著該如何回答。

就在他們疑惑的這段時間，惠美跟馬勒布朗契一族之間的戰鬥已經開始了。

「振作一點！真奧貞夫！」

天爾大聲激勵遲遲無法回答的真奧。

「都讓女孩子說出那種話了，結果自己卻什麼也說不出來嗎？虧你還是個男人，真是不像話！」

說著說著，天爾順勢將有著不祥刀身的寶刀扔向真奧。

「哇啊……哇，咦，這、這是……」

「現在不是說這個的時候吧，你這個草食男！雖然只一起相處兩天的時間，但我好歹也知道你是個什麼樣的人。快點過去，讓我見識一下你的男子氣概吧！就讓我來看看你們打算怎麼負起責任吧。快拔刀啊！你應該是……」

真奧以幾乎可說是被天禰威脅的形式，將手伸向刀柄，拔出寶刀。

就在這一瞬間，於犬吠埼的盡頭發出一道足以蓋過燈塔光芒、直衝天際屹立不搖的黑色光柱。

「來自遙遠世界的魔王吧！」

唔喔喔喔喔喔喔喔喔喔喔喔喔喔喔嗯…………

唔喔喔喔喔喔喔喔喔喔喔喔喔喔嗯嗯…………

唔喔喔喔喔喔喔喔喔喔喔喔喔喔嗯嗯嗯…………

象徵著黑色閃光力量的咆哮，響徹銚子的海面。

「千穗小姐，您的身體沒事吧。」

「啊，是的……不知道為什麼，這次好像沒什麼大礙……」

千穗與鈴乃從旅館大廳走向空無一人的犬吠埼，在幾乎伸手不見五指的濃霧中四處張望。

「……這的確是魔力的痕跡……不過，為什麼……」

「那還用說，就算外面現在沒人，但若一口氣釋放出那麼多的魔力，犬吠所有的居民可是會一起昏倒呢。我只是做了一些防護措施罷了。」

霧中傳出了回答。

「！」

鈴乃擺出架式，謹慎地讓千穗躲在自己後面。

「不用那麼警戒，我們好歹也是吃過同一個鐵板炒麵的夥伴啊。」

大黑天禰穿著T恤，以平常的輕鬆打扮現身。

「至少我並不是妳們的敵人。放心，我只是因為他們說要自己負責，所以才先選擇靜觀其變，若有漏網之魚造成場外亂鬥，我還是會出手幫忙啦。」

面對這個狀況，是要叫人如何放心呢。

根據惠美所言，魔王軍餘黨的大軍正往銚子這裡逼近。

鈴乃完全不相信天禰並非泛泛之輩，同時也不認為她有辦法對抗惠美漏掉的敵人。

「要是太小看人，我可是會很困擾的啊，人類。」
或許是察覺到了鈴乃的困惑，天禰露出無畏的笑容，將手叉在腰上。
「！」
「哇？」
鈴乃與千穗不自覺地擋住自己的臉。
一陣彷彿龍捲風般的霧包圍了天禰周遭。
T恤加圍裙，牛仔褲搭涼鞋，以及用橡皮筋隨興紮起的頭髮。
一位看起來在日本隨處可見的店長，正以霧世界之主的身分，君臨犬吠埼的海邊。天禰展現出來的實力既非魔力，亦非聖法氣，而是一股來路不明的壓倒性力量。
「大黑這個名字，我可不是掛好玩的啊。就算要我一瞬間將所有『不應該存在於此世者』打到光的另一邊去也沒問題喔？」
彷彿舞台演員正在講出帥氣的臺詞一般，燈塔的光瞬間停留在天禰的背上。
從第一等燈器投射出來的強光，讓千穗跟鈴乃忍不住閉上了眼睛。
但是只有一瞬間，真的只有一瞬間，就在天禰的背後兩人感覺看見了一輪不同於燈塔白光的光環。
「唉，妳們就先在這兒等著吧。有些事情……」

那道殘像瞬間即逝，在千穗跟鈴乃的視力恢復之後，眼前只剩下一位親切的女店長。
「等真奧老弟他們回來之後，或許就能告訴妳們也不一定。」
「天禰小姐……」
「那麼我還有些真奧老弟跟鳥老弟拜託我的事要辦，晚點見啦。」
說完後，天禰便揮揮手消失在霧中。
天禰離開的方向是通往犬吠埼燈塔。
伴隨著巨龍的嘶吼聲，千穗跟鈴乃看見她正以銳利的眼光注視著霧中的大海。

※

『媽媽，拿碗那邊！』
透過阿拉斯·拉瑪斯的概念收發，即使不用親眼看見，惠美也能用破邪之衣的盾牌抵擋來自左邊的攻擊。
『筷子那邊！』
可想而知，惡魔們透過無數的利爪從右邊使出的連續攻擊，惠美自然也有辦法透過「進化聖劍·單翼」的劍刃部分將其全部彈開。

著後退。

「我要借用一下你的招式囉，艾伯特！」

再度握緊反手揮出的左拳後，惠美再次朝著正面逼近的惡魔們連續出拳。

「空突連彈！」

惠美揮出的拳風化為槍彈，就這麼飛向了馬勒布朗契們。

個別被擊中了腹部或頭頂的惡魔們，像是陷入了昏迷狀態般搖搖晃晃地脫離戰場。

至於躲過了風之彈雨的馬勒布朗契們為了反擊所放出的魔力球，則是全都被惠美的聖劍給一舉擊潰。

「喝啊！」

惠美賞了從正前方朝自己攻過來的惡魔下顎一腳，接著趁勢縮短距離，用左手使出空突閃將對方擊出攻擊範圍之外。

「……這、這還真是，比想像中……還要困難呢。」

艾伯特過去曾經教過只會使用武器戰鬥的惠美拳法的基礎。

在被魔王軍北方攻略軍司令官亞多拉瑪雷克征服之前，安特．伊蘇拉北大陸曾經有一個以擅長各式各樣武術與法術聲名遠播的精兵集團——「岳仙兵團」。

惠美就是在該部隊分崩離析之後，才遇見了在深山中邊當樵夫邊修行的艾伯特，而原本身為「岳仙兵團」的精銳戰士兼仙術道士的艾伯特，精通包括劍術在內的各式各樣戰鬥方式。

『由於北大陸過去是個群雄割據的多民族國家，為了避免在戰鬥時留下過多的禍根，從很久以前開始就固定使用這種戰鬥方式。』

惠美一直以為這種不殺的戰法，僅適用於人類之間的戰鬥。

「《退下！》」

此時馬勒布朗契的大隊中，響起了一道陰鬱的聲音。

而惡魔們原本執拗的攻勢，也像謊言般的在這一瞬間停了下來。

「《人類的女人……看來妳並非泛泛之輩呢。》」

那是一位相較於其他馬勒布朗契，看起來特別魁梧的惡魔。

看來他應該就是指揮這群惡魔的領導者。對方明明是個惡魔卻用眼罩遮住單眼，而且還有著比體型更引人注目的長牙。

「謝謝你的誇獎。不過不好意思，我不想因為概念收發消耗聖法氣，所以請你還是用人類的語言吧。」

「《我等一千兩百名的馬勒布朗契精兵……至今居然完全沒出現死者……這實在是非比尋常。妳該不會……》」

說著說著，馬勒布朗契的領導者突然舉起右手。

他的手上拿著一個飾有看似廉價水晶的項鍊。
那塊水晶突然散發出淡紫色的光芒，朝惠美的方向射出一道光線。
「紫光……這是！」
『媽媽！基礎！那個亮晶晶的後面，是基礎！』
融合後的阿拉斯・拉瑪斯的聲音，驗證了惠美的預感。就在這個瞬間，馬勒布朗契的領導者發出彷彿在強調「這才是惡魔」的邪惡笑聲。
「《哇哈哈哈哈！沒想到，沒想到居然這麼早就找到了。妳就是聖劍的持有者，聖劍勇者艾米莉亞對吧？》」
馬勒布朗契的領導者瞬間變得炯炯有神，開始喚醒全身上下的魔力。
「《既然對手擁有甚至凌駕四位大元帥與魔王撒旦大人的力量，那麼我也必須全力以赴才行！然後我將贏得勝利，接收那把聖劍！》」
「……看來是瞞不過去了。」
惠美跟著露出與對方不分軒輊的無畏笑容，高高地舉起「進化聖劍・單翼」。
「顯現吧！吾之力量，乃為毀滅惡魔而生！」
光是這聲呼喊，便足以震飛馬勒布朗契們。
惡魔們無法直視惠美接下來從全身散發出來的金黃色閃光，彷彿被對方壓倒似的後退。

「如果不想受傷，就快點帶你的部隊撤退吧。」

銀色秀髮、紅色雙瞳，以及實體化的破邪之衣，不只是傷口完全痊癒而已——

「來到日本後首次成長到第二階段的聖劍之刃……威力可是非同小可喔。」

惠美手上的「進化聖劍・單翼」，也名副其實地進化了。

聖劍原本是把細長的單手劍，如今不但劍身加寬、劍柄變長，就連裝飾在劍柄上的翅膀與紫色的寶石——「基礎」的碎片，都發出了更加閃耀的光芒。

「《妳果然就是擊潰魔王軍的元凶，聖劍勇者艾米莉亞！》」

馬勒布朗契的領導者看起來毫不畏懼，堂堂地與艾米莉亞對峙。

「《我的名字是西里亞特！馬勒布朗契的頭目之一！為了去世的馬納果達大人的遺志，以及新生魔王軍的未來，我要拿下妳的聖劍！其他人都別出手！》」

相較於制止部下、光明正大地報上名號的武人西里亞特，艾米莉亞將「進化聖劍・單翼」立在眼前，行了一個騎士之禮。

「最近關於惡魔真是有了太多的新發現……我可是不會手下留情喔！」

聖法氣與魔力在太平洋上空展開了一瞬間的攻防。「進化聖劍・單翼」與西里亞特強健右臂的黑色利爪交錯而過。

「《唔！》」

西里亞特的右爪幾乎毫無抵抗地就被一刀兩斷，掉落在太平洋海中。

「還想打嗎？」

「《唔……》」

短短一次的攻防，就讓西里亞特發出悔恨的呻吟。

他的眼睛完全捕捉不到艾米莉亞的劍閃。

連大天使都做不到的事情，區區馬勒布朗契的頭目當然不可能辦得到，但身為一個戰士，因為他無論如何都必須將「聖劍」交給新生魔王軍，以便重新統一魔王撒旦去世後的魔界

即使面臨了絕望的實力差距，西里亞特依然不打算就此撤退。

及侵略安特．伊蘇拉才行。

「……看來你不打算撤退呢。」

「《我是馬勒布朗契頭目之一的西里亞特！如果因為害怕敗北就逃避敵人，如何做為新生魔王軍的榜樣！喔喔喔喔喔！》」

「哇！等一下啦！」

明明對方就是敵人，但艾米莉亞還是不自覺地出聲勸阻。

西里亞特用完好的利爪將受傷的爪子整根切斷。

「《我不需要已經損壞而且只會礙事的武器！反正還會再長出來！》」

「啊，是這樣嗎？」

儘管只有一瞬間，但艾米莉亞還是為自己居然佩服了敵人而感到後悔。

「不過即使如此，應該還是會痛吧。看起來好像也流血了，就算少了一個擅長的武器，你還是想打嗎？」

「《我將戰到粉身碎骨為止！》」

真是傳統的武人性格。

艾米莉亞一點都不認為死在戰場上才是武人的夙願。既然西里亞特是這麼認為，那麼艾米莉亞就要採取跟剛才一樣的戰法，以跟自己敵對的惡魔最討厭的方式，來結束這場戰鬥。

「我可不會乖乖地按照你的意思殺了你喔。」

艾米莉亞舉起聖劍。

『咦？媽媽，這樣沒關係嗎？』

發現艾米莉亞狀況的阿拉斯．拉瑪斯出聲詢問。

艾米莉亞刻意減少了聖劍的聖法氣。難得進化到了第二階段的聖劍，又變回了第一階段。

不只如此，劍本身甚至還弱化到只能勉強維持形狀、稍微有點銳利的程度。

「還是讓彼此的條件對等才比較好處理呢。這都是……」

艾米莉亞短暫地閉上眼睛，在心裡回想起惡魔們的樣子。

「為了避免取對方的性命啊！」

「《有趣！》」

西里亞特也將左手的魔力下降到極限。附和了不打算依賴法術、只想以純粹的戰鬥技術一決勝負的艾米莉亞。

聖劍勇者與身為馬勒布朗契頭目的西里亞特互相對峙，讓海面上的氣氛頓時緊張了起來。

艾米莉亞唯一擔心是即便順利在不取西里亞特性命的情況擊敗他，也難保到時候其他馬勒布朗契會乖乖聽話。

若制伏了頭目，或許會讓部隊失去控制也不一定。

這麼一來，將演變成在場擁有壓倒性力量的艾米莉亞，單方面地展開虐殺吧。

「……看來我也變心軟了呢。」

艾米莉亞深深地吸了一口氣轉換心情，對手足以與馬納果達匹敵的馬勒布朗契頭目，並非能夠掉以輕心的對手。之後的事情，就等之後再說吧。

這場戰鬥若發生在安特・伊蘇拉，應該足以消滅一座城鎮吧，即使沒有宣告戰鬥開始的號炮，開始屏息對峙的兩人還是忽然抬起頭。

唔喔喔喔喔喔喔喔喔喔喔喔喔喔喔喔嗯…………

唔喔喔喔喔喔喔喔喔喔喔喔喔喔喔喔喔喔嗯嗯…………

唔喔喔喔喔喔喔喔喔喔喔喔喔喔喔喔喔喔嗯嗯嗯…………

古代巨龍的嘶吼聲，支配了整個空間。

若光是這樣，艾米莉亞與西里亞特應該還是會馬上展開激戰吧。

但巨龍的嘶吼喚醒了海上的白霧支配者，而不知從何開始，艾米莉亞與西里亞特的周圍已經化為一片純白的世界。

「《？》」

某個黑色的巨大存在正從白色世界深處靠近這裡。

光是那東西所散發出來的存在感，便足以在濃霧中開出一條道路，彷彿為王者之道鋪上地毯的隨從一般。

「西里亞特，我對這個名字有印象。你是馬納果達的部下，相當於馬勒布朗契頭目的其中一人吧。」

艾米莉亞背後出現了一道巨影。

「不過這到底是怎麼回事？我可從來沒聽說過有新生魔王軍這種組織，是哪個不把本大爺放在眼裡的傢伙，自稱『魔王』並重建魔王軍的啊？」

「《來、來者何…………！》」

然而還來不及問完出現在艾米莉亞背後的巨影身分，西里亞特就被一隻看不見的手給掐住了脖子。

「區區的馬勒布朗契頭目，居然敢如此無禮……小心我直接捏碎你的喉嚨。」

巨影身邊不知何時出現了一道新的漆黑人影，將手伸向西里亞特。

黑影節肢狀的尾巴在前端分成兩條，一位肌膚毫無血色的男子憤怒地發出刺耳的聲響。

馬勒布朗契兵團因為突然出現兩股巨大的力量而在天空中後退，然而——

「明明是你們那邊先來找麻煩，怎麼連聲道歉也沒說就想跑啊，天真，太天真了！」

現場又出現了一道新的聲音。在「門」附近的惡魔們，旋即轉身尋找那道冰冷銳利的少年聲音來源。

對方外表看似身材矮小的人類。

但少年的背上正張著一對比夜晚還要漆黑的翅膀，阻擋了馬勒布朗契們的去路。

「真是的……要來就早點過來啦。害人家白白思考了那麼多事。」

不祥的黑色力量像是不將光之力放在眼裡似的回答：

「哈哈，抱歉，難得恢復原狀，所以還有點不太習慣。」

艾米莉亞背後的巨影緩緩靠近她的身邊。

「《你、你們……唔……到底是誰……》」

西里亞特勉強呻吟著詢問，就像是為了回答他一般，在霧之世界響起了一陣從容不迫的巨大聲音。

「肅靜！馬勒布朗契的戰士們！你們難道不曉得眼前這位大人是誰嗎？」

「噗！」

艾米莉亞因為這句似曾相識的臺詞差點笑了出來。

但正在痛苦掙扎的西里亞特一聽見這個聲音，便忍不住繃緊了身體。

一位黑色的魔鳥戰士從霧之虛空中悠然而降，停在嚇得僵住的西里亞特面前。

「《啊、大、大尚書……卡米歐大人……》」

西里亞特一見到卡米歐便感到驚訝不已。

「你們居然因為聽信了人類的花言巧語，而打算加害自己的主子！」

「《主、主子……》」

儘管眼神中充滿了苦悶，西里亞特還是勉強看向卡米歐所指示的巨影。

一位魁梧的高大男子正披著魔鳥戰士的外衣，帶著一把散發深黑色光芒的寶刀，那位人物有著碎裂的單角、野獸般的雙腿，以及一對讓所有生物都不由得感到恐懼的雙眼。

「《啊……難不成……難不成是……？》」

「馬勒布朗契的戰士們！在你們面前的這位可是魔王撒旦大人啊！給我放尊重一點！」

發出刺耳聲響的男子，以充滿抑揚頓挫、讓人似曾相識的語氣下令，讓艾米莉亞又再次笑了出來。

「喂！你們該不會是故意的吧？」

「《魔、魔王大人？》」

「《居然是魔王大人？》」

一千兩百位的馬勒布朗契精兵中傳出了陣陣動搖，所有人嘴裡都接連嘟囔著「魔王大人，是魔王大人啊」這幾個字。

「那邊的反應也一樣……真是的，算了啦。」

「《沒錯……那支角的確是……》」

「《那不就是侵略軍的東方攻略司令……大元帥艾謝爾大人嗎？》」

「《為、為什麼大尚書會在這裡……而且撒旦大人，不是已經去世了嗎？》」

就在馬勒布朗契們正感到動搖時。

「喂，居然無視我。咦，都沒有人在意我嗎？喂！」

封鎖了敵人退路的路西菲爾所發出的怒氣，讓位於後方部隊的馬勒布朗契們連忙轉身，慢了一拍才發現他的身影。

「《是墮元帥大人……》」

「《墮元帥路西菲爾大人？》」

「我可是非常討厭『墮元帥』這個稱呼耶。話說你們這些馬納果達的部下，該不會私底下都是這麼叫我吧！」

被路西菲爾的怒氣壓倒，幾個馬勒布朗契連忙逃進了隊伍裡面。

「艾謝爾，放開他吧。」

撒旦豪邁地說道，艾謝爾也乾脆地放開了伸向西里亞特的手。

西里亞特的喉嚨頓時獲得了解放，用力地開始重新呼吸。

由於眼前的狀況實在太過突然，西里亞特只能緩緩地環視周圍。

他看了一下聖劍勇者艾米莉亞、惡魔大尚書卡米歐、大元帥艾謝爾以及大元帥路西菲爾。

接著——

「《魔王撒旦大人，請原諒我等的無禮！》」

西里亞特便緩緩地跪在撒旦的腳邊。

以此為契機，在場所有的馬勒布朗契都一齊在空中下跪。

「馬勒布朗契的頭目，西里亞特啊。」

浮在霧中的巨影沉重地說道。

「《是、是的！》」

「我不記得自己有允許卡米歐以外的人擅自率領魔界之民，你到底趁我不在時幹了什麼好事。」

「《那、那是……！》」

撒旦以意外溫柔的語氣詢問低著頭下跪的西里亞特。

「抬起頭來，我就聽聽看你有什麼理由。」

「《稟告魔王大人……以巴巴力提亞為首的我等馬勒布朗契一族，絕對沒有聽信人類的花言巧語！這一切都是為了魔界的安寧，為了避免聖劍先落入威脅魔界者的手中……》」

「魔界的安寧？」

西里亞特用眼角瞥了一眼拿著「進化聖劍・單翼」的艾米莉亞。

「《巴巴力提亞大人只是假裝聽信了人類的花言巧語，打算率領我等為所有的魔界居民拿下聖劍……》」

「愚蠢！」

西里亞特還沒解釋完，就被一道憤怒的聲音打斷。

「《艾謝爾大人？》」

「欺騙你們的人類，就只有勇者的夥伴奧爾巴・梅亞一個人。只要集結馬勒布朗契眾頭目的力量，大可在問出情報後取他性命，就算想爭取時間也一樣易如反掌。為什麼你們不這麼做，而且也不請求卡米歐大人的裁示呢！」

「《那、那是因為……》」

「說得好，艾謝爾。」

幫艾謝爾說話的人不是別人，正是一開始責問西里亞特的魔王。

「這幫傢伙應該不至於笨到那種程度，巴巴力提亞一開始大概也是真的打算那麼做。只不過奧爾巴並非那麼容易應付的對手，而且也不是一個人單獨行動對吧？」

「《……您說得沒錯，屬下實在是沒臉見您。》」

撒旦對面露苦悶表情的西里亞特說道。

「西里亞特。」

「《嗯……》」

艾米莉亞從旁詢問。

「可以借我看一下你帶的那塊紫色寶石嗎？」

「《紫色的寶石？是指這個嗎？》」

撒旦等人的表情因為紫色寶石這個關鍵字，產生了些微的變化。

西里亞特手上的項鍊，裝飾著一塊並非紫色的透明寶石。

然而結果卻背離了艾米莉亞一開始的預測，那東西根本就不是什麼「基礎」的碎片，只是一塊普通的寶石。不過艾米莉亞依然對那道光芒有印象。

「念話晶球……」

那是一種無論間隔了多麼遙遠的距離，都能夠使用概念收發的道具，簡而言之，就是相當於安特・伊蘇拉的手機。

「剛才的紫光……是從這念話晶球的另一端發出來的嗎？」

艾米莉亞曾經見過一次類似的光芒。

在她過去為了討伐眼前的這位魔王，率領同伴一同攻進位於伊蘇拉・聖特洛的魔王城時，聖劍不知為何對位於魔王寶座附近的阿拉斯・拉瑪斯的種子產生了反應，發出了「指引的光芒」。

雖然當時艾米莉亞一行人以為聖劍是要引導他們前往魔王所在的寶座大廳，但那道光芒其實是「基礎」碎片互相吸引所產生的結果。

「《我等也只知道那道光芒能指引聖劍的所在之處……即使這顆寶石確實是跟某處連結，我等也不曉得它是通向何處。》」

「……就算必須以我的名字發誓，你也願意保證剛才那些都是實話嗎？」

面對撒旦的確認，西里亞特雖然露出了疑惑的表情，但還是乾脆地回答：

「《我願意以魔王撒旦大人的名字發誓，這些話絕無虛言！》」

西里亞特低頭露出苦悶的表情，但撒旦俯視他時的表情卻意外地溫柔。

「很好……話說回來，你們通過的那扇『門』是連到哪裡啊？有辦法雙向通行嗎？」

「《『門』……嗎？》」

「哎呀，我們是希望你們能乖乖回去啦，不過若是讓你們在未完成任務的情況下空手而回遭到處罰，那事後也滿不是滋味的。」

「《是的，呃，那個……》」

西里亞特訝異地看著突然改變語調的撒旦。

「放心吧，魔王並不打算向你們所有人問罪。唉，至於攻擊那邊的勇者然後被打傷的傢伙，就當作是付了一筆昂貴的學費，專心治療傷口吧。」

西里亞特放棄似的對露出刻薄笑容的路西菲爾點頭。

「如果還想回魔界，或是有打算回去的話，那我也不會阻止你們。卡米歐，就算這些主戰派後來回去，也千萬別迫害他們啊。接下來的事情就交給你了。」

「遵命。」

卡米歐下跪表示領命。

「那麼，西里亞特。你們所有人接下來就回你們該回去的地方吧。雖然可能會飛得有點

快，但就稍微忍耐一下吧。卡米歐隨後就到。」

「等你們接下來回到魔界後，就告訴大家。說我魔王撒旦現在依然還活著。」

「《有點快……？》」

「喂，你在說什麼……呀！」

以為對方打算利用西里亞特來提高魔界士氣的艾米莉亞出言抗議，但卻因為突然被撒旦摟住肩膀而發出尖銳的叫聲。

撒旦透過破邪之衣抱住艾米莉亞的結實手臂，讓她不自覺地僵住並起雞皮疙瘩。

無視艾米莉亞的反應，撒旦獨自以海濤般的音量大聲下令。

「還有其中一把聖劍，已經落入了我的手中。告訴大家撒旦將為了再次替魔界帶來安寧，而待在異世界養精蓄銳，就用這個理由來安撫魔界人民的動搖吧。西里亞特，我命令你負責輔佐卡米歐，在我回去之前好好地統整魔界，領導大家！」

統率魔界與所有惡魔的魔王撒旦的號令，響徹了陷入霧中的太平洋。

就在這一瞬間，不只是西里亞特，就連所有的馬勒布朗契、艾謝爾、卡米歐以及路西菲爾，都當場下跪表達他們對撒旦的敬意。

撒旦環視眾人的模樣，滿意地點頭說道：

「很好，那麼，要回去的大家請往這邊請。」

「《咦？什麼？》」

霧中充滿了驚愕的氣氛。

跪在撒旦面前的西里亞特發現自己正被一種如同繭般的霧氣包圍，接著在被來路不明的光芒照射之後，便發出奇怪的聲音消失了。

動搖的馬勒布朗契們陷入騷動。

「好了，因為後面塞住了，所以請大家快點排好隊，放心吧，聽說好像不會痛。」

已經透過刨冰掌握整理隊伍訣竅的路西菲爾一邊平息眾人的混亂，一邊讓馬勒布朗契們排成兩列直線，而一道光線彷彿是看準了這一切似的再次閃過。

被霧繭包圍、並遭到光線吞噬的惡魔們，在各自發出跟西里亞特一樣的怪聲之後，便一個接一個地消失了。

「大家都發出了奇怪的叫聲呢……該不會一到了那邊，就會以光速撞上地面吧。」

馬勒布朗契們全都被一掃而空後，撒旦有些不安的話語便馬上消失在空中。

「西里亞特好歹也是馬勒布朗契的頭目之一，這點程度應該死不了吧。」

「哎呀，就算是我，對光速也是有點沒自信呢。」

「先別管那些無禮的傢伙了……現在應該要封鎖那扇巨大的『門』……」

還是一樣只會說必要話的艾謝爾惡魔形態，一馬當先地飛向讓馬勒布朗契們現身的那扇巨大的「門」。

卡米歐緊跟在後，路西菲爾則是慌慌張張地跟上，然後──

「你想抱到什麼時候啊，我宰了你喔！」

艾米莉亞的聖法氣隨著怒意產生爆發，以一副怒火中燒的表情跟在路西菲爾後面。

至於鼻子發紅、淚眼盈眶的撒旦，則是搖搖晃晃地在最後面追著其他人。

「……到底是誰，開了這麼大的一扇『門』啊……」

接近之後，艾米莉亞再次為這扇「門」巨大的規模而感到不寒而慄。

她從來沒聽說過有能讓馬勒布朗契的大軍──頭目等級的西里亞特與一千多名的馬勒布朗契部隊通過後，還能維持原本形狀的「門」。

既然是能讓馬勒布朗契們「出來」的門，那麼應該無法從這邊過去，但若是這扇門能夠雙向通行，它的容量應該大到足以讓撒旦與艾米莉亞在全力的狀態下通過吧。

「門」的縫隙中傳出非比尋常的魔力，看來這應該就是讓馬勒布朗契們能夠維持惡魔形態的理由。

「看來他們的魔力的確是來自於這扇『門』……巴巴力提亞雖然是相當於馬勒布朗契頭目

的存在，但再怎麼說還是馬納果達的部下，有辦法打開這麼大的一扇『門』嗎？」

「也不一定只有巴巴力提亞一個人吧。畢竟奧爾巴不是跟他在一起嗎？那傢伙似乎也很擅長使用『門』的法術，或許是他們合作一起打開的……」

「你在說什麼傻話啊，路西菲爾。你看看這不規則的形狀，還有在讓馬勒布朗契們通過後依然開著的狀況。你覺得區區一個人類加上惡魔，有辦法做到這種事嗎？」

「呃，所以說，為什麼你只有對我不是使用敬稱啊……」

「不過如果是全盛期的魔王，應該辦得到這種程度的事吧？畢竟都能做出把大天使沙利葉丟進去的『門』了……」

艾米莉亞以一副理所當然的樣子，插進三位惡魔的對話。

「可是那個撒旦本人目前就在這裡喔。」

「啊，說得也是。」

由於惡魔跟勇者們聚在一起商量的光景實在太過奇怪，讓撒旦露出了淺淺的微笑。

「……有什麼好奇怪的。別用那種噁心的表情看人家啦，不然我真的要砍了你喔。」

「啊，抱歉抱歉，我不是那個意思。」

撒旦以跟平常沒什麼兩樣的人類方式揮著手阻擋。

「你們真的不知道嗎？還有一個無論是什麼樣的門，都能隨便打開的方法吧。」

「……？」

艾謝爾、路西菲爾與艾米莉亞同時表現出疑惑的樣子，讓撒旦又再次笑了出來。

「喂，卡米歐。」

「是的。」

撒旦向站在自己旁邊的卡米歐問道：

「不曉得我們以前是怎麼變成像現在這樣的呢？」

「您說得沒錯。看來這表示，就連勇者也不例外呢。」

「……雖然我不知道你們在說些什麼，但我現在非常地想砍你們呢。」

「艾米莉亞，現在不是做這種事的時候。妳也一起來幫忙封閉那道裂縫吧。」

艾謝爾以單調的聲音勸戒艾米莉亞，將手伸向次元的縫隙。

「……真是的，你們這次真的欠了我很多人情喔……」

艾米莉亞站在艾謝爾旁邊，將「進化聖劍．單翼」對準裂縫。

「這我就不曉得了，抬頭麻煩妳寫撒旦收啊。」

推卸責任的路西菲爾，則是隔著艾謝爾與艾米莉亞相對。

「就是因為你這個人總是這樣，所以在下才不對你使用敬稱。」

卡米歐一邊對路西菲爾提出忠告，一邊將手伸向裂縫。

「你們全都跟我休戚與共啦。如果只有我一個人，誰知道會被她怎麼刁難。」

說完後，撒旦將手放上腰際的寶刀。

足以收納在卡米歐腰間的寶刀，一被拿在遠遠比人類要來得高大的撒旦手中，看起來就像是把小刀似的。

不過——

「啊……這感覺真令人懷念。」

寶刀的刀身開始散發出更加強烈的深紅色光芒，這表示撒旦跟寶刀的魔力正彼此呼應。

「原來我以前有這麼強啊。」

撒旦看著自己眼睛映在刀身上的倒影，以其他人聽不見的音量小聲嘟囔著。

「……我接下來要從空間切斷維持門的力量，之後就拜託你，把洩漏出來的魔力壓回去並修復空間的傷痕囉。」

在聽著惡魔們悠閒對話的同時，艾米莉亞聚精會神地凝視著次元的裂縫。

「切斷維持『門』的力量，妳辦得到那種事嗎？」

艾米莉亞只以眼神回答撒旦的問題。

而她手中閃閃發光的「進化聖劍・單翼」，似乎正浮現出一位兩眼炯炯有神的小女孩挺起胸膛的幻影。

「她說辦得到喔。」

「原來如此，真是個可怕的孩子。」

艾米莉亞丟下苦笑的撒旦，獨自往前飛去。

她像顆流星般筆直地飛向在黑色漩渦中轟轟作響、散發不祥氣息的「門」，接著揮出了兩道紫電般的斬擊。

而當斬擊抵達的一瞬間，「門」與一般空間之間的交界處便開始劇烈地搖晃。

「就是現在！」

「很好，封閉吧！」

配合艾米莉亞的信號，四位大惡魔一同朝「門」放出魔力。

交界處不斷地晃動，而逐漸穩定下來的裂縫正快速地被壓縮。

若將霧笛的鳴聲比擬為巨龍的嘶吼聲，那麼被壓縮的門所發出的巨響，就宛如在神話時代被眾神打倒的混沌魔獸，於死前所發出的最後嚎叫，是一道連聽在惡魔之王耳裡都會感到恐懼、不存在於這個世界的聲音。

濃霧開始襲向壓縮後的門。

並猶如在推惡魔們一把似的發出巨龍般的嘶吼聲。

接著——

※

「海……平息下來了。」

待在空無一人的犬吠埼的鈴乃與千穗，聽見了巨龍的嘶吼聲。

唔喔喔喔喔喔喔喔喔喔喔喔喔喔嗯…………

唔喔喔喔喔喔喔喔喔喔喔喔喔嗯嗯…………

唔喔喔喔喔喔喔喔喔喔喔喔喔嗯嗯嗯…………

一道彷彿神話世界唯一倖存的居民，正在尋找遙遠過去被滅絕的同伴般的咆哮，響徹了犬吠的海邊。

「鈴乃小姐，妳看霧！」

海上的霧宛如被霧笛的聲音驅散似的，開始與出現時一樣突然消失。

「結束了嗎？」

「好像結束了呢。」

天禰的聲音與身影再度從逐漸消失的霧對面出現。

依然一副親切女店長模樣的天禰開口說道，讓人完全感覺不到她先前在霧中所展現出來的威風。

「那些恐怖的傢伙跟小鳥先生，都回到『他們應該存在的世界』去了。而那個大型的『洞穴』，好像也被真奧老弟他們塞住了。不過……」

天禰再次轉頭看向海面，有些困擾地搔著臉說道：

「大概是花了太多的時間，所以把力量都用光了。雖然跟這裡有點距離看不太清楚，不過那三個人應該是掉進海裡了。海浪那麼大，不曉得會不會游泳呢。」

鈴乃與千穗一同看向苦笑的天禰，並互望了彼此一眼。

「咦？」

明明事情在半夜就已經解決，但直到遮蔽了星光的巨大太陽開始從地平線探出頭後，惠美、真奧、蘆屋以及漆原都還沒有回來。

千穗幾乎是以快哭出來的表情，不斷拚命地在漆黑的海中尋找四人的身影，而鈴乃則是只能祈禱惠美聖法氣的反應不要消失。

犬吠埼燈塔依然繼續朝天亮後的海面投射出引導安全、並讚頌己身威容的光芒。
燈塔的懸崖底下似乎設有步道，而且還一直延伸到海邊。
就在太陽即將從地平線升起時，海角懸崖底下的岸邊——
「遊佐小姐！真奧哥！」
「艾謝爾！路西菲爾！你們還活著嗎？」
擁有銀白色頭髮的勇者艾米莉亞、真奧貞夫、蘆屋四郎以及路西菲爾，四人全身濕透地漂流上岸。
「呼……呼，小、小千，貝爾……呃，那個，事情，大致結束了……」
艾米莉亞大口地喘著氣，在兩人看向她之前便解除了變身，恢復成遊佐惠美平常的髮色。
「小千姊姊！小鈴姊姊！」
此時另一個嬌小的人影也現身了。
「阿拉斯．拉瑪斯妹妹！」
「我跟妳說、我跟妳說喔，媽媽、爸爸、小鳥鳥、艾謝爾跟路西菲爾大家！那個……」
阿拉斯．拉瑪斯興奮地拚命說著話。
「把好多像這樣的東西『咚』地解決掉，還一起把好大的『砰』給『咻』掉呢！」
「……」

「……」

完全聽不懂她想表達什麼。

「然後啊，在被包起來又照了一下後，小鳥鳥就回去了！」

「小鳥鳥回去了……卡米歐先生回魔界了嗎？」

千穗不禁向真奧問道，但真奧不知為何連說話的力氣都沒有，只是無力地反覆維持著短促的呼吸。

「那把刀……跟卡米歐一起回魔界後，霧就散了。」

調整完呼吸後，惠美緩緩地起身。

「然後這些傢伙就突然變回了人類，而且還是在距離海面兩百公尺左右的地方！」

「咦？」

「真是的，他們可是一邊發出讓人很想錄下來的愉快慘叫，一邊掉進海裡呢。雖然不曉得他們到底是怎麼變身的，但就算要變回人類，至少也該留一些讓自己飛得回來的魔力吧。」

對惠美來說，當時應該也沒多少餘裕吧。儘管半天使形態的變身並未解除，但拖著三個大男人在銚子的狂濤巨浪中游泳，顯然並非一件容易的事情。

「……這個人情可是很大的喔。真是的……你們這群做事沒計畫的惡魔。」

「媽媽溼答答的，沒事吧？會不會感冒？」

「我沒事。阿拉斯・拉瑪斯呢？」
「沒問題！」
雖然事實上這稱得上是聖劍跟阿拉斯・拉瑪斯融合後首次面臨的戰鬥，但阿拉斯・拉瑪斯的身體似乎如本人所言並沒有發生什麼異常狀況。
「妳今天很努力呢。晚一點再給妳獎勵。」
「嗯！」
「好好好，大家辛苦了。」
從步道走下來的天禰，在拍了一下手後便斜眼看向眾人，儘管真奧等人已經知道她不是普通的人類，但依然不曉得對方是敵是友。
惠美跟鈴乃忍不住擺出架式警戒。
「啊，喂喂喂，怎麼一副看起來要打架的樣子。我又沒打算做什麼。晚點我會好好跟你們說明，就算是夏天，你們四個人那樣還是會……」
惠美抬頭瞪著天禰，但終究還是忍不住——
「哈啾！」
用力地打了一個噴嚏。
「……感冒喔。」

天禰說完後，便指向海角。

「總之先回大黑屋吧。我已經準備好熱水讓你們可以淋浴了。好了，你們看。」

天禰將手舉在額頭前方，眺望海面。

「這不是個符合戰鬥結束的美好早晨嗎？」

此時太陽正好探出了地平線，犬吠埼燈塔的燈光也同時熄滅，位於燈塔上方放置光源、被稱做燈室的房間緩緩地降下了遮光幕，將守護海洋安全的第一等菲涅耳閃光透鏡給蓋了起來。

銚子享譽全日本的最高級日出，透過光芒向結束戰鬥的勇者、惡魔以及人類們伸出了手。

※

太陽完全脫離了地平線，君濱的氣氛似乎也在暗示今天會是個炎熱的一天。

即便昨天才經歷了一場大混亂，位在君濱唯一的一間海之家大黑屋，此刻依然忙著進行開店的準備。

據天禰所言——

「無論面臨什麼樣的困境，身為日本人，只要店跟客人還在就要開店。」

事情似乎就是這樣。

當然站在真奧等人的立場，他們也不是完全都沒意見，但此時雇主卻使出了強硬的手段。

明明昨天才剛展開了一場異次元的大亂鬥，而且還親眼見識過真奧的真面目——

「如果不聽話，那我可不發薪水喔。」

但天禰的一句話還是讓三位惡魔都乖乖地閉上了嘴。

於是真奧開始擦桌子、漆原在兒童用戲水池裡裝水、蘆屋則是參考昨天的來客數開始準備材料。

「我一開始出現的時候，千穗妹妹跟鎌月妹妹也怕我怕得要死。你們到底把我想像成什麼樣子，又對她們說了些什麼有的沒的啊？」

「哎呀，因為我們對您實在是太一無所知了……」

真奧找藉口辯解道。

打從惠美跟真奧等人飛上天空後，鈴乃跟惠美就一直在旅館守候著他們。

明知道有馬勒布朗契的大軍逼近，居然還讓千穗留在君濱，真奧一開始也曾經就這點責備惠美。

「如果天禰小姐的力量是真的，那麼我想就算發生什麼出乎意料的狀況，應該也不會有危險吧。」

但惠美卻以這個理由辯解。

「喂喂喂，除了千穗妹妹之外，應該還有一位女孩子在吧。關於這點，你們都沒有什麼想法嗎？」

「我、我無所謂！區區的馬勒布朗契，就算必須同時保護千穗小姐，我一樣還是能夠戰鬥！」

不知為何待在店裡角落鬧彆扭的鈴乃一聽見天禰將話題帶到自己身上，便馬上慌張地大聲回答。

「哎呀，鈴乃本來就很強，我是很感謝有她幫忙保護小千啦……」

「～～！」

「魔王大人，您怎麼能這麼說呢！姑且不論實際情況如何，但看起來似乎只有她一個人被排擠，不曉得卡米歐大人的事情，所以這時候必須要好好關心她唔啊！」

慌張地打算提出諫言的蘆屋，因為說的話全都被其他人聽得一清二楚，所以後腦又再度遭到打擊而昏倒了。這次看來是被醬油瓶攻擊。

「誰被排擠了！這種小事我一點都不放在心上！基本上只要我一出馬，無論是一千名還是兩千名的惡魔大軍，通通都會被我化為海底的海藻碎屑，艾米莉亞真是太心軟了！」

儘管鈴乃表現出一副很生氣的樣子，但感覺還是有些寂寞地噘起嘴，瞪向待在店內角落的惠美。

「艾米莉亞，聽說妳好像連一隻惡魔也沒殺，這到底是怎麼回事！」
「沒什麼特別的理由。」
惠美待在店裡的陰暗處，而且只有她一個人是穿泳裝。
由於掉進了海裡，因此惠美的衣服正在緊急清洗中，所以沒另外準備換洗衣物的惠美只好無可奈何地穿上昨晚曬乾的泳裝應急。
「我只是……不想再基於憎恨而殺害眼前的對手罷了。當然我能斷言若有必要，還是會毫不猶豫地取對手的性命……不過……」
惠美瞥了一眼正在擦桌椅的真奧。
「就算要戰鬥，也得等回到那邊之後再說，不然就不公平了。當然實際上我在日本也無法使出全力，不過我想西里亞特原本的實力應該也更強才對。要開殺戒並不困難，但我已經厭倦這種會招致對手怨恨的戰鬥方式了。」
惠美舉起雙手擺出了投降的姿勢。
「像這種莫名奇妙的戰鬥，根本就無法邁向未來。反正只要我們最後展現出壓倒性的力量，便能獲得勝利，我就是因此才選擇不殺他們。」
「唉……一大早就看見女孩子們在討論打打殺殺的話題，難道大和撫子只是個幻想嗎？」
在收銀機前面準備零錢的天禰以一副好像對世界感到絕望的語氣說著。

「那麼……結果那道光是燈塔的燈光，而操作霧的人是天禰小姐對吧？那些霧到底是什麼？一開始的獨眼刻印鬼跟獸惡魔到底發生了什麼事……該不會已經死了吧？」

天禰還是以一模一樣的語氣，邊喝著店內的歐樂契敏C邊回答漆原的疑問。

「身為生命樹之子，就必須待在自己誕生的生命之樹所在之處。」

「啊？」

由於毫無預警地出現了「生命之樹」這個字眼，讓所有人頓時緊張了起來。

「他們只是回到自己原本應該存在的場所罷了，那道光不過是替他們指引了道路。唉，雖然這種做法有點強硬，但讓那些傢伙待在這裡只會替人帶來困擾，而且也不能讓他們打擾我們做生意啊。」

天禰不得要領地回答，然後看向真奧。

「真奧先生，你應該跟小美阿姨見過面吧？」

「嗯、嗯，那是當然……」

「你有從她那兒聽說過我們的事情嗎？」

「我們……那是什麼意思，咦？難道不是指親戚之類的事嗎？」

「啊，那就不行了。這樣我就不能再多說些什麼了。」

天禰關上收銀機的抽屜，苦笑地搖頭。

「這到底是怎麼回事？你們果然，不是普通的人類嗎？」

大致將蔬菜準備好後，蘆屋邊用磨刀石磨著菜刀邊提出疑問，但天爾只是搖搖頭回應。

「說得也是。唉，或許真的不能算是人類也不一定……不過，我每年做健康檢查時都沒什麼問題，身體超健康的喔。」

「呃，那個，我想問的不是這個……」

「有什麼關係，反正只要活著就好啦。」

說完後，天爾走近惠美。

「……那個？」

「睡得很熟呢。」

天爾看著惠美的眼睛，將手抵在惠美的額頭上。

既然都跟惠美四目相對了，那麼她當然知道惠美還醒著。

或許天爾知道阿拉斯·拉瑪斯就在惠美的體內也不一定。

「請好好地珍惜這孩子，別讓她感到悲傷啊。她或許跟我是很遠很遠的親戚也不一定。」

「咦？」

在惠美理解這句話的意思之前，天爾已經放開了手轉身離開。

「那麼，早上的準備差不多都做好了吧？」

天禰對真奧、蘆屋以及漆原喊道。

「啊，感覺我好像來得正好呢？」

千穗抱著惠美的衣服從店後面走出來。

「今天看來也會很熱呢。明明只稍微晾了一下，但現在已經乾了呢。來，遊佐小姐。」

「謝、謝謝妳，千穗。」

依然將視線停留在天禰身上的惠美，從千穗那裡收下了衣服。

「嗯，那麼各位……」

天禰用力地拍手，吸引所有人的注意——

「雖然時間不長，但真的很感謝各位這段期間的幫忙。不過我已經不能再繼續僱用各位了。」

接著語出驚人地說道。

「「「……咦？」」」

真奧、蘆屋以及漆原愣愣地回答。

「各位不用擔心，接下來的事情我會自己想辦法。啊，真奧老弟跟鎌月妹妹，小美阿姨似乎加緊趕工，所以公寓已經修好囉。」

「我、我搞不太懂您到底在說些什麼呢。」

真奧好不容易才理解天禰所說的話，臉色在朝陽底下變得一片蒼白。

「我沒跟你說過關於吆喝亡靈的事嗎？」

「吆喝亡靈？」

話說回來，在大家一起放煙火的那晚，天禰似乎有提過類似的話題。

吆喝亡靈——流傳於銚子的船靈。

「雖然有些細節不太一樣，但那些都是真實的故事喔。」

「咦？」

「哎呀，因為是小美阿姨的推薦，所以我一開始就知道你們應該有什麼特殊的隱情，但幾位對客人的刺激似乎太強了一點。特別是真奧老弟跟蘆屋老弟，甚至還有可能破壞這片海灘的能量均衡呢。」

「……那、那個，天禰小姐，不好意思打斷妳。那個……」

不知為何臉色變得跟真奧一樣蒼白的千穗，在天禰解釋到一半時插入了談話，並顫抖著指向惠美對面的角落。

「那裡……是不是坐了一個類似小孩的影子啊？」

「……哎呀！」

在場只有天禰看了那個後抬頭悲嘆。

剩下五人之前則是完全沒發現那個角落的人影。

被千穗指著的人影，彷彿發現自己正受到眾人注目而倏地抬頭。

「唔唔唔唔！」

惠美發出無聲的吶喊，穿著泳裝從椅子上跳了起來。

與其說人影完全沒有臉，不如說對方根本就只是道影子。

那道有著人類小孩外形的漆黑人影，就這麼在僵住的眾人眼光之下往海灘走去。

「魔、魔、魔、魔王、魔王大人……」

看了蘆屋所指的方向後，在場所有人的表情又再度僵住。

海面與沙灘上正騷動不已。

但那些並非來享受海水浴的遊客。

而是跟剛才走出店內的某人一樣，無數的人形黑影。

不知從何時開始，在夏天朝陽照射之下顯得明亮炎熱的君濱，已經聚集了無數的黑影。

那些影子全都擁有人類的外形，其中甚至還有帶著游泳圈與海灘球，或是拿著食物跟飲料的黑影。

不過那卻是一個只有影子的大集團。

「天、天天天天天爾小姐，這到底是？」

突然出現的異常光景，讓所有人都陷入了不明所以的混亂。

雖然不知道這些數不清的人影到底是什麼，又是否抱持著惡意，但無論怎麼想，他們都不是昨天那些普通的人類遊客。

「唉，事情會變成這樣，你們也要負一點責任呢。」

只有天爾一個人完全不顯動搖，若無其事地揮著手。

「這這這到底是怎麼回事？」

一臉蒼白地站在原地的真奧一邊擋在千穗前面保護她，一邊大聲叫道。

「關於『魔力』跟『聖法氣』，你們有想過那些是什麼東西嗎？」

「什、什麼……」

「人家不是說日出擁有特別的力量嗎？其實根本就沒什麼溺死者的怨靈或吆喝亡靈啊。這裡是地球少數能讓靈魂過來洗滌內心的聖地。唉，雖然僅限於七月半到八月半這段期間，不過他們在來到這裡後就能取回內心的平靜。我跟我爸是為了守護死者的魂魄而戰，有點類似這塊土地的看守者。不過……」

天爾以有些嚴厲的視線看向真奧。

「你們的『魔力』與『聖法氣』，是僅限於即將崩壞的世界才會產生的東西。特別是昨天你們又在海面上散發了那麼強大的魔力，讓原本維持完美平衡的聖地產生了扭曲，他們也是因此才會失去原本暫時取回的『人類』姿態。所以說，我必須請你們離開這裡。」

「即將崩壞的世界？那、那是什麼意思？」

天禰刻意以裝模作樣的笑容回應鈴乃：

「地球上可是有著許多你們所不知道的力量與神祕呢。打從很久很久以前……沒錯，在比神明誕生更早以前。」

雖然天禰很明顯是在轉移話題，但她同時也沒有給鈴乃等人發問的機會。

「唉，事情就是這樣。對不起啦，我會在打工費裡多加一點獎金，關於錢的部分我會多給你們一些優惠並妥善處理，這點你們就放心吧。」

說完後，天禰彈了一下指頭。接著——

唔喔喔喔喔喔喔喔喔喔喔喔喔喔喔嗯…………

唔喔喔喔喔喔喔喔喔喔喔喔喔喔嗯嗯…………

唔喔喔喔喔喔喔喔喔喔喔喔喔喔嗯嗯嗯…………

霧笛響起。

隨著這道聲響，不知從何處出現的濃霧彷彿忍者的煙霧般籠罩整座沙灘。

在海風與沙塵的影響之下，幾乎連眼睛都睜不開的真奧聽見了天禰的聲音。

「我是地球的『理解』之女。」

儘管對方照理說就站在自己的面前，但在風與霧的干擾之下，真奧已經完全搞不清楚天禰的聲音究竟是從哪個方向傳來。

「去尋找你們世界的『知識』，取回世界應有的模樣吧。小美阿姨一定是期待著你們去完成這件事。」

天禰的話到此為止。

在霧笛停止的瞬間，一陣暴風吹散了霧氣。

等一行人恢復視線後，君濱的海水浴場、異形的生物們以及海之家大黑屋，全都忽然消失了蹤影。

別說是原本寬廣明亮的沙灘了，眼前水泥固定的步道因為堤防而緊鄰海邊，海裡面還散布了無數的消波塊。這些跟千穗來到大黑屋的第一天時，在海浪間看見的東西相同。這裡到處充滿了岩礁的淺灘，怎麼看都不像能夠拿來當成海水浴場。

現場就只剩下真奧、蘆屋、漆原、惠美、千穗、鈴乃以及一行人的行李，孤零零地被留在長著稀疏雜草的步道上面。

「這、這、這……」

真奧驚訝得直打寒顫。

「這到底是怎麼一回事啊？」

真奧的吶喊聲就這麼隨著君濱的海風，被帶到遙遠的海面上。

儘管應該不是在回應他的吶喊，一些類似紅紙的東西還是紛紛從天空飄落，掉在真奧一行人的腳邊。而且數過後還正好六張。

「真、真奧哥，這是！」

千穗將紅紙的表面現給真奧看。

「獎金……袋？」

※

含準備在內只有兩天半的打工，一人居然能拿到五萬圓的薪水，這實在只能用前所未有的大豐收來形容。

再加上千穗與惠美的一萬以及鈴乃的兩萬，幾乎就是第一天所賺的所有盈餘了。

考慮到連魔界之王都無法理解的神祕現象，大黑屋未來的去向實在是令人擔心。

「這、這些錢……應該不會趁我們不注意的時候突然變成樹葉吧。」

看過無數的人影大集合後，也難怪鈴乃會這麼懷疑。

等在場所有人都像守財奴般一張一張地仔細檢視完手上的鈔票後，某人便隨口說了一句：

「……回家吧。」

由於沒有能遮蔽視線的地方，因此惠美只好無可奈何地直接將晾乾後的衣服穿在泳裝上。

犬吠埼的旅館、燈塔都跟這兩天真奧等人看見的沒什麼兩樣，但若隨便找一個路人詢問這裡有沒有海水浴場，一定都會得到否定的答案吧。

房東過去也曾經在表現出若有所指的態度後便消失無蹤，讓關鍵的部分變得不了了之，因此就算想在這裡尋找大黑屋或天禰的線索，最後一定也是徒勞無功吧。

保險起見試著撥打天禰的手機，也只得到電話目前收不到訊號或是未開機的說明訊息。

「魔王大人，那個，我在行李那裡找到了這個。」

真奧看了一眼蘆屋拿過來的紙。

「與其說是狡猾，不如說是根本搞不清楚她到底認真到什麼程度呢……真是的。」

那是天禰手寫的銚子市觀光導覽指南。

※

眼前的景色有三百三十度全都是海洋。

而且此處高度還足以俯瞰銚子市全景。

「這是怎樣，為什麼不乾脆直接在空中飛，好痛！」

真奧在讓不解風情的漆原閉嘴後，便跳上了設置在展望臺中央的階梯狀看臺。

「……還真是寬廣啊。」

面對這片能以三百六十度將太平洋跟銚子市一覽無遺的超大全景，真奧像是深呼吸般的抬頭仰望天空。

這裡是「看見地球是圓的山丘展望館」。

此處有著與其說是展望臺，不如說是大樓屋頂的風雅，從犬吠站爬上山丘，再於山丘上建了一棟建築物後，便成了銚子數一數二的觀光景點。

雖然真奧一行人原本打算馬上搭銚子電鐵回去，但在他們抵達犬吠站時，一班電車剛好已經開走。

由於不巧的是下一班電車必須等上超過三十分鐘，而且光是留在這裡等待也很無聊，因此一行人便順路繞來了這裡，並見識到他們意料之外的壯觀景緻。

雖然陽光很強，但天氣卻是萬里無雲地晴朗，讓人能夠將銚子市從頭到腳一覽無遺。

明明人在旁邊時還感覺很大的犬吠埼燈塔，從這裡看過去後也顯得十分渺小。

「魔王大人，怎麼能對這小小的銚子市產生這種感想呢。您總有一天必須掌握整個安特・伊蘇拉的霸權，萬一讓艾米莉亞誤會您的器量狹小怎麼辦。」

「不過蘆屋，如果不借助他人的力量，或許我們現在連這小小的銚子市都守護不了呢。」

「那個……或許真的是這樣也不一定。」

「唉，在那之前，要不是有你、漆原、馬納果達、亞多拉瑪雷克以及卡米歐的力量，就連能否統一魔界都令人懷疑呢。話說回來，你一開始本來也是我的敵人呢。原本是敵人的傢伙後來成為了夥伴，並支持著我的霸業。」

真奧將手放在蘆屋的肩膀上。

「你不覺得人類也有跟你們一樣的可能性嗎？」

「……原來如此，或許真的就如您所說的這樣呢。」

「哎呀，我本來以為你會更驚訝一點呢。」

「畢竟我已經習慣魔王不按常理出牌的舉動。」

「因為那樣不是很浪費嗎？居然用那種東西製造電力。」

蘆屋冷靜的反應，讓真奧不滿地噘起嘴。

真奧指向排列在屏風之浦的巨大風車。

「明明就沒有魔力，居然還蓋出那種像天空樹，而且還比魔王城高的建築物。」

「魔王大人，按照地圖來看，那應該是銚子港塔。魔王城實際上比那棟建築物還高。」

「話說銚子電鐵也一樣，雖然外表看起來既老舊又不方便，但還是因此創造出了新的文化，我們怎麼能夠隨便讓這些人滅亡呢。你難道不想連同這些事物全部一起支配嗎？」

「想陳述理想是無所謂，但首先得想辦法讓您能夠穩定地使用魔力才行。」

蘆屋對眼神彷彿孩子般閃閃發亮的真奧露出苦笑，接著惠美突然問道：

「話說回來，你們是怎麼取得足以恢復原狀的魔力啊？」

照理說在犬吠周邊，應該沒有發生能從許多人類那裡取得負面力量的事件或意外才對……

「啊，卡米歐不是帶了一把刀過來嗎？那把刀就是我被妳擊碎的角喔。」

「……咦？」

惠美聽見後忍不住愣了一下。

「那好像是奧爾巴帶來的東西。他用我角的碎片打造了一把刀，卻完全找不到有辦法使用的人類，所以最後才被當成與卡米歐交涉的材料。不過問題其實是出在這東西的身上。」

真奧從褲子口袋裡拿出某樣東西，交給惠美。

那個只有彈珠大小的物體，在陽光的反射下散發出紫色的光芒。

「這、這是……？」

「那顆寶石被偷藏在鞘中。卡米歐不是說過嗎？奧爾巴留下了尋找聖劍的線索，那應該就

是指這東西吧。」

「那、那麼這個刀鞘是由誰……」

「我不覺得奧爾巴有辦法直接拿著用我的角所打造出來的刀。雖然不曉得這東西是在哪裡被製造出來的，但總之後來是被奧爾巴給帶走了。唉……既然如此，我大概也想像得出隱藏在奧爾巴背後的人是個什麼樣的傢伙了。」

「話說回來……根據教會內部的調查，奧爾巴大人的確擁有你的角大量的碎片……不過要怎麼把那些碎片重新打造成刀呢？」

「這我怎麼會知道。」

對追蹤奧爾巴調查真奧角的痕跡抵達日本的鈴乃而言，這應該是難以忽視的事態吧。畢竟奧爾巴直到現在，依然象徵著安特．伊蘇拉西大陸大法神教會的權威。究竟是什麼樣的原因讓他採取了這些行動，至今依然是個無解的難題。

「大概是利用了『基礎』的碎片壓抑了我的魔力吧？用來當成避免我的角變成刀後平白洩漏出魔力的安全閥。卡米歐跟獨眼刻印鬼他們之所以能夠維持惡魔形態，應該就是用了這個吧。唉，不過明明那麼拚命地在找聖劍，居然還這麼隨便地就讓其中一塊碎片脫手，真搞不懂他在想什麼。」

惠美凝視著手上的紫色寶石——「基礎」的碎片。

「總之那東西就算放在我這裡也沒用，就送給阿拉斯・拉瑪斯吧。而且這樣或許能夠幫得上妳的忙也不一定？」

「謝、謝謝……不對，話不是這麼說的吧！」

不自覺地坦率回答的惠美搖頭說道：

「你難道都沒想過這會讓我的力量變得更強嗎？我光是跟阿拉斯・拉瑪斯融合，就已經足以擊倒大天使囉？」

「那麼妳是不要囉？」

真奧無趣地哼了一聲。

「我說妳啊，可別太小看我的魔力了，光是我被打斷的一支角上所殘留的魔力，就足以讓四個惡魔再度變身耶。所以等我取回原本的力量，我可是會支配連同妳在內的一切喔，做好覺悟吧。」

「什麼！」

千穗敏銳地聽見了真奧說的話。

「真奧哥！你剛才那句話的意思應該是指征服世界吧，是那樣沒錯吧？」

被千穗這麼一說，感覺「征服世界」這四個字的分量又變得更輕，就這麼隨風消逝了。

至於惠美——

「你、你、你、你到底在亂說什麼啊！」

則是紅著臉變得驚慌失措。

「現在還不算太晚。快點去找天禰小姐，把魔王一行人強制送回魔界並立刻討伐他們吧。就這麼辦吧，嗯，應該要這麼做才對。」

鈴乃露出陰暗的表情，以彷彿詛咒般的聲音獨自嘟囔著。

「魔王大人，大庭廣眾之下，請您稍微自重一點。」

「真奧，我光是在旁邊聽都覺得不好意思了。天氣這麼熱，我可不想再繼續被曬黑了，拜託你快點下來啦。」

蘆屋因為真奧那句在各方面都包含了危險意思的話而陷入慌亂，漆原則是不感興趣地躲在安全地帶跟著非難。

「我、我……還是第一次嘗到這種屈辱！」

惠美的臉色因憤怒而漲得通紅，彷彿隨時都會衝過去揪住真奧一般。

希望她別在慌亂之下揮起聖劍就好。

人類與惡魔令人遺憾的幼稚爭吵，就這麼被吸進萬里無雲的夏日天空中，消失無蹤。

終章

在設置了安特・伊蘇拉中央大陸復興政府，並駐留了從各國派遣而來的五大陸聯合騎士團的伊蘇拉・聖特洛北方，有一座名叫諾斯・夸塔斯的大都市。

儘管目前安特・伊蘇拉已經和平到連各大陸都開始進行政治鬥爭與爭權奪利，然而今早傳入諾斯・夸塔斯行政機關的一項報告，卻讓各國重鎮與騎士團的司令官們陷入了一片混亂。

統一東大陸全土的大帝國艾夫薩汗，以帝國首領統一蒼帝之名，單方面地向北西南各大陸的騎士團發出了宣戰布告。這表示他們將要以武力壓制中央大陸。

即使是跟全世界的國家相比，統一東大陸全土的艾夫薩汗依然擁有出眾的國土面積與人口，但由於東大陸是由單一國家併吞周邊各國所擴大而成的國度，因此內亂持續不斷，內政的情況也極不安定。

由於在南北大陸國境間的海上，兩國海軍經常反覆地發生小規模的爭執與休戰，因此所有人都認為艾夫薩汗的宣戰布告只是紙上談兵，根本就不足以採信。

然而聯合騎士團之後卻收到了艾夫薩汗在北方、中央、南方各大陸國家的國境線所展開的

部隊中，居然混有惡魔身影的報告。

結果東大陸騎士團所有成員被召回本國這件事成了決定性的敗筆，五大陸聯合騎士團實質上已經崩潰。幾乎所有的騎士團都為了回去防衛母國而返回了各自所屬的大陸。

結果成為空白地帶並缺乏戰力的中央大陸，便因此面臨了極度危險的困境。

統一蒼帝的宣戰文書十分冷酷無情。

他拒絕了所有跟和睦與和平有關的申請，並發表了除非宣誓對大艾夫薩汗帝國效忠，或是將某樣物品獻給統一蒼帝，否則絕對不會認同讓中央大陸維持主權。

而那樣「某物」，更是讓對抗艾夫薩汗的四大陸變得難以團結。

由於無法忘卻被魔王軍征服的恐怖，北大陸與南大陸的對東大陸服從派，開始追究西大陸占有那樣「某物」的責任。

而西大陸也因為在當地擁有最大影響力的教會勢力與神聖的聖・埃雷帝國之間不和，而無法提出統一的見解，安特・伊蘇拉的和平只維持了不到兩年便宣告結束。

至於艾夫薩汗所要求的「某物」——

就是「進化聖劍・單翼」。

—　完　—

作者，後記 — AND YOU —

在我還是小學生時，曾經因為家庭旅行而前往御宿的海邊，當時一群在那裡玩煙火的年輕人所發射的一發沖天炮，因為被猛烈的海風吹偏而擊中了我的頭部，讓我受到了嚴重的燙傷。

多虧旅館的阿姨替我進行了妥善的急救措施才沒有留下疤痕，但在那之後我還是有一段時間不會使用遊戲裡的炎系魔法。雖然寫在這裡感覺好像沒什麼，不過那對小孩子來說可是很嚴重的心靈創傷，畢竟被燙到的地方，有好一陣子都長不出頭髮。

請各位放完煙火後一定要好好收拾，並在遵守規則的情況下開心地遊玩。

針對這次成為魔王與勇者們「工作」舞台的土地創作故事，是我一開始構想《打工吧！魔王大人》這部作品時就立下的目標之一。

這塊土地存在著兩個奇蹟。

其中之一就是扣除離島與高山之外，這裡是本州最早能看見日出的地方，這是自然方面的奇蹟。

而另一個則是僅僅透過一片仙貝，便集合了天時、地利與人和，拯救了這個地區與產業，

這是人類社會的奇蹟。

並非依賴慈善或輔助，而是直接面對金錢的問題，透過持續地努力、鑽研以及魅力，終於將網路與現實的人情結合在一起，讓銚子電鐵能夠穩定地通行。作者認為這故事正是人類藉由工作創造出經濟效果，所體現出的一種理想型態。

能在這塊土地工作，對魔王他們來說應該會是一個寶貴的經驗吧，但儘管作者因為出自於關心而這麼認為，魔王與勇者本人應該絲毫沒考慮這種事，只顧著在不熟悉的土地與職場拚命努力，為了明天的生活吵吵鬧鬧。這本書就是在描寫這樣的故事。

針對漆原這次失禮的言論，本人絕對沒有任何的惡意，而關於蘆屋在苦惱後所說出的那句話，作者要在此代替惡魔大元帥們，向銚子電鐵大人以及阿波羅計畫的相關人士，致上最深的歉意。

還有，現實的君濱海潮公園因為海浪跟海流的關係而禁止游泳，也沒有海之家，所以也無法享受海水浴，這點還請各位見諒。

《打工吧！魔王大人》在這集總算可喜可賀地邁向了一周年。在此向責任編輯A先生、負責插畫的029先生、AMW與負責校閱、印刷、流通的相關人士、書店，以及拿起本書的各位讀者致上全心全意的感謝，做為這篇後記的總結。

Kadokawa Light Novels

蒼髮的蜻蜓姬

作者：墨熊　插畫：DomotoLain

2012台灣角川輕小說大賞金賞！一名會吐出蛋（草莓口味）的少女，破解一場顛覆世界的陰謀!!

倒楣的女孩蘇爾被蟲族捕獲，改造成類昆蟲生物「蜻蜓姬」。陷入如此慘況的她，不僅沒失意，還以蜻蜓姬的特徵拍攝寫真集為生。如今，為了新寫真集的拍攝作業，她搭上豪華火車，原本愉快的旅途，卻在遇到強國的統治者瑪瑪蘭公主後，陷入空前危機——

NT$220/HK$60

Kadokawa Light Novels

翡翠的香料師

作者：貓橘　插畫：米栗

2012角川華文輕小說大賞銀賞作品！
雙生不同命的姊妹花，最終能否違逆預言？

莉芙立志成為獨當一面的香料師，在香料舖開業的當天卻接獲撤銷執照的通知？碰巧就讀鍊金學院的學生姊姊來信求救，無奈的她只好踏上旅途，意外撿到一隻斷翼的銀髮小精靈！而跟蹤狂青梅竹馬也不死心地以某種形式愛相隨!?一段香氣薰人的奇幻之旅！

NT$200/HK$55

Kadokawa Light Novels

替死鬼

作者：井土　插畫：ekao

他的生命已形同結束，而新的人生，卻從72小時開始倒數——2012台灣角川輕小說大賞銅賞，異色登場！

張植，一名慘遭連環車禍，成為終身癱瘓的活死人，卻詭譎地附身在他人身上，奇蹟似的展開新生。他本以為這是上帝的恩賜，殊不知自己只是代替他人送命的「替死鬼」。在一次次輪迴般的附身與死亡後，他與一名女孩相遇。然後，兩人的命運是——

NT$190/HK$50

棺物語

作者：薄葬子　插畫：玲奈

2012角川華文輕小說大賞銅賞作品！
尋找救贖的現代怪談物語，無法掙脫的命運羈絆！

什麼樣的大好青年，竟然來到棺材舖毛遂自薦？老闆決定給他無薪試用期，最重要的工作內容是負責填滿店內可愛小蘿莉的胃!?滿腹祕密的他，與擁有半妖體質的蘿莉、冷漠神祕的製棺師、背負棺材的少女相遇，踏進一個玄幻的領域，世界從此被改變……

台湾角川

NT$200/HK$55

國家圖書館出版品預行編目資料

打工吧!魔王大人 / 和ヶ原聡司作 ; 夜隱,李文軒譯.
── 初版. ── 臺北市 :
臺灣國際角川, 2011.11─ 冊 ; 公分
──(Kadokawa fantastic novels) ──

譯自 : はたらく魔王さま!
ISBN 978-986-287-462-2(第1冊 : 平裝)
ISBN 978-986-287-693-0(第2冊 : 平裝)
ISBN 978-986-287-819-4(第3冊 : 平裝)
ISBN 978-986-287-923-8(第4冊 : 平裝)

861.57 100020330

Kadokawa
Fantastic
Novels

打工吧！魔王大人 4

（原著名：はたらく魔王さま！4）

2012年9月18日　初版第1刷發行
2014年6月5日　初版第5刷發行

作　者：和ヶ原聡司
插　畫：029
日版設計：木村デザイン・ラボ
譯　者：李文軒

發 行 人：塚本進
總　監：施性吉
副總編輯：蔡佩芬
主　編：吳欣怡
文字編輯：黎夢萍
美術副總編：黃珮君
美術主編：許景舜
美術編輯：蕭毓潔
印　務：李明修（主任）、張加恩、黎宇凡、張則蝶

發 行 所：台灣角川股份有限公司
地　址：105台北市光復北路11巷44號5樓
電　話：（02）2747-2433
傳　真：（02）2747-2558
網　址：http://www.kadokawa.com.tw
劃撥帳戶：台灣角川股份有限公司
劃撥帳號：19487412
法律顧問：寰瀛法律事務所
製　版：尚騰製版印刷有限公司
ISBN：978-986-287-923-8
香港代理：香港角川有限公司
地　址：香港新界葵涌興芳路223號
新都會廣場第2座17樓 1701-02A室
電　話：（852）3653-2804